종말 하나만 막고 올게

종말 하나만 막고 올게

임태운 소설집

시공사

차례

1장

가울반점

불판은 항상 달궈놓아야 파리가 안 꼬인다

아버지는 평생 주방장이었다. 전라도 촌구석 수만리의 유일한 중국집 '만리장성'의 주방장. 나는 아홉 살 때까지 아버지가 그 사실에 자부심을 느끼는 줄만 알았다. 그런데 그건 착각이었다.

"뭣 땀시 눈탱이가 밤탱이가 돼 왔냐, 시방."

아홉 살의 여름. 옆 반 명섭이한테 흠뻑 터지고 온 날이었다. 사실 말이 밤탱이지, 당시 부어오른 내 눈은 왕만두보다 더 컸고 만두피가 찢어진 것처럼 피도 철철 흐르고 있었다. 한데 아버지는 양파만 썰고 있었다. 써걱써걱. 나는 그 모습을 멍하니 바라보다 대꾸했다.

"별것 아니여."

"그냐. 손님 별로 없응게 싸게 드가라."

양파를 써는 아버지의 손놀림엔 변화가 없었다. 아버지는 다른 동네 어른의 허벅지만 한 팔뚝을 가지고 있었다. 아홉 평생을 그런 팔뚝에 맞고 자라왔기 때문에 이 정도 상처는 그의 관심을 끌지 못하리라고 어느 정도 예상했다. 씨브럴. 아무리 그래도 그렇지 아들이 두들겨 맞고 왔는데 쳐다도 안 보다니. 나는 홱 하니 등을 돌리고 투덜거렸다.

"그 새끼가 내보고 애미도 없는 짱깨집 아들이라 혔는디."

칼질이 멈췄다. 짱깨란 말은 아버지 앞에선 절대로 꺼내선 안 되는 말이었다. 슬그머니 뒤를 돌아보니 아버지의 넓디넓은 등짝은 조용히 살벌한 기운을 내뿜고 있었다. 아버지 손등의 힘줄이 도드라졌다.

"느그 교실에 화분 있간?"

"있는디."

"제일 큰 게 언 놈이여?"

"난초일 것인디."

도마 위의 양파를 한 칼에 산산조각 내며 아버지가 말했다.

"고것을 그 잡것 대갈통에 내리쳐 부러."

아버지가 내게 처음으로 전수해 준 싸움의 기술이었다. 나는 다음 날 아버지의 말대로 1교시가 끝나자마자 옆 반으로 쳐들어갔다. 양손은 부들부들 떨리고 있었다. 겁을 먹거나 긴장해서가 아니라, 난초를 심은 화분이 더럽게 무거웠기 때문이다. 명섭이는 나를 보더니 움찔하며 말했다.

"류시황? 고게 뭐시아아악!"

녀석은 말을 끝맺지 못했다. 정수리 위로 화분이 융단폭격을 퍼붓자 옆 반 아이들이 우르르 물러났다. 개미 떼 위에 말벌이 나타난 것처럼. 쓰러진 명섭이의 얼굴 주위로 난초 몇 포기와 부서진 화분 조각, 그리고 물에 젖은 흙더미가 폭탄의 잔해처럼 흩어져 있었다. 나는 준비해 온 말을 읊었다.

"잡것. 죽이불랑게."

안타깝게 명섭이는 그 말을 못 들었다. 이미 의식을 잃었기 때문이다. 녀석은 구급차에 실려 가 머리에 아홉 바늘을 꿰맸고, 그날 이후 내 앞에서 '짱깨'라는 말을 꺼내는 놈들은 급격히 줄어들었다. 다음 날 교장실에 불려 온 아버지는 당당했다. 명섭이 아버지는 방금 굴에서 쑥과 마늘을 뜯어 먹다 나온 듯한 아버지의 기세에 눌려 아무 말도 하지 못했다. 더구나 주방장 옷을 입은 그 곰은 교장에게도 고개를 숙이지 않았다.

"사내시끼들이 다투다 보면 대그빡이 그 칼 수도 있지요."

"아니, 시황이 아버님. 요건 그런 문제가……."

교장은 당황하며 대꾸했지만 아버지는 양파를 자르듯 말을 잘랐다.

"지가 단단히 교육시켜 놓겠습니다. 긍께 거시기하지 맙시다. 시황아, 가자."

아버지는 교장실을 빠져나왔고 나는 주춤거리며 그 뒤를 따랐다. 밖에는 소나기가 내리고 있었다. 아버지가 가져온 검은 우산은 둘이 쓰기엔 조금 작았다. 부자는 우산 아래에서 밀착한 채 말없이 질퍽질퍽한 운동장을 걸었다.

한참을 걷다가,

"시황아. 애비가 중국집 허는 게 쪽팔리냐?"

"아니. 샘이 그라는디 직업에 귀천은 없다드만."

실은 조금 쪽팔렸지만 거짓말을 하기로 했다. 그런데 아버지 입에서 나온 다음 말이 의외였다.

"애비는 쪽팔린다. 헐 줄 아는 것이 없응게 이 짓 하는 겨."

우산을 찢을 듯이 쏟아지는 빗방울 때문에 아버지 말은 잘 들리지 않았다. 실은 듣고 싶지 않았던 건지도 모르지만.

"귀천이 없긴 개뿔. 개나 소나 다 헐 수 있는 게 중국집 주방장이여. 그려도 쪽팔리게 살면 안 되는 겨. 또 누가 짱깨라든지, 엄마가 도망쳤다든지 놀리면 아작을 내부러. 덩치가 쪼까 작으면 워뗘. 뭘 집어 던져서라도 기를 죽여놔야 한당게."

아버지는 우산 속에서 평소엔 꺼내지 않던 말을 많이 꺼냈다. 공수부대 시절 취사병 선임이 유일하게 가르쳐준 것이 짜장면 만드는 법이었다고 했다. 사람 패는 재주로는 감방밖에 갈 곳이 없을 테니 그거라도 배워 감방 말고 주방에서 살라며 가르침을 내렸다고. 이럴 수가. 만리장성 짜장면의 탄생이 숟가락으로 퍼먹는다는 군대 짬밥이었다니. 왜 맛이 별로인지 이유를 알 것 같았다.

순간 아버지가 교장에게 한 마지막 말이 떠올랐다.

"근디 참말로 나 때릴 거여? 아부지가 하란 대로 한 건디?"

"맞고 싶간?"

"아니."

"그럼 되얏다."

교문을 나서는 길에 큼직한 분홍색 우산을 들고 오는 한 아줌마를 보았다. 틀림없이 자식을 마중 나온 누군가의 엄마일 것이다. 엄마. 나는 그 말을 잠시 입속에서 곱씹어보았다. 반죽이 덜된 면발을 씹을 때처럼 뭔가 꺼림칙했다. 한쪽 살이 나간 우산 때문에 빗방울이 자꾸만 얼굴에 튀었다.

그날 아버지의 옷에선 자꾸만 짬뽕 냄새가 났다.

야채와 사람은 어디로 튈지 모른다
———

아홉 살의 여름은 깨달음의 연속이었다. 유년의 우상이었던 통키가 실은 일본 놈이란 것을 깨달았고 남자의 그것에 배설이 아닌 다른 용도가 있다는 것을 깨달았다. 진시황은 단 한 번도 짜장면을 먹어본 적이 없다는 것도 깨달았다. 그러나 그중에서 가장 충격적이었던 건 아버지가 주방장 일을 그다지 달가워하지 않는다는 사실이었다. 곰곰이 생각해 보니 아버지가 주방장 일에 한 점 부끄럼이 없다면 짱깨란 말에 그토록 예민하게 굴 이유는 없지 않았을까. 누군가 그 말을 꺼내면 '짱'과 '깨' 사이에 주먹을 날렸던 아버지의 속내에는 쪽팔림이 있었던 것이다.

그런데 그로부터 10년 뒤 오늘, 아버지는 말을 번복했다.

"염병. 주방장은 개나 소나 하는 줄 알어? 워디서 중국집을 차려, 차리긴."

하필 종만이네 아줌마를 장터에서 마주칠 줄이야. 아버지는 그동안 별러왔던 말을 꺼내는 중이었다. 2주일 전 종만이네 아줌마가 신통치 않던 백반집을 때려치우고 중국집으로 간판을 바꿔버린 것이다. 심지어 만리장성에서 몇 발자국 떨어지지도 않은 곳이었다.

"개나 소라니? 내도 종만이 아부지 떠나보내고 주방 짬밥 묵은 지 10년이 넘었고만. 아 글고, 시황이 아버지가 수만리에 전세라도 냈디야?"

종만이네 아줌마는 여유 있게 받아쳤다. 채소 파는 할머니 앞에서 어깨를 맞댄 두 중년 남녀 사이에선 보이지 않는 기운이 스멀스멀 피어오르기 시작했다. 심상치 않은 아버지의 기세에 나는 한 발짝 물러설 수밖에 없었다. 아버지는 당근 한 개를 집으며 말했다.

"누울 자리를 보고 다리를 뻗으라 캤는디. 종만네, 잘못 뻗었고만."

"잘못 뻗긴. 겁나게 편하기만 헌디. 옴마나? 고3 되드니 시황이는 다 커부렀네. 솔찬히 야물었어. 장가가도 되겠다, 시방."

아줌마를 다시 봐야겠다. 아버지를 성나게 만들어놓고 딴청을 피우다니. 동네북 최종만의 가족이라 덩달아 별것 없을 줄 알았는데, 우습게 볼 인물이 아니었다. 아버지는 애써 목소리를 낮추었다.

"상도덕이 있는 것이여, 상도덕. 이름도 그게 뭐시여. 가울반점?"

"우리 종만이가 지은 건디 왜 뭐라싸요? 만리장성은 뭐 그러코롬 신선한 이름이라고?"

"코딱지만 한 동네에 중국집이 두 개라 허면 지나가던 개도 웃을 일이라니께.”

"요새 수만리에 개새끼 없어진 지가 언젠디. 한 마리라도 돌아댕겼음 나가 중국집 말고 보신탕집을 혔지. 할매, 양배추는 얼마래요?”

퍼석. 기어코 아버지 손에 쥐인 당근이 수수깡처럼 부서져 버렸다. 저런, 800원 날렸네.

"정녕 요로코롬 나와야 쓰겄는가?”

아버지의 손에서 당근즙이 만들어지는 동안에도 종만이네 아줌마는 태평하게 양배추 세 포기가 담긴 봉지를 받아 들며 할머니에게 텃밭의 안부를 묻고 있었다. 나라면 절대 하지 않을 행동이다. 저 당근 꼴이 되기 싫다면. 그런데 아버지도 차마 여자에겐 어쩌지 못하는 모양이었다.

"다 묵고살자고 허는 짓인디, 너무 거시기하면 아서요. 그람 욕보소. 담에 보자, 시황아.”

생긋 웃으며 떠나는 종만이네 아줌마의 인사에 나도 모르게 답하고 말았다.

"안녕히 가세요, 아줌마.”

아버지는 그날 이후 화병에 걸려버렸다. 종만이네 아줌마에게 그럴듯한 반격 하나 못 한 게 영 분한 모양이었다. 주방에 있다가도 느닷없이 홀에 나와 가울반점 쪽을 쳐다보며 온갖 쌍욕을 해대었고, 마지막은 항상 ‘잡것, 사내새끼였음 콱’으로 끝맺곤 했다. 참으로 보기 드문 그 광경을 옆에서 지켜보는 건 제법 즐거운 일이었지만 나는 웃지 못했다. 잔뜩 골이 난 아버지가 무서워서이기도 했고, 아버지가 화를 내는 진짜 이유를 눈치채지 못할 만큼 멍청하진 않았기 때문이다.

만리장성은 망해가고 있었다.

반면 가울반점의 짜장면은 불티나게 팔려나갔다. 신장개업을 했으니 예의상 가주는 거라고, 아버지도 나도 처음에는 그렇게 생각했다. 오산이었다. 만리장성의 손님은 눈에 띄게 줄었고 가울반점에는 이제 줄을 서서 기다리는 손님들이 생길 정도였다. 처음에는 아버지의 기세에 움찔하던 단골들도 하나둘 가울반점으로 발걸음을 옮겼다. 시내나 외지에서 차를 몰고 가울반점을 찾는 사람들이 있다는 얘기도 들었다.

하루는 수만리에서는 그야말로 보기 드문 종류의 차를 구경할 수도 있었다. 온갖 기자재를 실은 봉고차였는데 차의 옆구리에 붙은 'GBS'라는 스티커를 보고는 입을 쩍 벌릴 수밖에 없었다. 명찰을 찬 사람들이 카메라를 들고 가울반점 입구로 들어가는 광경을 나는 분명히 본 것이다.

아무리 맛이 좋기로서니 지역 방송국에서 촬영을 나올 정도란 말인가?

어쨌든 반평생을 면발과 씨름해 온 아버지였기에 그 충격은 매우 컸다. 자연스레 배달도 뚝 끊겨버려 방학 동안만이라도 나에게 배달 일을 도우라던 아버지의 말이 무색하게 되었다.

"아니, 뭣 땜시? 맛있기만 헌디."

"그려. 워데 가서 우리가 짜장면을 요로코롬 맘 편히 먹어보겠는가?"

위봉사에서 내려온 스님 두 분이 아버지를 위로한답시고 말을 건넸다. 그러나 아버지는 주방에서 듣는 둥 마는 둥 칼만 다듬었다. 사실 스님들이 우리 가게에만 오는 이유는 아버지의 짜장면이 더 맛있어서가 아니라, 고기를 빼 주기 때문이다. 물론 꽤나 번거로운 작업이다. 그리고 그것은 가울반점이 스님들에게 일일이 신경을 쓸 수 없을 만큼 많은 손님들로 북적댄다는 말이었다.

스님 한 분이 주방 쪽으로 목을 내밀며 말했다.

"어이, 류 사장. 듣고 있는 겨? 만리장성 짜장이 최고랑게!"

그때 주방에서 나무 판이 부서지는 소리가 들렸다. 스님들은 움찔했고, 나는 황급히 주방으로 달려 들어갔다. 도마가 반쪽이 나 있었다. 아버지는 부서진 도마는 쳐다보지도 않고 지갑에서 만 원짜리 하나를 꺼내더니 심부름을 시켰다.

그 심부름은 나를 꽤나 당혹스럽게 만들었다.

찌그러진 철가방 안에도 서열은 있다

다 태운 담배를 아래로 내던졌다. 담배꽁초는 정글짐에 두세 번 부딪히더니 모래에 묻혀버렸다. 제길. 정말 이 웃기는 짓을 해야 하는 건가. 안 하겠다고 하면 내 손모가지가 부서진 도마 신세가 될 테지만, 역시 껄끄러운 일임에는 틀림없다. 자꾸만 휴대폰을 만지작거리게 됐다. 그래도 이미 주사위는 던져졌다.

방금 전 나는 가울반점에서 짜장면 두 그릇을 배달시켰다. 수만리 약수터로.

"너네 꼰대 뭣 땀시 그러는디? 경쟁 업체잉게 팔아줘 불면 안되는 거 아녀?"

중학교 시절부터 내 똘마니였던 태수가 시소에 앉은 채로 날 올려다보며 물었다. 종합 격투기 선수라 해도 믿을 만큼 어마어마한 덩치를 가진 놈이 시소에 앉아 발을 그러모으니 퍽 괴상한 풍경이었다. 정육점 아저씨로부터 물려받은 흉포한 몸집과 몽타주가 그 원인이었다.

"쫀심 때문이여."

"쫀심?"

태수가 고개를 갸웃거리며 묻자 나는 차근차근 대답했다.

"울 아부지 자존심에 가울반점 짜장면은 묶어놓고 고문을 혀도 안 먹을 것이여. 근디 무슨 맛인가 솔찬히 궁금하긴 허고. 긍께 애꿎은 날 시키는 거지 뭐. 나는 차마 못 먹어보겠응게 니가 먹어보고 평을 해봐라. 뭐 그런 거."

"그려? 나야 나쁠 건 한 개도 없지. 공짜로 짜장면 한 그릇 먹는 것인디."

시소를 끼익거리며 대꾸하는 태수는 해맑아 보였다.

녀석은 중학교 1학년 때 전학을 왔다. 그때도 주목할 만한 덩치와 이목구비를 겸비했던 녀석은 전학 온 지 이틀 만에 학교를 접수한답시고 나를 찾아왔다. 점심시간, 우리는 조용히 체육관 뒤로 갔다. 나는 지금까지도 그날만큼 작신작신 두들겨 맞은 적이 없다. 제법 묵직한 주먹이었다. 하지만 아버지만큼은 결코 아니었다. 보릿자루를 두들기듯 날 두들기던 태수가 지쳐서 틈을 보였을 때 재빨리 녀석의 허벅지 안쪽을 밟아버렸다. 체중이

실린 악에 받친 일격이었고, 녀석은 벌러덩 드러누웠다. 그때 내가 발목을 꺾어버리지 않았다면 지금 우리 위치는 정반대가 되어 있을 터였다.

"위에서 뭔 소리가 들리는디?"

태수가 시소에서 벌떡 일어나며 약수터 위쪽을 가리켰다. 마치 자신의 보금자리에 누군가가 침범했을 때 귀를 쫑긋 세우는 야생동물과도 같은 민첩함. 하긴, 그리 다를 것도 없는 게 오래전부터 이 약수터는 태수와 나의 아지트나 다름없었다. 산 중턱에 위치한 약수터는 아이들을 위한 놀이터이자 노인들의 운동장소이자, 우리 같은 녀석들의 흡연 장소였다.

귀 밝은 태수가 무언가를 들었다면 사실일 것이다. 나는 정글짐에서 훌쩍 뛰어내렸다. 약수터 위쪽이라면 애매한 크기의 공터에 '그것'이 세워져 있다.

"대갈바위?"

태수와 함께 나뭇가지를 헤치며 올라가 보았다. 예상대로 외지인 남자 두 명이 카메라로 대갈바위를 찍고 있었다. 대갈바위는 그 명칭처럼 사람이 우뚝 서 있는 것처럼 보이는 돌덩어리다. 자연적인 바위 치고는 머리 부분이 기이할 정도로 크기 때문에 수만리의 토박이들은 그것을 '대갈바위'라고 불렀다.

"저걸 왜 찍는 겨?"

태수의 질문에 나는 어깨를 으쓱였다. 특이한 생김새와 작지 않은 크기 때문에 외지인들의 관심사가 될 순 있겠지만 수만리 내에선 유년기 아이들의 별명에 지대한 영감을 제공하는 바위일 뿐이다. 가까이서 본다면 분필이나 나뭇가지로 적어놓은 음란한 욕설이나 낙서들만 가득 발견할 수 있을 것이다. 순간, 나는 그 외지인들이 입고 있는 조끼에 쓰인 'GBS'라는 문구를 발견했다.

"시황아, 가볼까?"

그쪽으로 올라가려는 태수를 내가 황급히 붙잡았다. 녀석은 묻는 듯한 시선을 보내왔지만 나는 입가에 손가락 하나를 올린 뒤 약수터 쪽으로 다시 내려왔다. 태수는 군말 없이 내 뒤를 따라왔다.

"방송국 사람인 것 같은디? 수만리에는 뭣 땀시 왔을까?"

"몰러. '한국의 특이한 바위' 특집이라도 만드나 보지. 그거 아냐, 태수야? 저짝 정읍에 거시기랑 똑같이 생긴 바위도 있디야. 이름이 '자지바위'랑게."

어디선가 주워들은 소리를 늘어놓자 태수는 껄껄 웃었다. 단순한 녀석답게 방송국 사람들에 대한 일은 벌써 잊어버린 듯했다. 그러나 내 심기는 불편했다. 저 녀석들, 촬영 아이템이 가울반점이 아니라 대갈바위였단 말인가. 만약 그렇다면 규모가 더 큰 우리 만리장성을 놔두고 가울반점을 택했다는 얘기다. 어쩌면 마을 사람 누군가의 추천을 받은 걸까? 제기랄. 기분이 쓸쓸했다.

"어? 온 거 같은디?"

그때 태수가 수만리 쪽을 가리켰다. 오토바이 한 대가 철가방을 실은 채로 언덕을 가로질러 이쪽으로 오고 있었다. 오토바이의 주인공은 익숙한 얼굴이었다. 나이는 네 살이나 많지만 언제나 내게 설설 기던 최종만이었다.

종만이를 알아본 태수가 반가운 듯 인사했다.

"어이, 최종만. 제대했담서? 간만이여."

오토바이를 세운 종만이가 무표정한 얼굴로 대답했다.

"뭐야. 니들이었냐? 희한하게 약수터로 배달을 시켰다길래 누군가 했더니."

의외였다. 언제나 말을 더듬던 최종만이 저토록 또렷하게 말을 하다니. 군대란 곳은 언어 교정도 시켜주나? 종만이는 기계적인 동작으로 철가방을 열더니 안에서 짜장면 두 그릇과 단무지를 꺼내 내려놓았다.

"7천 원."

종만이에게 만 원을 건네고 거스름돈을 받으며 내가 말했다.

"뭣 좀 물어볼 것이 있는디. 너거 엄마, 무신 바람이 불어서 짜장면집을 차린 거여?"

잠시 나를 쳐다보던 종만이가 철가방을 들며 대답했다.

"내가 어머니를 설득한 거야. 백반보다는 짜장면이 나을 것 같다고."

오호라. 네놈이 시작한 일이란 말이지? 발을 움직여 종만이에게 한 발짝 더 다가섰다. 종만이는 나보다 머리 하나는 작았다. 일부러 목소리를 낮게 깔아 위압적으로 말했다.

"우리 가게가 떡허니 버티고 있는 걸 알면서 그랬다는 겨, 시방? 만리장성에 류시황이 있다는 걸 깜빡한 겨?"

"그게 무슨 상관이야? 우리가 너희 가게에 방해될 만한 짓을 한 기억은 없는데. 누가 되었건 한 마을의 중국집을 독점한다는 건 부당한 일이야. 우리는 정당하게 일반 음식점 허가를 받고 영업을 하고 있는걸."

이 자식이 겁대가리를 비닐 포장해 뒀나? 무릎을 차올리려는 순간에 태수가 선수를 쳤다. 한 손으로 가볍게 종만이의 멱살을 잡아 들어 올린 것이다. 그리고 오래전 나를 처음 만났을 때 했던 첫마디를 내뱉었다.

"새끼가. 쳐벌랑게."

그때 종만이네 아줌마의 얼굴이 불현듯 떠올랐다. 쓸데없는 문제를 만들고 싶진 않았다. 종만이를 내려놓으라고 말하자 태수는 종만이를 운동장에 내팽개쳤다. 종만이는 곧바로 일어서더니 대수롭지 않다는 듯 옷에 묻은 먼지를 툭툭 털었다. 2년 전의 최종만과는 다른 모습이었다.

"빈 그릇은 미끄럼틀 아래 둬."

그 말을 남기곤 종만이는 유유하게 오토바이를 몰고 사라졌다. 녀석이 사라진 자리에 피어오르는 운동장의 먼지구름을 바라보던 태수가 으르렁거렸다.

"새끼, 겁나게 컸네. 옛날엔 쪽도 못 쓰던 새끼가 말여."

"태수야. 근디 종만이 말투가 원래 저래불었나?"

그제야 이상함을 눈치챈 태수가 고개를 갸우뚱거리며 대답했다.

"아따, 그르게? 글고 봉께 왜 말을 안 더듬는 겨?"

"아이씨. 것보담 서울말을 쓰잖여. 말 더듬는 걸 고치면 사투리도 고쳐지나? 아다리가 안 맞잖여. 거, 헷갈려부네."

이쯤에서 생각을 접기로 했다. 눈앞에 당면한 과제가 있었기 때문이다. 개점한 지 얼마 되지 않은 티를 팍팍 내는 하얀 그릇에 짜장면이 담겨 있었다. 보기만 해선 아버지의 짜장면과 별다를 것이 없었다. 차이가 있다면 계란과 오이를 얹어놓은 위치 정도일까.

"시황아. 뿔면 맛없잖여. 싸게 먹자."

태수가 나무젓가락을 떼어 내며 말했다. 나는 익숙한 솜씨로 비닐을 벗겨 내고 짜장면을 비볐다. 양파, 당근, 감자, 호박, 양배추, 돼지고기. 특별한 재료가 들어간 것처럼 보이진 않았다. 멀뚱히 보기만 하고 먹지 않자 태수가 먼저 한 입 집어 들었다. 그리고 잠시 동작을 멈추고 나를 한 번 쳐다보더니 허겁지겁 그릇을 비워내기 시작했다. 순식간이었다.

"어뗘?"

내가 묻자 태수는 조금 당황한 듯한 표정이었다. 애써 대답을 찾고 있는 거겠지.

"맷돌 굴리지 말고 솔직하게 말혀봐. 괜찮응게."

그러자 태수는 한참 말을 고르고 고르다 이윽고 말했다.

"존나 맛있는디. 시황이, 니도 어여 먹어봐."

그래? 그렇단 말이지. 나는 젓가락을 들어 면발을 들어 올렸다. 향긋한 내음이 코를 자극했다. 도대체 어떤 맛일까. 어떤 맛이기에 만리장성을 처참하게 무너뜨리고 아버지의 화병을 불러왔을까.

나는 가울반점의 짜장면을 베어 물었다.

칼을 잡았으면 단무지라도 썰어라

─────

"뭐라고 씨부렸냐, 시방?"

테이블에 팔을 괴고 있는 아버지의 말은 침착했다. 하지만 그 주먹이 언제라도 날카로운 훅이 되어 날아올 수 있다는 걸 난 잘 알고 있었다. 그래서 목숨을 거는 기분으로 아버지를 다시 한번 설득해야 했다.

"백반집 허자고. 그것도 솔찬히 괜찮당게."

말을 뱉어놓고 슬그머니 왼쪽 팔꿈치로 갈비뼈 쪽을 막았다. 나름대로 취한 방어 자세였건만 아버지는 손가락 하나 까딱하지 않았다. 대신 무거운 한숨을 내쉬더니 차분한 말투로 나를 재촉했다.

"또이또이 설명을 혀봐. 애비는 뺑 둘러말허는 거 질색잉게."

아무래도 오늘 아버지의 주먹이 조리사 가운 밖으로 나올 일은 없어 보였다. 그래서 나는 심호흡을 한번 하고 모든 걸 털어놓았다.

그동안 내 혀가 바다 위를 헤엄쳤다면, 가울반점의 짜장면을 먹었던 순간에는 구름 위를 노닌 것과 같았다. 그윽하고 매콤한 향취가 첫 입부터 나를 사로잡았고 면발을 삼키는 순간 혈관을 타고 부드러운 물결이 찰랑이는 듯 나른한 행복감이 느껴졌다. 기름기는 절대 윤기의 범위를 벗어나지 않았고 춘장에서 느껴지는 맛의 깊이는 나이아가라폭포보다 깊었다. 짜장면을 먹는 내내 양파와 당근, 감자와 고구마는 입속에서 바로크 시대에 어울리는 찬란한 무도회를 펼쳤다.

말을 마치자 아버지가 대꾸했다.

"긍께, 뭐시여. 한 입 먹었을 때 맛허고 두 입 먹었을 때 맛허고 전혀 다르다는 겨?"

"그렇대도. 입에 넣을 때마다 다른 맛이 느껴지더랑게. 예를 들자면 거시기…… 처음엔 오아시스였는디 다음엔 장미밭으로 변하고 그다음엔 바람 부는 초원 위를 거니는 기분이라고나 헐까."

아버지는 도통 이해하지 못하는 눈치였다.

"그랑께 아부지도 한 입 먹어보면 쓰겄는디. 짜장면, 내보다는 아부지가 훨씬 잘 알 거 아녀. 그기에 뭣이 들어갔는지도."

"니도 19년 동안 짜장면만 먹어분 놈이잖여. 근디 뭣이 처들어갔는지 분간을 못 혔다고?"

고개를 끄덕일 수밖에 없었다. 처음 입에 댄 순간부터 내게 천천히 재료를 살펴볼 틈 따위는 없었기 때문이다. 물론 나도 아버지가 가울반점의 짜장면을 먹을 일은 통키가 불꽃 슛을 하루에 세 번 쏘지 않는 이상 일어나지 않을 것을 안다. 한 번 안 하기로 마음먹은 일은 누군가의 목에 칼을 들이대면서까지 안 할 사람이다. 아버지는 무언가를 골똘히 생각하더니 지갑에서 다시 만 원짜리를 꺼내었다.

"내일은 먹지 말고 이리 가져와 봐. 뭐가 들었는지 한번 볼랑게."

이 순간 나는 만리장성 주방장의 아들로서 조금 부끄러워졌다. 먹지 말라는 아버지의 말에 안도감보다 아쉬움이 더 크게 들었기 때문이다.

이번엔 태수를 부르지 않았다. 어제 이후로 녀석이 최종만의 건방진 태도를 고쳐주겠다고, 깜빡 홀린 겁대가리를 도로 찾아주겠다고 엄포를 놓고 다녔기 때문이다. 어렸을 적 나이키 신발이나 미니겜보이를 바치며 설설 기던 최종만의 당당한 태도를 태수는 견디지 못하는 모양이었다. 어쨌든 내게는 아버지가 내린 임무가 더욱 중요했다. 괜히 태수 녀석이 최종만의 어깨라도 탈골시키면 골치 아파질 것이 뻔했기에 약수터 시소엔 나 혼자 앉아 있었다.

그런데 철가방을 들고 온 건 최종만이 아니었다.

"아줌마, 오토바이 탈 줄 아셨고만요?"

모래사장 위에 철가방을 내려놓으며 종만이네 아줌마는 예의 그 미소를 지었다.

"시황이 니일 줄 알았고만. 갸는 어딨냐? 정육점 박씨 아들."

"돼지고기 썰고 있을 터인디……."

사실 물어볼 쪽은 나였다. 어째서 최종만이 오지 않고 아줌마가 대신 왔단 말인가. 내 표정을 읽었는지 아줌마는 철가방에서 짜장면 한 그릇을 꺼내 들며 말했다.

"느그 아부지 속이야 뻔허제. 염탐을 혈라면 정정당당히 헐 것이지, 뭣 땜시 애꿎은 니를 시킨대냐. 불알 달린 시키가 체면도 없이. ……뭣 허고 자빠졌어? 짜장면 안 받고."

말없이 짜장면을 건네받고 만 원을 꺼냈다. 아버지가 도마를 부수는 데 주원인이 된 사람과 살갑게 말을 주고받는 것도 우스운 일 같았다. 그때 거스름돈을 세던 아줌마가 느닷없이 입을 열었다.

"시황아. 울 가게가 밉제? 나가 수만리에서 뿌리박고 살아온 세월이 월맨디 워째 그 맴을 모르겄어? 헌디 말이여……. 우리 가게는 이 길뿐이 없고만. 먹어봤응께 알 꺼 아녀. 만리장성은 이제 안 돼야. 느그가 포기혀라."

듣고만 있던 내가 가까스로 입을 열어 대꾸했다.

"울 아부지도 짜장면밖에 없는디요."

"아니여. 느그 아부지야 나가 훤히 알지. 느그 아부지는 역도산 몸집의 주방장이 아니고, 주방장 옷을 입은 역도산이여. 앞치마 입고 늙어 죽을 썽미가 못 돼야. 아직 나이도 젊은 편이고 월매든지 다른 일 시작헐 수 있당께. 니가 쪼까 잘 타일러 봐. 잉?"

아줌마는 정중히 우리에게 판에서 물러나기를 권하고 있었다. 분하고 억울했지만 틀린 말은 아니었다. 본인의 말마따나 내가 직접 맛을 보았기 때문이다. 그 맛은 아버지가 죽었다 깨어나도, 아니 진시황이 무덤에서 일어나 태극권 체조를 한대도 뛰어넘을 수 없는 경지였다.

내가 아무 말 없이 우두커니 서 있자 아줌마는 오토바이에 다시 올라탔다. 그리고 내 쪽을 돌아보며 전혀 예상치 못했던 한마디를 건넸다.

"시황아. 느그 엄마 보고 싶제?"

아버지 말이 맞았다. 저 아줌마, 뒤통수 맛있게 때리네.

180: 튀김이 안락함을 느끼는 기름의 온도, 혹은 그녀가 돌아선 각도

사실 그 말은 내가 어렸을 때 한동안 아버지가 잊을 만하면 꺼내던 말이었다.

"엄마 보고 싶냐?"

대체로 이 말은 졸업식이나 체육대회 같은 연례행사 때 들려
왔고 비가 구슬프게 쏟아지는 날에도 가끔 들려왔다. 그리고 아
버지가 술에 취하는 날이면 혀가 꼬일 대로 꼬인 발음으로 귀
에 못이 박히도록 들어야 했다. 처음에는 그 말에 잘 대꾸를 못
했는데, 괜스레 아랫배에 힘이 꽈악 들어가고 숨통이 뜨거워지
는 기분 때문이었다. 한마디라도 내뱉으면 둑이 무너져 내릴 것
처럼 아슬아슬한 심정이었다. 아버지가 그 말을 멈춘 것은 내
나이 열세 살쯤이었다.

설날이었던가. 아버지와 나는 논길을 걸으며 온 가족이 빙판
길에서 썰매를 타는 광경을 지켜보았다. 아버지가 또 그 질문을
던졌고 나는 망설임 없이 대답했다.

"그게 누군디?"

그날 이후 아버지는 두 번 다시 엄마 얘기를 꺼내지 않았다.
엄마라는 말을 곱씹어보아도 이제는 큰 울림 따위 없다. 두 살
때 나를 버리고 도망간 여자다. 내 말문이 제대로 트이기도 전
에 등지고 돌아선 것이다. 난 엄마의 뒷모습을 보면서 울었을
까. 아니면 멍하니 바라보기만 했을까. 아버지가 절대로 이야기
해 주지 않았기에 그녀가 왜 나를 버리고 갔는지는 모른다. 그
이유가 어찌 되었든 간에 엄마를 다시 내 머릿속에 편입시킬
일은 없을 것이다.

"여기, 뭔가 있고만."

한참 면발을 뒤적이던 아버지는 뭔가를 발견했다. 나는 내가 놓친 부분을 아버지가 발견했다는 사실보다 진짜로 춘장 한 방울 입에 대지 않는 아버지의 인내심에 더 놀랐다.

"것이 뭐간디? 기양 밀가루 뭉쳐진 거 아녀?"

"밀가루랑은 달러. 고기를 갈아 넣었고만. 눈에 잘 안 띄게 할람시로. 헌디 뭣 땀시 요런 짓을 혔을까."

그것이 무슨 고기냐고 물어볼 참에 종소리가 났다. 손님이 온 것이다. 가울반점 개점 이후 아버지와 나는 종소리만 나면 화들짝 놀라는 버릇이 생겼다. 워낙 울릴 일이 없었기에 종소리가 낯설어진 것이다. 주방에 아버지를 두고 홀로 황급히 뛰쳐나왔다.

스님들이었다. 그런데 새로운 얼굴이 있었다. 거동조차 불편해 보이는 노스님이었다. 아버지가 그를 알아보고 주방에서 달려 나왔기에 그 노인이 위봉사의 주지스님이라는 사실을 알 수 있었다. 아버지가 저토록 몸을 굽혀 인사를 하는 사람은 처음 봤다.

"요것이 얼마 만인지 모르겄네요, 어르신. 뭐 던다고 요런 누추헌 곳까지……."

"아이들이 하도 졸라서 내려왔네. 고기를 뺀 짜장면을 판다고. 그런데 내려오는 길에 못 보던 간판이 새로 생겼던데."

주지스님은 마을에 자주 내려오지는 않는 모양이었다. 하긴, 당장이라도 부처님을 만나 뵈러 간다고 해도 하등 이상할 것이 없어 보이니 그럴 만도 했다. 새로운 간판 이야기가 나오자 아버지의 표정이 약간 무거워졌다. 주지스님은 눈치채지 못한 모양인지 말을 계속 이어나갔다.

"원래는 백반집 아니었나?"

아버지는 고개를 끄덕였다. 주지스님은 대체 무슨 말을 하려는 걸까? 설마 이제 훨씬 뛰어난 중국집이 생겼으니 속세를 잊고 절로 들어오라는 말을 하려는 건가. 그렇다면 나 역시 곤란하긴 하지만 만리장성에 더 이상 가망이 없다는 내 생각과도 얼추 맞는 부분이 있다. 뭐, 아무리 아버지라도 설마 주지스님의 멱살을 들어 올리진 않을 테지. 그런데 그가 문밖을 쳐다보며 진중한 말투로 꺼낸 이야기는 의외였다.

"마가 껴 있구나. 마땅히 이곳에 없어야 할 것이 와 있어. 새로 생겼다는 저 중국집에서 뭔가 불온한 일이 벌어지고 있는게야."

아버지는 바짝 긴장해서 물었다.

"고것이 뭔 것 같은지요, 어르신?"

그러자 주지스님의 눈가에 잠시 머물렀던 영롱한 기운은 금세 사라졌고 그는 해맑은 표정으로 아버지를 보며 말했다.

"나도 모르네. 이 불초에게 투시술이 있는 것도 아니고. 허허. 짜장면 세 그릇이나 맛있게 뽑아 주게."

아버지는 떨떠름한 표정으로 주방에 들어갔고 나는 세 스님에게 물과 단무지를 내주었다. 그리고 나무젓가락도. 그것을 본 주지스님이 빙긋이 미소를 지었다.

"여전하구나. 저 아이 설거지를 귀찮아하지?"

흠칫했다. 우리 가게는 홀에서 주문하는 손님들에게도 일회용 나무젓가락을 내준다. 주지스님은 대번에 그 이유를 간파한 것이다. 뭐, 그것보다 아버지를 아이라고 표현한 것에 대한 뜨

악함이 더 컸지만.

"저희 밥 묵을 때 쓰는 쇠젓가락 있는디, 고거라도 드려요?"

내 말에 주지스님은 고개를 저었다.

"괜찮네."

그러고는 앙상한 손가락으로 나무젓가락을 붙잡았다. 그런데 벌어진 아랫부분을 붙잡고 힘을 주고 있었다. 어라? 그렇게 하면……. 내 예상대로 젓가락은 균형 있게 나뉘지 않고 한쪽이 날카롭게 쪼개져 버렸다. 새 나무젓가락을 내오려 하자 주지스님은 천천히 손을 들어 내 옷깃을 붙잡았다. 그리고 날카로운 부분의 젓가락을 내게 내밀었다.

"아가야. 이 젓가락이 지금 무슨 생각을 하고 있겠느냐?"

함께 앉아 있던 스님들조차 어리둥절한 모양이었다. 뭐지? 선문답을 하자는 건가. 난 그의 말이 무슨 소린지 도통 눈치챌 길이 없었다.

"잘 모르겠는디요."

주지스님은 나무를 더 많이 뺏어간 쪽의 젓가락을 함께 들어 보이며 말을 이었다.

"지금까지 너를 키워온 저 아이는 이 뾰족한 젓가락이나 다름없다. 이대로 놔두면 누군가의 손에 생채기를 낼 게 틀림없지. 원래부터 갖고 있어야 할 부분을 잃어버렸으니 무슨 생각을 할지는 뻔하지 않겠느냐."

주지스님은 젓가락을 다시 모아놓고 내 얼굴을 물끄러미 바라보며 웃었다. 그러나 나는 뒤통수를 긁적이며 새 젓가락을 꺼내러 돌아설 뿐이었다. 도대체 아버지가 어쩐다는 거야. 거참,

해괴한 노인일세.

짜장이냐, 짬뽕이냐. 중간은 없다
———

그로부터 3일 후, 내 손에는 묵직한 봉투가 하나 들려 있었다. 가울반점 주방에서 배출된 음식물 쓰레기봉투. 수만리 구석에 있는 개울가에서 봉투의 배를 갈랐다. 내부에서 흘러나오는 냄새는 유쾌하지 않은 상상을 절로 피어오르게 할 만큼 독했다. 며칠 분량이 축적되어 있었던 모양이다. 준비해 온 꼬챙이로 배가 찢어진 쓰레기봉투의 내부를 헤집었다. 짓이겨진 양파, 양배추, 당근 등 야채들이 거뭇해진 춘장 속에서 허우적대고 있었다.

"시황아. 잘 들어라잉. 요리란 것은 하루아침에 영판 달라져 부는 것이 아녀. 솔찬히 대그빡에 든 게 있어야 허고 칼맛도 익혀야 혀. 또 경험도 있어야제. 근디 가울반점은 희한하잖어? 답은 하나뿐이여. 뭣인가 겁나게 특이헌 재료를 쓰고 있는 겨. 그걸 밝혀내 불자. 너도 들었잖냐. 울더러 궁뎅이를 떼부리라고 씨부리던 거."

종만이네 아줌마가 내게 던진 선언이 아버지에겐 큰 의미로 다가온 것 같았다. 대놓고 떠나라는 말은 엄연한 도전이라고 여긴 아버지는 어떻게 해서든 수상쩍은 맛의 비결을 밝혀내리라 결심했다. 물론 정당한 방법으로 종만이네 아줌마의 콧대를 누르는 방법은 더 훌륭한 짜장면을 만드는 것이지만 아버지 스스로도 그건 힘들 거라고 생각했는지 우회로를 택한 것이다.

덕분에 나는 이 땡볕에 우스꽝스러운 짓을 하고 있다.

그때 꼬챙이 끝에 무언가 작고 단단한 것이 걸렸다. 말라비틀어진 대파 무더기를 걷어 내니 허여멀겋고 기다란 것이 드러났다. 무언가의 뼈였다. 주지스님의 음산한 한마디 때문이었는지는 모르지만 그 뼈를 보는 순간 무언가 차갑고 축축한 것이 등을 타고 스멀스멀 올라오는 기분이 들었다.

"소뼈도, 돼지뼈도 아니여."

"참말로요?"

"그렇당게. 나가 네 발 달린 짐승 뼉다구는 못 본 것이 없는디, 요건 특이하고만."

태수 아버지는 신문지 위에 놓인 뼈를 보고는 고개를 저었다. 길이는 두 뼘 정도에 얇은 뼈였다. 나는 정육점의 붉은 등 아래서 태수와 똑 닮은 아저씨의 얼굴을 향해 한 가지 질문을 던지고 싶은 욕망을 꾹 참아야 했다.

아저씨, 두 발 달린 짐승 것은 못 보셨을 것 같은디요.

나는 무의식적으로 고개를 저었다. 그럴 리가 없다. 가울반점에서 인육을 쓰기라도 한단 말인가. 삼류 공포 영화에서나 나올 법한 이야기다. 터무니없다. 지나치게 현실성 없는 코미디다. 복잡한 심경을 그대로 얼굴에 드러낸 모양인지 태수네 아버지가 말을 걸어왔다.

"소나 돼지보다는 덩치가 쪼까 작은 놈일 것이여. 뭐, 살쾡이나 고라니 같은 걸 수도 있응게. 것보다, 시황아. 요런 뼉다구 갖고 골머리 썩히지 말고 수만의원에 한번 가봐라. 태수 거기 있응께."

"앗나양. 또 누굴 때렸는디요?"

"아녀. 때린 것이 아니고 지가 다쳐분 거. 경운기에 냅다 부딪 혔다는디 자세히는 모르겄다. 소고기 납품하는 노씨 어르신이 한동안 고기를 안 주셔서 알아보라고 보냈더니만 고로코롬 돼 뻣다. 나가 바빠서 아직 못 가봤응게 니가 한번 들려주는 것이 위떻겄냐?"

나는 그러마 하고 대답한 뒤 정육점을 빠져나왔다. 물론 아직 정체가 밝혀지지 않은 뼈를 조심스럽게 신문지로 둘둘 말아 품 에 넣은 뒤에.

수만의원은 돌팔이 황씨 아저씨가 운영하는 마을 병원이었 다. 잡초를 뽑다가 뱀에 물리거나 허방다리에 잘못 빠져 똥독이 오른 환자들만 득시글거리는 작은 규모의 병원이었기에 교통 사고 정도면 황씨 아저씨도 꽤 난감했을 것이다. 그런데 경운기 에 부딪힌 것도 교통사고로 쳐야 하나?

상앗빛 건물 안으로 들어서자 낡은 금성 에어컨에서 나오는 시원한 바람이 날 맞아줬다. 그리고 카운터에서 낯익은 얼굴 또 한 나를 반겨주었다. 팔짱을 낀 채 고개를 갸웃하며 노려보는 게 반겨주는 것이라면 말이다.

"시황이 오빠? 뭔 일이래?"

나는 슬쩍 신문지에 싸인 뼈를 등 뒤로 숨겼다. 이걸 절대로 들켜선 안 되는 몇 명 중에 한 명을 만난 것이다. 종만이 여동생 종미였다.

"느야말로 여는 웬일이여? 알바하는 것이여?"

종미는 무심히 고개를 끄덕였다. 순간 나는 종만이보다는 그녀에게서 정보를 빼내기가 조금은 수월하겠다고 생각했다. 헛기침을 몇 번 한 뒤 말을 꺼냈다.

"종미야. 거시기…… 느그 가울반점 짜장면 말인디. 거참 무슨 고기를 쓰는 겨?"

"뭣 땀시 고걸 물어봐?"

내가 아무 대꾸도 못 하자 종미는 코웃음을 쳤다.

"나가 등신인 줄 아는 겨, 오빠? 경쟁업체에 고걸 왜 말해준디야."

역시 안 되는 건가. 포기하고 돌아서려는데 종미가 입을 오물거리는 것이 느껴졌다. 그건 찰나의 직감 같은 거였다. 나에게해서는 안 될 말이지만 동시에 내뱉고 싶어 견딜 수 없는 무언가가 종미의 혀끝에 매달려 있다! 순간 뇌리에 스쳐 지나간 것은 종만이의 얼굴이었다. 나는 도박을 해보기로 결심했다.

"느그 오빠, 조금 거시기허지?"

종미가 흠칫 놀라자 내 예상이 적중했다는 것을 깨달았다. 까짓것 몇 발자국 더 나가도 상관없겠지.

"예전의 최종만이 아니라 쪼까 어색해 불잖여. 살 붙이고 사는 가족잉께 고걸 모를 리가 없을 터인디."

종만이의 기이한 변화를 종미도 느끼고 있었다. 그녀가 망설이고 망설이다 내게 해준 얘기에는 아버지에게 들려줄 만한 것이 셀 수 없이 많았다.

그러니까 최종만이 입대한 지 두 달 정도가 지난 뒤의 일이었다. 갑자기 군부대에서 집으로 전화가 걸려 왔다고 한다. 충격적이게도 그 전화는 종만이가 보초를 서던 중 탈영을 했고, 그래서 헌병대가 곧 가택으로 조사를 나갈 예정이라는 통보였다. 그 얘길 들은 종만이네 아줌마는 거의 실신 직전까지 갔다고 한다. 그런데 며칠이 지나도 헌병대는 오지 않았고 망연자실해 있던 아줌마에게 또 한 통의 전화가 걸려 왔다. 최종만 이병은 아무 탈 없이 군 생활을 하고 있고 단순한 행정 실수로 통보를 잘못했다는 것이다. 처음에 두 모녀는 가슴을 쓸어내리고 안도했으나 시간이 흐르자 뭔가 이상함을 느꼈다. 100일 휴가를 나온 종만이가 어딘지 모르게 달라져 있었기 때문이다.

"꼭 뭔가에 홀린 사람 같았고만."

어머니와 여동생을 대하는 태도나 사람의 심성은 변하지 않았지만 어딘가 나사가 하나 빠진 듯한 모습이었고 말을 더듬거나 어수룩했던 예전의 모습은 눈을 씻고 찾아봐도 보이지 않았다. 종만이네 아줌마는 군대에서 단체 생활을 하다 보면 어련히 사내다워지는 거라고 했지만 종미 눈에는 무언가 석연치 않은 점이 많아 보였다.

그리고 2년 뒤 종만이는 제대를 했고, 느닷없이 가족들에게 중국집을 차리자는 제안을 했다고 한다. 처음에 두 모녀는 망설였지만 종만이는 무척이나 강하게 의견을 밀어붙였고 결국 수만리에 두 번째 중국집이 생겨난 것이다.

"오빠가 가져온 그 고기를 넣응게 참말로 맛이 기가 맥혔어. 그려서 엄니는……."

"고기? 무슨 고기?"

그러자 종미는 아차 싶은 표정을 지으며 입을 다물었다. 그러나 내가 끈질기게 물고 늘어지자 결국 입을 열 수밖에 없었다.

　"하씨. 오빠랑 엄니가 무신 일이 있어도 말하지 말라 캤는디. 더 이상 무서워서 내는 못 참겠어."

　이어진 종미의 이야기를 듣다가 나는 하마터면 손에 든 뼈를 놓칠 뻔했다.

　태수는 왼팔과 오른 다리에 깁스를 한 채 누워 있었다. 침대가 내려앉지는 않을까 심히 염려되는 모습이었다. 녀석은 병실 문밖에 서 있는 나를 발견하고는 헤벌쭉 웃어 보였다.

　"왔냐."

　"허는 짓이 꼴 때리당께, 니는. 참말로 경운기에 부닥쳐 분 거여?"

　"그려. 캐묻지 말어, 쪽팔링게."

　이윽고 녀석은 왜 빈손으로 왔냐며, 하다못해 비타500 한 병이라도 가져와야 하는 거 아니냐고 핀잔을 주기에 이르렀다. 나는 그 말을 한 귀로 흘리며 머릿속으로는 종미의 이야기를 되새김질하고 있었다. 어서 아버지에게 돌아가 의논을 해봐야 했다. 이것은 만리장성의 미래가 달린 일이었다.

　"그나저나 울 아부지 심부름도 해야 허는디."

　"심부름?"

　내 물음에 태수는 한숨을 내쉬었다.

　"노씨 할배가 요새 상태가 쪼까 요상허단 말여. 오밤중에 벌떡 일어나서 동네방네 소리를 지르고 다닌다드만."

"소리? 그 얌전한 양반이?"

내가 믿지 못하겠다는 기색을 드러내자 태수는 깁스한 팔을 흔들며 열변을 토했다.

"그려. 요새 누가 노씨 할배네 소들한테 장난질을 치나 벼. 밤에 시끄러운 소리가 나서 나가봉게 논밭이 막 헤쳐져 있고 돼지우리는 망가져 있고. 긍께 우리 정육점에도 납품이 제대로 안 되는 거 아녀."

소나 돼지라. 평소라면 단순히 희한한 일이라 웃으며 넘겼겠지만 나는 최종만의 얼굴을 떠올리지 않을 수 없었다. 노씨 아저씨가 사는 곳은 마을에서 상당히 후미진 곳에 위치해서 가축 도난이 일어나도 이상할 게 없다. 하지만 이 가설에는 심각한 문제가 있는데, 이 코딱지만 한 마을에서 장물인 소나 돼지를 다시 되팔 수는 없을 거란 점이다. 만약 마을 외부로 반출시키는 전문 도둑이라면 그건 그것 나름대로 시간과 인력 낭비다.

물론 사라진 가축들이 마을 내에서 '처리'된다면 이야기는 다르지만.

내가 생각에 골몰해 있을 때 돌팔이 황씨 아저씨가 의사 가운을 입고 간호사와 함께 병실에 들어섰다. 잠시 나와 태수의 말문은 뚝 끊겼고 간호사는 이것저것을 체크했다. 황씨 아저씨는 몸을 자주 움직여야 부러진 뼈가 빨리 붙는다는, 중학교 생물 교과서만 알아도 말할 수 있는 처방을 내리고는 돌아섰다. 그때 순간 나는 내 손에 들린 것이 무엇인지 알아볼 수 있는 사람이 바로 옆에 있다는 것을 깨달았다.

"저, 황씨 아저씨."

그러자 황씨 아저씨는 홱 하고 등을 돌려 눈을 부라렸고, 나는 말을 정정했다.

"원장 선생님."

"그려. 왜?"

"요것이 워떤 동물의 뼈인지 혹시 아셔요?"

나는 신문지를 펼쳐 황씨 아저씨에게 뼈를 보여줬고, 그는 눈을 빛냈다.

뒤집을 때를 알고 뒤집어지는 탕수육의 뒷모습은 얼마나 탐스러운가
———

아버지는 개업 이후 처음으로 9시가 되기도 전에 셔터를 내렸다. 나는 잠자코 테이블에 앉아 있었다. 이 판국에 만리장성을 찾아올 손님도 없을 테지만 아버지가 셔터를 내리는 행위에는 무언가 비장함이 묻어 있었다. 내가 앉은 테이블 위에는 문제의 뼈가 적나라하게 드러나 있었다.

"긍께…… 이 뼈가 거시기란 말이지."

테이블 주위를 서성이는 아버지를 보며 나는 고개를 끄덕였다.

평소에 돌팔이라고만 생각했던 황씨 아저씨는 의외로 뼈에 대해 상세한 대답을 해줬다. 만약에 이 뼈가 사람의 뼈라면 가장 흡사한 부위는 발목뼈라고. 그런데 문제는 크기였다. 성인이 아니라 생후 30개월 미만의 아기 뼈일 수밖에 없다는 것이다. 그리고 황씨 아저씨는 석연치 않은 듯 한마디를 덧붙였다.

그 말을 아버지에게 전했다.

"그러더랑께. 크기는 애기 뼈인디……, 애기 뼈는 요로코롬 단단헐 수가 없다는고만."

"씨브럴. 그 양반 말은 당최 뭔 소린지 알 수가 있어야제. 것보다, 종만이 놈이 가져오는 고기의 재료가 뭣인지 가족들도 몰라분다 이거 아녀?"

그랬다. 종미가 불안해 하며 털어놓은 이야기는 조금 음산했다. 밤마다 종만이가 큼직한 칼과 장도리 보따리를 들고 가서 새벽쯤이 되면 무언가 묵직한 것을 들고 온다는 것이다. 보따리에 들어 있는 것이 무엇인지 상상의 나래를 펼쳐보지 않은 것은 아니지만 그 얘기를 듣고서도 실감이 나질 않았다. 내가 알던 최종만의 모습과 너무 달랐기 때문이다.

그런데 아버지는 그 이야기를 매우 진지하게 받아들였다.

"종만이 놈이 뭔가 거시기헌 짓을 해불고 다니는 것 같어. 고것이 뭣인지 알아봐야 쓰겄다."

"고건 파출소 아저씨들이 헐 일 아녀?"

"별것 아닐 수도 있잖여. 그럼 동네방네 개망신에 낯짝 못 들고 다니는 겨."

하긴, 그 최종만이 파출소 순경들과 대치하는 것도 참으로 웃긴 일이다. 그런데 아버지는 종만이를 만나서 어쩌겠다는 걸까?

"뒤를 캐볼 것이여. 워디서 수상한 고기를 떼 오는지 내 보고! 그 뒤에 거시기하면 거시기해야제."

달밤의 추격전이라. 내가 수만리에서 목격한 범죄라고는 건어물 가게 영길이의 돼지 저금통이 분실된 사건이나, 막역지우인 철물점 떡보 아저씨와 문방구 갈치 아저씨가 막걸리를 마시고 취중 바둑을 두다 사소한 폭력 사태를 일으킨 정도가 전부였다. 누군가의 뒤를 쫓는다니, 조금 구미가 당기기 시작했다. 종만이가 정말로 위험하게 느껴졌다기보단 순수하게 행위 자체의 스릴 때문이었다.

"그럼 내도 같이 가."

그러나 예상외로 아버지의 태도는 단호했다.

"니는 있어야제. 사람을 미행허는 것이 쉬운 줄 알어? 애비야 공수부대 출신이지만 니는 걍 고등학생 아니여. 거시기, 뭔 일 생기더라도 경찰에 연락할 사람은 남아 있어야 허는 것이고."

아버지는 공수부대의 모진 훈련을 견디어낸 사람이다. 하지만 동시에 취사병 출신이다. 물론 그 말을 입 밖에 내지는 않았다. 아버지의 표정이 워낙 진지하기도 했지만 여전히 미행이니 경찰이니 하는 말이 피부에 와닿지 않았기 때문이다. 내게는 이 모든 것이 짜장면 승부에서 패배한 아버지의 심통이 만들어내는 과장된 해프닝으로만 느껴졌다.

아니, 어쩌면 그렇게 믿고 싶은 건지도.

종미가 말한 밤 11시가 다가오자 아버지는 창고에서 먼지 묻은 야구 배트를 꺼내 허리춤에 묶기 시작했다. 그러자 뭔가 엉덩이가 욱신거리는 착각이 들었다. 나무로 만들어진 저 야구 배트는 어렸을 적 내게 그랑죠의 필살 무기 엘디 카이저보다 더 무시무시한 대상이었다. 당시의 기억은 의외로 강렬해서 지금의 아버지는 호랑이를 때려잡는다고 해도 이상하지 않을 것처럼 느껴졌다.

그때 가울반점에서 어두운 형체가 걸어 나왔다. 그러고는 마을 북쪽으로 망설임 없이 걷기 시작했다. 분명 최종만일 것이다. 종미의 말대로였다. 최종만은 마을 뒷산 방향으로 걸음을 옮겼다. 마을 뒷산에는 약수터, 저수지 그리고 공동묘지가 있었다.

"아들, 댕겨올란다."

아버지는 마치 달나라를 어둠의 손에서 구해내려고 최후의 전투를 떠나는 그랑죠처럼 일어섰다. 반면에 나는 어정쩡하게 웃을 수밖에 없었다. 내게 종만이의 코피를 터트린 기억은 바닷가의 자갈들만큼 많았고, 상대적으로 아버지에게 맞아 멍이 들었던 기억은 바닷가의 모래들만큼 많았다. 아버지가 아무리 심각하고 장엄한 표정을 짓고 있어도 마음속 깊숙한 곳에서는 결국 자신의 짜장면 실력이 별 볼 일 없다는 사실을 대면하고 돌아올 주방장의 모습으로밖에 비치지 않았던 것이다. 곰곰이 생각해 보니 그것이 썩 유쾌한 일은 아니었다.

그래서 아버지에게 건넨 인사도 좀 어정쩡할 수밖에 없었다.

"올 때 떡볶이 좀 사 와."

막상 만리장성에 혼자 남겨지니 별로 할 것이 없었다. 다른 집 전자레인지만 한 티브이를 무심하게 돌려보다가 익숙한 영상을 발견했다. GBS였다. 놀랍게도 화면에 잡힌 것은 대갈바위의 모습이었다. 방송국 놈들, 진짜로 가울반점의 짜장면을 취재하러 온 게 아니라 대갈바위가 목적이었던 모양이다.

"……제주도의 돌하르방, 이스터섬의 모아이처럼 수만리의 이 인두석상도 제단의 용도로 쓰였거나 누군가를 위한 표식으로서 기능했을 가능성이 크다. 또한……."

내레이터의 진지한 목소리에 그만 실소를 터트리고 말았다. 인두석상이라고? 하긴 대갈바위라는 명칭을 방송에 쓰기는 좀 그렇겠지. 프로그램명을 보니 '믿거나 말거나' 식의 토픽을 다루는 프로그램이었다. 대갈바위에 대한 이야기는 곧 지나가 버렸고 지루해진 나는 티브이를 꺼버렸다. 집에 가면 컴퓨터라도 있지만 아버지가 돌아오기 전에 혼자 집에 갈 수는 없었다.

슬며시 가게 문을 열고 나와 담배를 꼬나물었다. 주위를 둘러보았지만 수만리의 대로변은 한산했다. 뭐, 사실 내가 담배를 피우는 모습을 보아도 대놓고 따질 만한 사람은 없을 테지만.

"글고 봉께, 겁내 피곤한 날들이었고만."

공기 중으로 흩어지는 담배 연기와 함께 지나간 날들이 떠올랐다. 애초에 무엇 때문에 이런 일이 벌어진 걸까. 아버지 생각대로 종만이 때문이었을까. 아니면 곰의 성미를 긁은 종만이네 아줌마 때문이었을까. 그것도 아니면 가울반점의 짜장면이 너무 맛있어서일까. 아니다. 나는 애써 결론을 회피하려 하고 있었다.

모든 것은 아버지의 뚝심 때문이었다.

사실 아들인 내가 생각해도 아버지의 짜장면이 누군가에게 도전받는 일은 언제 일어나도 이상하지 않았다. 가울반점이 아닌 또 다른 중국집이 생겼더라도 상황은 마찬가지였을 것이다. 별생각 없이 아버지의 심부름을 다녔을 때만 해도 바람난 유부녀의 뒤를 캐는 흥신소 탐정이라도 된 것처럼 스릴 있었는데.

어쩌면 아버지를 저렇게 몰고 간 것은 나일지도 모른다. 만약 진짜 종만이가 군대에서 살짝 맛이 가 밤마다 공동묘지에서 시

체를 파내어 가울반점의 짜장면을 만들어내는 것이라 하더라
도 상황이 만리장성에게 낙관적이진 않을 거다. 내가 직접 먹어
본 환상적인 맛을 수만리 사람 태반이 경험했다. 그런 상황에서
가울반점이 없어진다고 만리장성이 다시 흥할 수 있을까?

대체 아버지는 왜 중국집 주방장을 못 그만둔다는 걸까. 당신
말마따나 쪽팔림을 감수하면서까지.

그때 수만리대로의 북쪽에서 커다란 형체가 내 쪽을 향해 다
가왔다. 아버지가 벌써 돌아온 걸까? 나는 황급히 담배를 땅바
닥에 던진 뒤 비벼 껐다. 하지만 형체는 가울반점 앞에 멈춰 섰
다. 그러고는 우두커니 서 있었다. 자세히 보니 아버지는 아니
었다. 덩치는 비슷했으나 키가 좀 더 컸다. 누군지 깨닫고 나는
그쪽으로 걸어갔다. 수만리에 아버지를 제외하고 정녕 영장류
인지 의심케 만드는 덩치는 하나뿐이었다.

"태수야. 벌써 퇴원한 겨?"

태수는 고개를 돌려 날 쳐다보았다. 환자복을 그대로 입고 있
으니 아마 퇴원한 건 아닌 모양이었다. 녀석의 손에는 1.5리터
물병이 들려 있었다. 뚜껑은 열려 있었다.

"뭣 허는 거여? 달밤에 물배 채우고 조깅하는 겨?"

실없는 말을 건네봐도 녀석의 표정은 어두웠다. 뭔가 잘못 돌
아가고 있었다. 그때 내 코가 먼저 이 사태를 눈치챘다. 태수가
든 물병에서 휘발유 냄새가 진동했다. 나는 번개처럼 녀석의 팔
을 붙잡았다.

"박태수. 뭐여. 돌은 겨?"

"못 본 척혀줘라, 시황아. 나가 여그를 확 불태워 불지 않으면

돌아버릴 것 같응께."

이게 무슨 곰 풀 뜯어 먹는 소리인가.

"니가 시방 만리장성을 위해 그 한 몸 희생허겄다 이거여? 장렬하다, 장렬해. 됐응께, 고거 싸게 치워라."

"……나 실은 경운기에 치인 거 아니여. 맞은 겨."

"맞아? 누구헌티? 내 말고 니 때릴 사람이 요 동네에 있간디?"

그때 태수가 가울반점의 간판을 노려보기 시작했다. 녀석이 정말로 패고 싶은 상대가 생겼을 때 보이는 독기 어린 눈빛이었다. 발목을 꺾은 뒤로 나는 두 번 다시 볼 일 없던 그 눈빛. 태수는 으르렁거렸다.

"최좆만이. 그 새끼헌테 당한 겨. 개울가 옆 논두렁에서 우연히 마주쳤는디, 기냥 지나치길래 욱하드라고. 그러서 오토바이에서 내리게 한 다음에 손 좀 봐줄라 캤지."

종만이는 말도 없이 논두렁을 노려보고 있었다고 한다. 태수가 불러도 완전히 무시하는 바람에 더욱 약이 올랐다. 그래서 분노에 가득 찬 태수가 강제로 최종만을 돌려세우려 할 때였다.

"그러서? 좆만이가 닐 요로코롬 만들었다 이거여? 차라리 다람쥐가 코끼리한테 암바를 걸었다고 혀라. 고것이 말이 되간디? 느닷없이 기양 하이킥을 꽂아불드냐?"

그런데 태수의 입에서 나온 말은 의외였다.

"몰러. 어디를 워떻게 맞아분 건지, 그럴 겨를도 없었당께. 정신을 차려봉께 논두렁에 처박혀 있드라고."

"써글 놈. 상식적으로다가 말이 돼야지. 니가 요 정도면 최좆만이는 이미 뒈져부렀어야제. 근디 나가 30분 전만 혀도……."

그때 턱 하고 말문이 막혔다. 누군가 뒷덜미에 냉동한 깐쇼새우를 갖다 댄 느낌이었다. 만약 이 녀석 말이 사실이라면 최종만이 멀쩡히 동네를 돌아다닌다는 것은 말도 안 된다. 그런데 방금 전 내가 목격했지 않은가. 유유히 공동묘지 쪽으로 휘적휘적 걸어갔고, 그 뒤를……

"워매, 아부지!"

거의 발작적으로 소리를 지르는 바람에 태수는 휘발유가 담긴 물병을 떨어트렸다. 그러나 나는 녀석이 뭐라고 욕지거리를 하는지 들을 수 없었다. 그때쯤 이미 정신없이 마을 북쪽을 향해 달리고 있었기 때문이다.

군만두는 거들 뿐

나는 씩씩거리며 문제의 논두렁 앞에 서 있었다. 약수터로 가는 길 중간에 있는 논은 그냥 지나치려 해도 그럴 수 없을 만큼 인상적인 풍경이었는데, 논 한가운데 벼들이 흉하게 쓰러져 있었던 것이다.

"태수 새끼. 워떻게 자빠졌길래 논이 저 모양이 되았다냐?"

논을 쓱 훑어보고 다시 달리려던 내 다리를 무언가가 붙잡았다.

그런데 애초에 최종만은 왜 이곳을 바라보고 있었을까? 녀석의 얼굴이 머리를 자꾸만 가득 채워 불쾌해질 정도였다. 최종만, 최종만, 최좃만. 머리를 털어내려고 세차게 흔들자 어둠에 익숙해진 내 눈이 논두렁의 모습을 자세하게 담아냈다.

이상했다. 태수가 상습적으로 옷가게 점원들을 곤란하게 할 정도의 덩치라 해도 논두렁이 저 정도로 망가진다는 건 있을 수가 없는 일이었다. 나는 심호흡을 한번 한 뒤 벼가 잔뜩 쓰러져 있는 논으로 뛰어내렸다. 신발이 젖어들었지만 아랑곳하지 않았다.

벼는 기묘하게 휘어져 있었다. 가까이서 보니 쓰러진 벼의 경계선이 정확히 원을 그렸다. 고개를 들어 시선을 돌렸다. 꽤나 멀긴 했지만 벼가 쓰러진 곳이 북쪽에 하나가 더 있었다. 어쩌면 일직선으로 주욱 이어질지도 몰랐다. 공중에서 한눈에 볼 수 있다면 좋겠지만 그건 불가능하다.

손가락을 들어 가상의 선을 세워보았다. 원과 원을 잇는 직선. 수만리에서 태어나 19년을 살아온 몸이기에 나는 바로 알아챌 수 있었다. 직선은 거의 정확히 약수터를 향했다.

머릿속에서 불길한 가설이 하나 세워졌다. 그걸 확인하려면 아버지를 따라잡는 수밖에 없다. 나는 다시 논두렁 위로 올라와 달리기 시작했다.

얼마나 달렸을까. 산 중턱까지 올라오자 다리가 후들거렸다. 거의 쉬지도 않고 뜀박질을 하는 바람에 몸에 이상이 온 것이다. 담배 탓인지 심장이 터질 것처럼 뛰어대었다. 그래도 멈춰서 쉴 수는 없었다. 자꾸만 불길한 예감이 온몸을 엄습했다. 만약 진짜로 종만이가 태수를 그렇게 만든 거라면 아무리 아버지라 해도 안심할 수 없었다. 비실이 최종만이 어떻게 노련한 싸움꾼을 그렇게 만들었는진 알 수 없지만 적어도 그 비실이는 지금 칼과 장도리를 가지고 있을 터였다.

한참을 달리자 오른편에 저수지가 보였다. 달이 휘영청 저수지 위를 떠다니고 있었다. 초여름의 한가로운 풍경이지만 구경이나 할 때가 아니었다. 얼마를 더 뛰었을까. 허름한 약수터가 나타났다. 그런데 그곳은 그냥 지나칠 수가 없었다. 마을 할아버지들이 힘겹게 매달리곤 하는 철봉 아래에 익숙한 물건이 눈에 띄었기 때문이다.

야구 배트가 두 개로 쪼개져 있었다.

머릿속에 든 철가방이 철컹하고 닫히는 기분이었다. 아무리 내 엉덩이를 때려도 부러지지 않았던 야구 배트가, 그것도 세로로 양단돼 있었다. 그렇다면 그 주인은 대체 어떻게 되었다는 말인가. 순간 내가 아버지에게 건넨 마지막 인사가 떠올랐다.

떡볶이 좀 사 와.

나는 비명이 나오려는 입을 콱 틀어막았다. 약수터 위쪽에서 전혀 기대하지 않았던 소리가 들려왔다. 돼지 멱따는 소리? 비유적 표현이 아니라 정말로 돼지가 살려고 몸부림칠 때 내는 소리였다.

헐떡이는 호흡을 추스르고 살금살금 언덕 위로 올라갔다. 오직 달빛에 의지해서 바라본 광경은 직관적으로 이해하기에는 무리가 따르는 장면이었다.

가장 먼저 시선을 끈 것은 대갈바위에 묶인 돼지 한 마리였다. 토실토실 살이 오른 녀석은 연신 꾸엑, 꾸엑거리며 흙을 튀겨대고 있었다. 그리고 돼지로부터 조금 떨어져 서 있는 최종만의 모습이 달빛에 드러났다. 마지막으로 종만이의 등 뒤에 다소 곳이 앉아 있는 아버지가 보였다.

당장에 달려 나가고 싶었지만 참아야 했다. 무슨 방법을 썼는지는 알 수 없지만 아버지가 저토록 무력하게 무릎을 꿇고 앉아 있다는 건 종만이를 결코 만만히 봐서는 안 된다는 뜻과도 같았다. 다행히 나는 지금 대갈바위에 가려져서 종만이의 눈에 띄지 않는 모양이었다. 아직은 기회가 있다. 다급히 아버지가 내게 알려준 싸움의 기술들 중 쓸 만한 것들을 뒤져보려 애썼다.

"사각에서의 공격이 최고다. 지 아무리 날고 기는 놈이라고 혀도 뒤통수를 후려쳐 불면 견딜 놈이 없는 거여."

격투술 중 가장 완벽한 공격은 무방비 상태에서의 습격이라 했던 아버지의 말을 떠올리고는 나는 숨을 죽이고 천천히 대갈바위 뒤로 접근했다.

그때 종만이가 아버지에게 묻는 목소리가 들렸다.

"그렇다면 직업은 뭐지, 류덕수?"

그러자 아버지는 멍한 표정으로 대답했다.

"만리장성 주방장임."

아버지의 태도가 지극히 순종적이라는 사실도 놀라웠지만 그 음색이 너무나도 무미건조해 더욱 경악스러웠다. 사람의 입을 통해서 나오는 말이라기보다는 기계가 발산하는 신호음처럼 딱딱하기 그지없었다.

"나이는?"

"마흔둘임."

종만이는 아버지에게 질문을 계속했다. 뭔가를 취조하는 듯한 분위기였다.

다행히 돼지 녀석은 자신을 구속하고 있는 줄에만 관심이 있는 모양인지 내 존재를 알아채지 못하고 있었다. 나는 오른손에 든 큼직한 돌멩이를 꽉 움켜쥐었다. 종만이가 뒤돌아보는 순간, 그 면상에 내리찍을 요량으로 챙긴 것이다.

하지만 마지막 순간에 계획이 어긋났다.

"애청 프로는?"

"다이내믹 란제리 쇼."

"란제리 쇼오오?"

마지막 건 최종만이 아니라 내 입에서 나온 거다.

우리 아버지가 그딴 걸 챙겨 본다고? 너무 어처구니가 없는 바람에 나도 모르게 비명을 지르고 말았다. 종만이는 휙 하고 뒤를 돌아보았고, 대갈바위 뒤에서 뛰쳐나오려던 나와 눈이 마주쳤다. 쳐든 내 오른손에는 다른 용도를 의심하기 힘든 돌멩이가 들려 있었다.

"에라!"

나는 목줄을 벗어난 사냥개처럼 녀석에게 달려들었다. 그리고 놈의 얼굴을 향해 돌멩이를 날렸다. 그런데 손끝에 닿은 것은 종만이의 얼굴 가죽과 광대뼈의 감촉이 아니라 허공이었다. 이윽고 피가 거꾸로 솟는 느낌이 들더니 갑자기 몸이 공중에서 한 바퀴 회전한 다음 볼품없이 나가떨어졌다.

어렸을 적 아버지는 상대방과의 싸움에서 넘어졌을 경우 발길질이 날아오거나 상대방이 올라타기 전에 일어나지 못하면 진다고 가르쳐주었다. 그래서 나는 무의식 중에도 넘어지면 벌떡 일어나는 것이 몸에 배어 있었다. 그런데도 일어나지 못했다. 육체적인 충격보다 정신적인 충격이 더욱 컸기 때문이다.

종만이는 분명 내게 털끝 하나 부딪히지 않았다. 그저 손가락을 들어 날 가리켰을 뿐.

"진정하고 내 말 들어. 류시황. 네 아버지는 멀쩡해. 그냥 제압됐을 뿐이야. 과연 내 정체를 폭로할 만큼 위험한 인물인지 심문하고 있었어."

"심문? 폭로? 뭔 개소리여. 알아듣게 얘기혀 봐, 씨불놈아."

나는 벌렁 드러누운 채 씩씩대며 말했다. 위압감을 주려 노력했지만 턱은 수치심과 당황스러움에 벌벌 떨리고 있었다. 종만이는 무표정한 얼굴로 아버지의 얼굴을 가리켰다. 그제야 아버지의 얼굴을 자세히 볼 수 있었는데, 아버지의 표정은 마치 몽유병에 걸린 사람처럼 멍해 보였다. 종만이는 하늘을 쳐다보더니 혼잣말을 했다.

"아직 상정 외 돌발 요소를 처리하지 못했는데. 벌써 와버렸군."

나는 그게 무슨 소리냐고 따지려 했지만 그럴 수 없었다. 하늘에서 갑자기 눈부신 빛이 우리를 덮쳐 왔기 때문이다. 처음에는 번개가 수백 번 연속으로 치는 줄 알았다. 하지만 그건 말이 안 됐다. 귀를 찢는 천둥소리도 없었고 만약 그랬다면 벌써 몸이 새카맣게 타버렸을 테니까.

나는 이마에 손 그늘을 만들고 천천히 위를 올려다보았다.

"뭐시여, 저건?"

거대한 원반이었다. 표면이 하얗고 매끄러워서 마치 가울반점의 새 짜장면 그릇 두 개를 맞대어 놓은 듯한 외양이었다. 그것은 아무 소음도 내지 않은 채 기괴하게 떠 있었다.

그때 보고도 믿기 힘든 광경이 펼쳐졌다. 발버둥 치던 돼지가 천천히 공중으로 떠오르기 시작한 것이다. 녀석은 마치 물에 가라앉은 것처럼 사지를 흔들어댔는데 그것을 희극적이라고 생각할 수는 없었다. 돼지를 묶고 있던 줄은 잠시 버티더니 이윽고 툭 끊어졌다. "꾸에에엑!" 단말마의 울음이 돼지와 함께 원반 안으로 쑥 사라졌다.

잠시 후 원반의 한가운데에서 무언가가 천천히 내려왔다. 땅에 무사히 착지한 것은 유리 상자였다. 상자 안에는 도무지 지구의 생명체라고 볼 수 없는 기묘한 생물이 누워 있었다. 아니 그걸 누워 있다고 할 수 있을까.

녀석은 시커먼 털에 다리가 일곱 개였다. 일곱 번째 다리는 등 위에 나 있었다. 얼굴로 보이는 부분에는 마름모 모양으로 생긴 네 개의 주황색 눈이 희번덕거렸다. 그리고 난 깨달았다. 원반에서 내려온 생물에 집중한 사이 어느새 눈부신 빛이 말끔하게 사라진 것을.

하늘은 원래 그랬던 것처럼 아무것도 없었다. 종만이가 천천히 걸어가 유리 상자를 집어 들었다. 그때 내 머릿속에서는 여러 가지 톱니바퀴들이 한꺼번에 맞물리는 것처럼 몇 마디의 말이 떠오르기 시작했다.

'요새 수만리에 개새끼 없어진 지가 언젠디.'

그러게요, 아줌마. 대체 개들은 어디로 사라진 걸까요?

'누가 노씨 할배네 소들한테 장난질을 치나 벼.'

태수야. 난 그 장난질의 주인공을 마주하고 있는 것 같다.

'누군가를 위한 표식으로서 기능했을 가능성이 크다.'

표식이라. 이 작은 마을에서 대갈바위만큼 적절한 표지판도 드물겠지.

최종만은 가만히 유리 상자 안에 들어 있는 기묘한 생물을 바라보다가 나를 쳐다보았다. 나는 이를 악물고는 질문했다.

"그게, 대체, 뭐야?"

녀석은 한참 뜸을 들이더니 대꾸했다.

"이 녀석의 이름은 가우리브라쿠스. 우리 도라쉬크공화국 모성(母星)에서 가장 보잘 것 없는 동물이지. 물론 식용은 아니야. 맛이 고약하거든. 그런데 지구인의 경우엔 이야기가 달랐어. 그들의 미각에는 엄청난 화학반응을 일으키지."

"……최좆만이, 니 이티 같은 거여?"

"최좆만이라는 호칭은 잘못되었어. 최종만이라고 해야지. 그리고 무엇보다 난 네가 생각하는 최종만이 아니야. 최종만이라는 개체는 지구 시간으로 459일 전에 사망했거든. 내가 그의 육체를 탈취하고 가졌지. 너희 말로는 뭐라 표현해야 할까. 강탈? 빙의? 최종만의 몸에 내 지성이 들어온 거지."

"최좆만, 아니 종만이가…… 뒈졌다고?"

"물론 그의 생전 기억은 갖고 있지. 하지만 압축 처리된 정보 더미일 뿐이야. 최종만을 이루던 모든 것은 소멸했어. 대신 내가 그 역할을 대신하고 있는 거야."

머리가 요상해지는 기분이었지만 나는 계속 물었다. 그러지 않으면 당장이라도 비명을 지를 것만 같은 기분이었으니까.

"뭣 땜시?"

"나는 미각 연구가야. 우리 별 사람들의 식재료와 지구의 식

재료를 교환해서 비교하는 일을 하고 있어."

녀석의 말 중 절반은 거의 알아들을 수가 없었다. 물론 반쯤은 내가 공황 상태에서 헤어나지 못했기 때문일 수도 있지만. 어쨌든 녀석 역시 요리사인 것처럼 말하고 있었다.

"희한하게도 우리 도라쉬크공화국에서는 최하급 천민도 건드리지 않는 이 가우리브라쿠스가 지구인들에게는 꽤 흥미로운 미각적 경험을 선사한다는 사실을 발견했어. 그런데 한 가지 문제점이 있었지. 이놈은 검은모래사막 지대의 모래를 먹고 살기 때문에 속살이 지독하게 까맣거든. 갈아서 넣는 데도 한계가 있어. 어쩔 수 없이 애초에 검은색을 띤 음식에 집어넣는 수밖에."

모든 것이 이해가 갔다. 어째서 종만이네 아줌마가 하루아침에 백반집을 때려치우고 중국집을 차렸는지. 왜 중국집 이름이 괴상하게도 '가울반점'이었는지. 환상적인 맛의 비결은 외계 생물의 고기였던 것이다. 어이가 없어 헛웃음이 나왔다. 그러다가 문득 한 가지 의문이 일어났다.

"헌디, 뭣 땀시 요런 걸 다 갈켜주는 겨?"

종만이, 아니 외계인은 생각도 하지 않고 대꾸했다.

"어차피 죽일 거니까. 내 정체를 봤으니 살려두면 골치 아프거든."

피가 싸늘하게 식는 기분이었다. 종만이의 껍질을 쓰고 있는 이 외계인은 애초에 날 살려둘 생각이 없었던 것이다. 도망을 쳐야 하나? 하지만 저주스럽게도 손가락 하나 까딱할 수 없었다. 외계인이 점차 내게 다가오기 시작했다.

"고통은 없을 거야. 순식간에 신체 대사를 정지시킬 테니. 네 아버지도······."

그때였다. 외계인이 처음으로 인상을 찡그렸다. 물론 그 표정도 마네킹처럼 조각된 듯 보였지만. 녀석은 잠시 알아들을 수 없는 언어로 뭔가를 중얼거리더니 한숨을 쉬고는 내게 다시 말을 걸었다.

"안 되겠군. 내가 몸을 빌리고 있는 이 개체의 기억이 내 행위를 방해하고 있어. 너희 둘을 죽이는 건 과하다고 믿는 것 같아."

"······뭐여?"

"물론 널 동정하고 있다는 뜻은 아니야. 이 개체의 기억 중 너와 연관된 부분은 그다지 유쾌한 쪽이 아니거든."

뜨끔했다. 확실히 종만이의 기억 속 나는 시도 때도 없이 자신에게 시비를 거는 동네 깡패 그 이상일 리 없었다. 외계인의 말은 계속 이어졌다.

"그런데 이 개체의 기억에 의하면, 자신과 너를 은연중에 닮았다고 생각했던 모양이야. 둘 다 한쪽 부모를 잃었고 남은 부모를 끔찍하게 위한다는 점."

내가 그 정도로 아버지를 위했나? 뭐, 종만이의 눈에는 그렇게 보였던 모양이다.

"그게 이 개체를 괴롭게 만들고 있어. 내게도 큰 영향을 미칠 정도로. 계속 이 몸의 신세를 져야 하는 나로선 당황스러운걸."

외계인은 곰곰이 생각하더니 내게 협상을 제안했다. 물론 실상은 협박이었지만.

"좋아, 이렇게 하지. 너희를 살려주겠다. 다만 내일 당장 이 마을을 떠나야 해. 그리고 죽을 때까지 돌아와선 안 돼. 내 눈에 다시 띄는 일이 있다면 더 이상 생명 활동을 유지하고 싶지 않다는 뜻으로 받아들이겠어. 이해했나?"

녀석이 마지막 말을 내뱉었을 때 언뜻 눈동자가 노랗게 빛이 난 것 같았지만 나는 따지지 않고 고개를 끄덕였다. 사실, 달리 방법이 없었다. 손가락 하나로 사람을 날려버리는 외계인 앞에서 뭘 하겠는가.

그렇게 종만이의 탈을 쓴 외계인은 아버지와 날 놔두고 떠나갔다. 한마디를 남긴 채.

"네 아버지는 2시간쯤 뒤에 깨어나. 그때까지는 저 상태가 지속될 거야."

내가 그를 비벼주기 전에 그는 다만 짜장면에 지나지 않았다.
내가 그의 면발을 비벼주었을 때 그는 나에게로 와⋯⋯
———

서늘한 바람이 볼을 때리고 지나갔다. 어두운 새벽의 공동묘지에서 나는 무릎을 꿇고 멍하니 허공을 쳐다보는 아버지를 마주보고 있었다. 아버지가 깨어나면 심문받았던 기억은 모두 없어질 것이라 했다. 진실만을 말하는 일종의 최면이 풀려버리는 것이다. 진실만을 말한다라⋯⋯.

나는 한번 시험해 보기로 했다.

"아부지, 나가 담배 피우는 거 알어?"

"알고 있음."

"⋯⋯근디 왜 말 안 혔어?"

"그 나이 때 나도 피웠음."

"나 몰래 숨겨둔 비상금은 얼매나 돼?"

"통장 한 개. 500만 원."

"용도는?"

"너의 대학교 등록금."

순간 말문이 막혔다. 등록금? 진심으로 하는 소린가? 내 개떡 같은 성적표를 보고도?

잠시 침묵이 흘렀고 아버지는 아무런 표정의 변화 없이 내 허리띠를 쳐다보고 있었다. 아니, 아버지의 눈에 초점 따위는 없었다. 그냥 눈이 그쪽으로 향해 있을 뿐. 순간 아직도 아버지가 무릎을 꿇고 있다는 것을 깨달았다. 나는 낑낑거리며 아버지의 굳어 있는 몸을 편한 자세로 바꾸었다. 뭐, 어떤 자세를 하고 있든 똑같으려나.

기분이 착잡했다. 잠시 망설이다가 시계를 봤다. 아직 아버지가 깨어나려면 30분이나 남아 있었다. 담배를 꺼내 불을 붙였다. 혹시나 했지만 아버지는 아무런 반응을 보이지 않았다. 정말로 진실만을 말하는, 무슨 로봇이라도 된 것처럼 느껴졌다. 담배 한 모금을 빨아들였다. 6년 만에 난생 처음으로 아버지 앞에서 담배를 피우고 있다.

"아부지."

질문이 아니면 대답하지 않는 모양이다. 그래서 나는 질문을 던졌다.

"주방장 일이 쪽팔린 겨?"

"쪽팔림."

"근디 뭣 땀시 미련하게 붙들고 있는 것이여? 딴 일도 쌔고 쌨는디."

아버지의 입에서 나온 대답은 예상 밖이었다.

"너의 엄마가 좋아했음."

"······엄마? 그 여자가 뭐랬는데?"

"내가 만든 짜장면을 좋아했음. 겉은 시커먼데 속은 새하얀 것이 마치 나를 보는 것 같다 그랬음. 내가 생긴 건 무서워도 속마음은 순하다고 했음."

이런 빌어먹을. 그 여자가 아버지에게 그딴 말을 했단 말인가. 외계인의 말은 아무래도 사실인 것 같았다. 만약 아버지의 정신이 조금이라도 남아 있었다면 아들에게 이런 말을 하느니 혀를 깨물었을 테니까. 그제야 내가 고등학교에 들어갔을 때에도 왜 아버지가 고집스럽게 수만리를 떠나지 않고 만리장성에 남았는지 알 수 있었다. 가울반점의 등장에 아버지가 위기감을 느낀 건 주방장으로서의 패배감이 아니라 더 이상 중국집을 운영할 수 없을지도 모른다는 불안감이었을 것이다.

내 질문은 점점 더 과감해져 갔다.

"엄마는······ 뭣 땀시 도망간 겨?"

"바람나서."

막상 듣고 나니 김새는 기분이었다. 이럴 수가. 그냥 바람이었나. 그래서 아버지도 나도 버리고 그 여자는 떠나버린 건가. 아버지는 미련하게 그런 여자를······. 이를 악물었다. 싸구려 신파다. 새로울 것도, 신기할 것도 없는. 나는 누구와 바람났는지 물어보려다 그만두었다. 아마 아버지도 모를 것이다. 누군지 알

왔다면 나는 아버지를 만나러 만리장성이 아니라 교도소를 들락날락했을 테니까.

그때 이상하게 주지스님의 알아듣지 못할 말이 자꾸만 떠올랐다.

'이 젓가락이 지금 무슨 생각을 하고 있겠느냐?'

과연. 무슨 생각을 하고 있을까. 그래서 나는 아버지에게 참으로 던지기 힘겨운 질문을 던졌다. 몇 가지 기괴한 사건들을 겪지 않았더라면 절대 입 밖에도 내지 않았을 그것은 내가 평생 동안 그에게 들어야만 했던 단 하나의 질문이었다.

"엄마 보고 싶은 겨?"

그러자 아버지는 천천히 입술을 움직여 또렷하게 대답했다.

"응. 많이."

담배가 다 탔다. 나는 아버지의 눈에 보이지 않을 만큼 먼 곳에 꽁초를 버리고 다시 아버지 앞으로 돌아왔다. 육중한 덩치의 아버지가 마치 사탕을 빼앗긴 어린애처럼 두 다리를 쭉 뻗고 털썩 앉아 있는 모습은 우스꽝스러웠지만 웃을 수 없었다. 이제 우리는 수만리를 떠나야 한다. 가울반점에 숨어 있는 외계인을 피해서. 뭐 어쩔 수 없지. 그러고 보니 이 코딱지만 한 마을, 안 그래도 떠날 때가 됐어. 그런데 어디로 가지? 잠시 생각하던 나는 이미 내가 답을 알고 있다는 사실을 깨달았다.

"못 말리겄당께."

오래전 아홉 살의 여름. 그때 아버지를 진짜로 분노케 했던 건 짱깨라는 말이었을까, 아니면 애미가 없다는 말이었을까. 뭐, 몰라도 상관없다. 시계를 보니 얼추 아버지가 깨어날 시간이 다가오고 있었다.

"가자. 가면 되잖여."

아버지가 손에 쥐고 있는 게 무엇이었던가. 나는 그걸 유심히 지켜본 적 있던가. 그러지 않았단 걸 인정한 뒤 깊은 한숨을 내쉬고 아버지의 어깨를 붙잡았다. 미련하게 평생 한곳에 우두커니 앉아 누군가를 기다렸던 곰의 어깨를. 그리고 그가 영원히 기억해 내지 못할 두 마디를 속삭였다.

"내가 함 찾아줄 텡께. 아부지 반쪽 젓가락."

2장

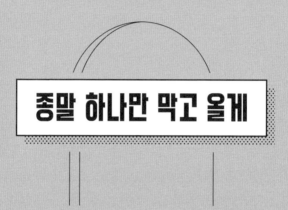

종말 하나만 막고 올게

카페명: 남편 좀 죽이고 올게요

게시글 제목: 등업 신청합니다

남편이 수상합니다.

아무래도 바람이 난 것 같아요. 심증은 100만 개인데 물증이 없습니다. 이 카페에 모여 계시는 많은 동지분들과 마찬가지로 저 또한 이런 황당한 상황에 내던져질 거라곤 1도 생각하지 못했지요. 아니야. 내 남편 내가 알아. 그럴 리 없어. 이렇게 현실을 부정하다가 같은 부서의 동생에게만 고민을 살짝 털어놨더니 조심스레 이 카페를 추천해 주더라고요.

"언니. 그 카페에서 정회원한테만 빌려주는 게 있거든. 아무리 감쪽같이 바람피우는 자식이라고 해도 신통방통하게 잡아낸대. 적발 확률 100프로. 늦기 전에 거기 찾아가 봐."

처음에는 반신반의했죠. 상대가 진실을 말하는지, 거짓을 말하는지 한 치의 오차도 없이 잡아내는 탐지기가 있다는 건 그렇다 쳐요. 그렇게 대단한 물건을 평범한 주부한테 막 빌려주는 곳이 있나? 그런 최첨단 장비라면 CIA 같은 데서 극비에 사용할 것 같잖아요. 신종 다단계 같은 건가. 의심이 꼬리에 꼬리를 물었죠.

그런데 며칠 동안 카페의 후기들을 후루룩 읽다 보니 조금씩 신뢰가 생겨났어요. 세상에나. 이 좁은 땅덩어리에서 아내 몰래 외도하는 자식들이 이렇게나 많다는 데 소름이 돋지 않을 수가 없었습니다. 음, 대여비가 한 달 커피값 정도로 저렴한 것도 결심에 한몫했고요.

사실 아직도 믿기지 않습니다. 남편에게 다른 여자가 있다는 정황을 받아들이기가 어렵네요. 하지만 이렇게 마음 한편에 한집 사는 남자를 향한 의심을 계속 품고 가느니 독하게 마음을 먹고 진실을 밝혀내야겠어요.

아무튼 등업 신청합니다.

카페명: 남편 좀 죽이고 올게요
게시글 제목: 자기소개입니다

자기소개 게시판은 'Killing Cheat S07'(이하 KC S07) 대여 심사와 열

람 목적으로 운영됩니다. 가입 시 기재한 신상 정보는 오직 운영진만 조회가 가능하므로 안심하시고 이 게시판에선 최대한 상세히 서술해 주십시오. 물론 개인이 특정될 정도로 구체적인 정보는 자의적 판단하에 자제 부탁드립니다. 이는 지난달부터 KC S07의 소문을 듣고 숨어든 듯 보이는 사설탐정, 불법 흥신소 측의 염탐이 탐지되어 생긴 조치입니다. 너른 양해 부탁드리며 최소 분량 요건은 공백 포함 5천 자입니다.

닉네임| 망원동 십자드라이버. (배송받으실 때만 실명을 기재해 주시고 카페 내에선 철저히 익명을 준수해 주세요.)

나이| 서른두 살입니다. 만입니다. (반드시 신분증상의 연도로 계산해 주세요.)

본인의 직업과 배우자의 직업| 저는 6년차 완구 디자이너입니다. 주로 5세에서 7세의 유아를 타깃으로 한 세트 완구 만드는 일을 해요. 서브 잡으론 동화책 일러스트를 그리기도 하고요. 대표작이 9쇄를 찍을 만큼 많이 팔렸는데, 신상 정보는 적지 말래서 좀 아쉽네요.

저는 가난한 가정에서 형제자매 없이 혼자 커서 유일한 친구라면 오직 장난감들뿐이었어요. 계절마다 새로운 장난감을 받는 유복한 애들과는 달리 몇 개 되지 않는 낡은 장난감들로만 제 방 안 왕국을 채워 넣어야 했지요.

자녀를 둔 분들은 공감하시겠지만 아이는 늘 새로운 친구를

원해요.

그래서 저는 장난감을 해체하고 서로 다른 공장에서 사출된 아이들을 떼었다 붙였다, 분리시켰다 합체시켰다 하며 놀았습니다. 형태나 크기가 다른 장난감 두 개를 놓고 지그시 관찰하면 영감이 떠올랐어요. 어떻게 하면 규격과 색깔이 맞지 않아도 두 장난감을 조화롭게 만들어낼 수 있을지. 완구 디자이너로서 필수로 갖고 있어야 하는 직관을 어려서부터 키워온 거죠. 십자 드라이버 하나만 있으면(제 닉네임의 유래입니다) 제게 불가능은 없었어요.

세상에 단 하나뿐인 장난감들이 있는 제 방을 탐내는 친구들이 생겼습니다. 그 친구들의 엄마들이 제게 적지 않은 용돈을 내밀면서 장난감을 팔라고 하기도 했는데 말이죠. 단 한 번도 수락했던 적은 없습니다. 팔목이 앙상한 꼬마 때부터 알았던 것 같아요.

곳간을 새로 채워줄 이가 아무도 없다면 내 곳간에 있는 것은 그게 무엇이든 버려서도, 빼앗겨서도 안 된다는 것을.

잠깐 이야기가 샜네요. 인생의 어떤 갈림길에 서 있다는 생각 때문인지 자꾸만 자기 고백을 하고 싶어져요, 글쎄. 다른 회원분들의 글도 저와 같은 심정에서 토해지듯 나온 것이겠죠.

남편은 플랜트 제조 회사에서 설계도를 그리고 현장에서 그걸 감수하는 필드 엔지니어입니다. 저랑은 하는 일이 다르면서도 통하는 면이 있어요. 맞습니다. 이과녀가 이과남을 만나버린 게 저희랍니다.

혼인 기간 & 연애 기간 | 어느덧 다음 달이 결혼 3주년이네요. 5년 연애한 기간까지 치면 남편을 알게 된 지는 8년이 조금 안 됐습니다.

배우자를 만나게 된 경위 | 첫 휴가를 받고 떠났던 여행지에서였어요. 예전부터 동남아 일주를 꿈꿔왔던 차라 다소 즉흥적으로 배낭 하나 메고 혼자 비행기를 탔죠. 태국, 캄보디아, 베트남. 이렇게 한 바퀴 도는 동선을 짠 뒤 돌아다녔는데 캄보디아에 도착했을 때 문제가 터졌어요. 태국에 처음 들어갔을 때 샀던 유심 카드가 분명 3개국 통합이라고 해서 비싸게 주고 산 건데 공항에서 먹통이 돼버렸거든요. 프놈펜 공항에서 이번엔 제대로 된 유심 칩을 사려고 호객꾼이랑 씨름하는 와중에 누가 등을 조심스럽게 건드리더라고요.

"그거 바가지예요. 어차피 앙코르와트 도실 거면 시엠레아프 시내에서 사도 돼요."

"저 완전 길치라서 유심 없으면 앙코르와트까지 가는 데에만 100만 년 걸릴 텐데요."

"시내까지 가는 버스 정류장만 찾으면 돼요."

그게 남편과의 첫 만남이었습니다. 영어도 곧잘 하고 시엠레아프 시내에서 망설임 없이 휙휙 다니기에 베테랑 여행자인 줄 알았는데 단순히 가이드북을 달달 외워서 온 거더라고요. 그렇게 공항에서 파는 유심 칩의 3분의 1 가격으로 구매해서 나올 때 제가 물었어요. 혹시 한국인이 하는 라면집도 아느냐고. 첫 여행지인 방콕에서 기름진 것만 먹었더니 김치가 당겼거든요.

"네. 압니다."

그렇게 대꾸하더니만 저한테 인사를 꾸벅하더니 자기 숙소로 가려는 거 있죠? 다급히 붙잡아서 "아니, 보통 사람이 그렇게 물어보는 건 위치를 물어보는 의미잖아요. 그냥 가면 어떡해요?"라고 했더니 그제야 뭔가를 깨달은 얼굴이 돼선 자기가 안내해 주겠다고 앞장섰어요.

"그건 또 오버잖아요. 그냥 어딘지만 알려줘도 되는데."

"길치시라면서요? 거기까지 20분은 걸어야 되는데 제가 지름길을 알아요. 다만 우범지대라서 여자 혼자 다니면 위험하다고 들었습니다."

그렇게 이국땅의 골목길을 멀대 같은 남자랑 나란히 걸어가게 됐어요. 그다지 말수가 많지 않아서 대화를 이어가는 건 주로 제 몫이었죠. 남편은 저보다 두 살 많은 회사원이었고 전공은 건축학이었어요. 공대남이라서 그런가 뭘 물어보든 단답형으로 대답하다가 앙코르와트를 왜 보러 왔느냐는 질문에는 일장연설을 하더라고요. 사원의 축조술이 얼마나 건축학적으로 완벽한지, 강력한 왕권이 사원의 규모와 비례하는 지점이 어찌고저쩌고. 눈치는 없어 보였습니다. 노골적으로 관심 없어 하는 제 표정을 캐치 못 하더라고요.

황당한 일은 라면집 앞에서 일어났습니다.

"그럼 맛있는 식사하세요."

"어? 그냥 가려고요? 제가 저녁 살게요. 같이 먹어요."

"괜찮습니다."

이번에도 쿨하게 뒤돌아서는 남자를 붙잡았습니다. 딱히 이

성적인 호감이 있어서도 아니었고, 여행지에서의 인연을 로맨스로 발전시켜 보려는 의도도 아니었어요. 다만 인간으로서 도움을 준 사람에게 보답은 해야 된다고 생각했거든요.

"아, 전 라면을 좋아하지 않습니다."

그렇게 말하곤 휙 떠나버리더라고요.

팥빙수랑 치즈 라면. 딱 메뉴 두 개만 있는 식당에서 국물을 후룩후룩 마시면서 생각했어요. 뭐 저런 놈이 다 있지? 정해진 질문에만 응답하는 로봇인가. 아, 그런데 라면은 진짜 맛있더라고요. 앙코르와트 사원도 기대만큼 엄청났고 좋았지만 제일 기억에 남는 건 그 라면 맛이었어요.

여행을 끝마치고 한국에 돌아왔습니다. 그런데 가끔 그 남자랑 같이 시엠레아프의 골목길을 누볐던 게 떠올라 웃음 짓는 절 발견했습니다. 목줄이 풀려 있는 개가 있거나, 어떤 아줌마가 물바가지를 길에 뿌리려 할 때 조심스럽게 제 배낭 끝을 붙잡아 피할 수 있게 해줬던 손길이 생각나더라고요. 여행지를 더 돌아다녀 보니 생판 남인 저에게 베풀었던 친절이 수작이 아니라 순수한 호의였다고 생각돼 제법 괜찮은 남자 같기도 했고요.

그제야 그 남자의 연락처도 모른다는 사실을 깨달았어요. 무슨 바람이 불었던 걸까요. 저는 어느새 그가 정보를 수집했다는 여행자 카페에 가입해서 여행 후기 게시판을 뒤지고 있었어요. 어떤 예감 같은 게 있었거든요.

거기서 남편이 남긴 게 분명한 글을 발견했습니다. 시엠레아프에 도착한 일자나 게시 글에서 느껴지는 말투, 그리고 각 사원의 건축술에 대해 분석한 방대한 양의 글을 보고 확신했어요.

이놈이다.

거기서 좀 망설이게 되더군요.

한 번 흘린 말을 기억했다가 카페를 뒤적거려 찾아냈다고 하면 스토커처럼 보이지 않을까. 그렇게 일주일 정도 고민하다가 결국 성질을 못 이기고 쪽지를 보냈어요. 감사의 표시로 밥 한 끼 대접하겠다고. 곧 답장이 날아왔습니다.

'저로 인해 아끼신 유심 칩 가격이면 식사 대접은 금액이 맞지 않습니다.'

순간 혈압이 오르더라고요. 맞아. 이런 녀석이었지. 내가 너무 기억을 미화했나. 그런데 곧장 두 번째 쪽지가 날아왔습니다.

'그러니 커피 한 잔이면 딱 맞을 것 같습니다.'

그렇게 둘이 서울 한복판에 있는 스타벅스에서 재회했네요. 그땐 참 많이 놀랐어요. 폭염의 나라에선 땀에 전 티셔츠에 쪼리를 신고 있던 사람이 깔끔한 슈트에 구두를 신고 손을 흔들며 걸어오는데, 완전 다른 사람처럼 보이더라고요(나중에 안 건데 남편도 절 보고 그렇게 생각했다더군요).

연애의 시작이었습니다.

결혼을 결심하게 된 순간 ┃ 위의 글에서 알 수 있듯 남편은 로맨틱과는 100만 광년 정도 거리가 있는 사람이었습니다. 한 번은 연애 초기에 제가 이렇게 물어본 적이 있어요.

"내가 달을 따달라고 하면 어떻게 할 거야?"

네. 압니다. 유치한 질문인 거. 하지만 다들 한 번씩은 그렇게 찔러보잖아요? 기분이 싱숭생숭할 때나 미친 듯이 심심할 때,

혹은 이 남자가 날 얼마나 사랑하는지 문득 확인받고 싶을 때. 남편은 그때 이렇게 대답했어요.

"워싱턴의 지역 번호부터 알아내겠지."

"미국 워싱턴? 왜?"

"나사 본부가 워싱턴에 있거든. 달의 평당 부동산 가격을 알아낸 다음 내 자산 가치의 성장곡선을 따져보고 자기한테 달의 소유권 확보에 대한 보고서를 제출해야지."

전 남편의 그런 점을 좋아했습니다. 제가 아무리 허튼소리를 해도 일단은 진지하게 받아들인 다음 나름의 답을 내놓으려 애쓴다는 점, 그리고 일단 나사의 전화번호만 알면 갈고 닦은 영어 회화로 의사소통쯤 요령껏 가능하다고 믿는 자부심도 귀엽고.

노련한 멋은 없어도 미련한 맛은 있었습니다.

남편과 결혼을 하면 어떨까 처음 생각하게 된 장소는 병원이었어요. 그때 저는 완구 회사의 신입 디자이너로 리버스 엔지니어링이란 걸 하고 있었어요. 유명한 완구를 분해해서 작동 원리를 카피하는 거였는데, 원숭이 손에 부착된 심벌즈를 떼어 내려다가 그 조각에 오른쪽 눈을 다치고 말았거든요.

한쪽 눈만 겨우 뜬 채로 휴대폰을 들어 당시 남친이었던 남편을 불렀습니다. 바로 병원 응급실로 달려왔어요. 각막이 찢어져서 상한 조직을 떼어 내고 꿰매는 큰 수술이었대요. 전 마취가 풀려서 깨어날 때까지 몰랐지만요.

몽롱한 의식으로 입원실 천장을 보고 여기가 어딘가 중얼거리는데, 옆에서 남편이 울먹거리는 얼굴로 절 내려다보고 있더군요. 제가 10시간 넘게 잠들어 있었대요, 글쎄. 그런데 조곤조곤 상황을 설명해 주는 남편이 자꾸 본인의 팔목을 주무르고 있는 게 이상한 거예요. 왜 그러느냐고 물어보니 그냥 얼버무리더라고요.

나중에 간호사가 얘기해 줬어요. 병원 형광등이 밝으니까 혹시 제 눈이 회복되는 속도가 느릴까 봐 큼직한 손바닥을 펴서 제 얼굴 위에 계속 그늘을 만들어주고 있었대요. 붕대가 두껍고 상처가 심각하지 않아서 그럴 필요가 없다고 설득해도 도무지 듣질 않았대요.

미련하죠. 그때 남편은 입사 시험을 앞두고 있었거든요. 건축 회사의 입사 시험이라서 건축 설계도를 그리려면 팔목 컨디션이 무척 중요한데도요. 다행히 시험은 합격했지만 떨어지면 어쩔 뻔했냐고 한참을 혼냈어요. 가슴속에 뭐가 들어찬 것처럼 열불이 나고 간지러웠거든요. 그런데 실은 남편이 보여준 모습에 많이 뭉클했다고 생각해요.

저는 원래 결혼에 대한 생각이 희미한 여자였어요. 이제 막 궤도에 오른 완구 디자이너로서 커리어가 훨씬 중요한 사람이었고, 뭔가에 구속되어서 한 남자랑 살 붙이고 계속 살 자신도 없었고요. 무엇보다 유년기에 부모님이 늘 사이가 좋지 않아서 행복한 가정에 대한 로망 자체가 없었거든요.

그런데 만약 내가 언젠가 결혼이란 걸 하게 된다면, 그 상대는 저린 팔을 붙잡고 내 얼굴 위에 챙을 만들어주는 이런 남자여야 하지 않을까 하는 생각이 들었어요.

생각해 보면 청혼은 참 멋없게 한 사람이었어요.

"자기가 있을 때 내가 최고로 행복한지 확신은 없어. 하지만 자기가 없으면 난 최고로 불행해질 거란 확신은 있어. 인생이 여러 변수를 가진 채 흔들리는 함수라고 하면 내 상수값은 바로 자기야. 자기가 내 옆에서 고정불변의 값이 되어주면 내 삶의 함수식은 완성될 것 같아."

처음엔 당최 뭔 소린가 싶었는데 나중에 말해주더라고요. 그게 같이 살잔 얘기였대요, 글쎄.

자녀의 유무 | 없어요.

| 카페명: 남편 좀 죽이고 올게요
| 게시글 제목: KC S07 대여 신청 사유입니다

KC S07 대여를 결심하게 된 연유와 심경 변화를 되도록 소상히 적어 주십시오. 기기 대여는 선착순이 원칙이지만 배우자의 외도 여부 탐지가 시급한 회원이라 판단될 경우 운영진의 권한으로 긴급 대여가 진행될 수 있습니다.

1. 휴대폰 분실 | 처음 뭔가 이상하다는 걸 느낀 건 지금으로부터 두 달 전이었습니다.

평소보다 일찍 퇴근한 남편이 휴대폰을 잃어버렸다면서 새 스마트폰을 사달라고 하더라고요. 현장에서 급히 이동하다가 택시에 두고 내렸다기에 엄청 잔소리를 했던 게 생각나요. 우리가 여행 다니며 같이 찍었던 사진, 회사에서 중요한 설계도면 같은 자료들이 백업이 안 되어 있었거든요.

하지만 그때 당시엔 그게 어떤 이상 신호라고는 생각 못 했어요. 누구나 휴대폰은 잃어버릴 수 있잖아요? 그런데 아래에 추가로 적을 많은 징후들을 이 시점에서 종합해 보니 다르게 느껴져요. 아내 몰래 외도를 하는 남편들이 증거를 인멸하기 위해 휴대폰을 어딘가 숨겨놓거나 버린 다음 새 휴대폰을 사달라고 하는 경우도 있다고 하더라고요.

2. 주변의 제보 | 그로부터 얼마 지나지 않아서 남편과 같은 팀에서 일하는 황 대리한테 전화가 왔어요. 황 대리와는 부부 동반 모임에서 여러 번 봤어요. 남편을 잘 따르는 부하 직원인데 제 학창 시절 후배와 소개팅을 한 번 시켜준 적이 있어서 번호를 갖고 있었어요. 소개팅은 잘 안 됐지만 그 얘기는 아무 상관이 없으니 패스.

"형수님. 이건 과장님께는 비밀로 하시고요. 궁금한 게 있습니다."

황 대리가 쭈뼛쭈뼛대며 말하길 남편이 현장에서 가끔 멍을 때린다고 하더군요. 일에 도통 집중을 못 하는 것 같고, 예전이라면 척척 해냈을 일도 허둥지둥해서 상부에서 골치를 썩고 있다고요. 맡은 일을 절대 허투루 할 사람이 아니라 지병이라도 생겼냐고 물어도 웃으며 고개만 저었대요. 너무 건강해서 탈이니까 걱정 말라고. 그래서 본인 문제가 아니라고 판단한 황 대리가 혹시 가정에 무슨 우환이라도 있는지 넌지시 떠보려고 전화한 거였어요.

"황 대리님. 남편이 언제부터 이상했는지 기억할 수 있어요?"

"그러니까…… 대충 보름 정도 된 것 같은데요."

저는 움찔 놀랄 수밖에 없었어요. 남편이 뻔뻔하게 휴대폰을 잃어버렸다고 머리를 긁적이며 들어왔던 그 시점이었으니까요. 하지만 놀랄 소식은 하나가 더 있었죠.

"그리고 연차도 이번 달에 너무 몰아 쓰시는 것 같길래요."

"연차요?"

"네. 벌써 네 번이나 쓰셨어요. 현장직은 대체 인력이 제 몫을 하기 힘드니까 연차를 사용할 거면 꼭 팀원과 공유해야 한다고 말씀하신 장본인이 그러시니 걱정이 될 수밖에요."

"회사를…… 네 번이나 결근했다고요?"

저는 그 말에 깜짝 놀랄 수밖에 없었습니다. 남편이 연차를 자주 사용해 출근하지 않았다는 걸 저는 전혀 모르고 있었거든요.

아마 그때 처음으로 '내가 모르는 남편의 얼굴'이 있을 수 있고, 그 얼굴을 한 채로 다른 누군가와 함께 있을지 모른다는 생각을 하게 됐습니다. 말로 할 수 없는 섬뜩한 기분이 들었어요. 탁한 점액질의 뭔가가 제 발목을 붙잡고 땅 밑으로 끌어 내리는 것 같은 심정. 이 글을 읽는 회원분들이라면 다들 한 번쯤 겪어보셨겠죠.

그날 저녁 7시에 남편이 집으로 돌아왔습니다. 평소와 다를 바 없는 귀가 시간이었죠. 익숙한 냄새가 제 코를 후욱 덮쳐 왔어요. 석유 냄새와 알코올 냄새, 그리고 육중한 기계 사이를 돌아다니면서 흘린 땀 냄새가 섞인 특유의 냄새가.

"기다렸지. 후우. 배고프다."

저에겐 선택지가 둘 있었습니다. '회사에선 별일 없었어?' 하고 떠보는 것이 첫 번째. 하지만 그날 연차를 내고 출근하지 않았다는 걸 알고 있는 상황에서 천연덕스럽게 거짓말을 하는 남편의 얼굴을 직면할 자신이 없었어요.

'연차 썼다며? 오늘 어디 갔다 온 거야?'라면서 돌직구를 날릴 수도 있었을 겁니다. 하지만 그 경우 남편이 꺼낼 이야기를 믿고 싶어질 것 같아 무서웠어요. 지금은 그 패를 꺼낼 때가 아니란 생각도 들었고요.

두 선택지를 모두 패스한 다음 남편이 잠든 사이 주차장으로 내려갔습니다. 자동차 내비게이션을 켜고 최근 목적지를 전부 훑었어요. 회사와 집 주소, 건설 현장을 제외하고 나니 생소한 장소 네 곳이 기록에 남아 있었죠.

인천 을왕리. 전북 변산. 강원도 낙산. 충남 대천.

모두 해수욕장이 붙어 있는 바닷가였어요. 날짜는 황 대리가 알려준 남편의 연차 날과 정확히 일치했습니다.

3. **멍 때리기** | 이 카페에 있는 글들의 핫 키워드 중에 단연 '육감'이 눈에 띄더군요. 아무런 심증과 물증이 없는데도 등골을 타고 올라오는 여자의 육감이 이상 신호를 감지했다는 글들을 읽었습니다.

그런데 그거 아세요? 육감이라는 거, 사실 미신이나 초능력이 아니라 실제로 여자들의 뇌가 갖고 있는 알고리즘 방식 중 하나라는 거요. 연애 시절 남편이 알려준 건데,

"육감은 일종의 빅 데이터 대조 시스템이야. 상대의 말버릇이

나 표정, 어투를 보고 자신도 인지하지 못하는 단계에서 그동안 수집해 온 빅 데이터와 불일치하는 뭔가를 파악했을 때 발동하는 기제랄까. 우리 뇌는 그런 신호를 받으면 진위를 판별하려고 전두대상피질로 편지를 보내. 거기가 부정적인 감정을 감식, 판단, 통제하는 영역이거든. 이 전두대상피질의 능력이 여자가 훨씬 발달해 있어."

"오호라. 그럼 나한테도 그 피질 어쩌고의 능력이 숨어 있는 건가?"

"글쎄. 내가 자기 육감 경보 시스템의 알람을 울릴 일이 없을 테니 그 여부는 알 수 없을 거라 생각해."

그렇게 자신만만하게 큰소리치던 남편이었어요. 이 판국에 와서는 일종의 밑밥 같은 거였나 싶기도 해요. 하지만 그놈의 육감이라는 거, 제 경우엔 제대로 고장 난 게 아닐까 싶습니다. 망할 육감이 도무지 발동해 주질 않았거든요.

최근 남편이 멍을 때리는 순간이 잦아졌어요. 예전엔 눈에 늘 총기가 있었는데. 잠깐잠깐 영혼이 딴 곳에 가 있는 것 같은 동태 눈깔이 되는 거 아시죠?

그때마다 "지금 무슨 생각해?" 하고 물어봤어요.

그러면 남편은 늘 식상한 레퍼토리로 "니 생각" 하고 귀여운 너스레를 떨었더랬죠. 거기에 제가 넘어가 준 이유는 눈빛에서 뿜어져 나오는 진정성 때문이었어요.

정말로 지나갔던 우리의 과거를 추억하거나 아직 오지 않은 우리의 미래를 설계하는 것 같은 눈빛이었거든요. 그런데 그 추억과 설계의 빈칸에 있던 것이 내가 아니라 다른 사람이었을지도 모르겠다는 생각을 하면요. 그럴 때마다 잘 굴러가던 장이 '아, 잠깐만 파업' 하고 멈춰버려요.

4. 수상한 건망증 | 최근 들어 부쩍 저와 연애한 시절의 기억들을 헷갈려 합니다.

예를 들면 이런 거.

저는 직업상 유아들이 넘쳐나는 놀이공원이나 테마파크, 완구 숍 같은 곳에 자주 방문해야 돼요. 아이들이 부모의 바짓단을 붙잡고 엉엉 우는 현장에서만 느낄 수 있는 생생한 트렌드가 있거든요. 그래서 연애 시절엔 데이트 코스에 그런 곳들을 꼭 집어넣곤 했죠.

어느 날 베란다에서 빨래를 너는데 열린 창문에서 봄 내음이 물씬 나더라고요. 문득 에버랜드에 가서 국화와 튤립이 3단 케이크처럼 겹겹이 쌓인 화원을 노닐고 싶다는 생각이 들었어요.

"아, 에버랜드 가고 싶다. 자기야, 주말에 잠깐이라도 다녀올까?"

그러자 옆에서 수건을 개던 남편이 여상스럽게 대답했습니다.

"좋지. 그런데 괜찮겠어? 주말엔 사람이 워낙 많아서 여보가 좋아하는 바이킹 타기 힘들 텐데."

"……엥? 그게 무슨 소리야. 나 내장 쏠리는 느낌 때문에 바이킹 못 타는 거 알면서. 티 익스프레스만 타지, 바이킹은 아주 가끔 자기 혼자만 탔잖아."

"아, 그랬나? 미안. 헷갈렸네."

저는 음흉하게 웃으며 남편의 뒤로 다가가 옆구리를 간질였습니다.

"뭐야. 언 년이야."

"으히힉. 간지러워. 뭐가 언 년이라고?"

"에버랜드에서 하하 호호 바이킹 같이 탄 게 언 년이냐고."

"없어! 어, 없다니까 흐흐흑!"

그때만 해도 남편이 총각 시절에 만났던 누군가와 절 헷갈렸다고 생각했습니다. 누구에게나 과거는 있고 서로를 만나기 전에 몇 번 연애를 했는지 정돈 알고 있었으니까요. 그런데 수건을 정리해 놓은 모양을 보니 진심으로 고개를 갸웃하게 되더라고요.

"그리고 또. 내가 이렇게 해놓지 말랬지. 수건 상표 보이는 거 싫다고 안 보이게 접는 법 알려줬잖아."

"미안. 그것도 깜빡했어."

"안 되겠다. 옥상으로 따라와. 정신교육 좀 다시 시켜야겠어."

"그건 불가능해, 여보야. 우리 빌라 옥상 평일엔 잠겨 있잖아. 그래서 지난주에 소방법 위반이라며 반상회에서 한바탕해 놓고."

"어쭈. 그건 또 정확히 기억하고 있네? 그럼 여기서 즉석으로 교육하지, 뭐. 죽어랏."

남편에게 헤드록을 걸고 꿀밤 대여섯 대를 먹인 후 놓아줬습니다. 조금 얄밉긴 했지만 얼마나 일이 피곤하면 옛날 일을 헷갈리고, 오래전에 합의한 정리 정돈 방식마저 잊어먹었을까 싶었거든요.

제가 필요 이상으로 남편에게, 그리고 스스로에게 마음을 놓고 있었던 걸까요? 단순한 건망증이 아니라 제가 못 타는 바이킹을 함께 타고, 수건은 꼭 상표가 보이도록 접는 누군가가 남편의 곁에 있었던 건 아닐까요.

5. 잠자리 거부 | 이건 참 쓸까 말까 고민을 한참 했어요. 일단 자존심이 상하는 일인 데다 남사스러운 일이기도 하고, 지극히 은밀한 사생활이니까요. 하지만 결정적으로 남편의 외도를 의심하기 시작한 계기란 건 분명합니다.

그가 최근 저와의 잠자리를 의도적으로 피합니다. 물론 눈만 맞으면 자리를 까는 시절은 진작에 끝났지만, 그렇다 하더라도 이상하리만치 침대에서 방어막을 친다니까요. 그래서 큰맘 먹고 제가 덤벼들어도 피곤하다거나 컨디션이 안 좋다면서 아픈 척을 합니다. 원래 옆구리를 긁어달라는 게 우리 신호였어요. 그 신호를 보내면 최대한 상대에게 응해주자는 부부만의 룰 같은 거 있잖아요.

"됐지?"

정말 성심성의껏 옆구리만 긁어주고는 다시 곯아떨어지더라고요.

그것이 결정타였습니다.

제 안에 있던 모든 퍼즐들이 하나의 형태로 완성되어 버린 순간이었습니다. 십자드라이버를 들지도 않았는데 흩어진 의심의 부품들이 스스로 뭉쳐 하나의 '원숭이 인형'을 조립해 내고야 만 거죠. 머릿속에서 원숭이 인형이 심벌즈를 쳐대기 시작했습니다.

내 남편에게 누군가가 있다고.

당연히 단도직입적으로 물어보고 싶은 마음이 굴뚝같았어요. 하지만 부부 생활이라는 거, 여기 계신 분들은 다 아시겠지만 일종의 눈치 게임이기도 하거든요. 먼저 상대를 의심한 쪽이 항상 주도권을 쥘 수 있는 건 아닙니다. 만약 의부증이나 망상의 한 파편으로 밝혀지는 순간 반려자에게 큰 상처를 줄 수 있으니까요.

어설프게 추궁했다가 경계심만 줘서 상대가 더욱 은밀하게 꼬리를 감췄다는 사례담에 신중해지기도 했고요. 그래서 출근하는 그의 뒤를 밟아보기로 했습니다. 제 차로 따라붙으면 눈치챌 테니 렌터카를 미리 대기시켜 놨어요. 황 대리한테 남편이 또 연차를 내면 꼭 알려달라고 했거든요. 그렇게 저 몰래 연차를 냈으면서 천연덕스레 출근하는 남편을 쫓았습니다. 회사로 향하는 인터체인지를 그냥 지나치더군요. 그때부터 핸들을 잡은 제 손바닥은 땀으로 흥건해졌고요.

저는 남편의 뒤를 바짝 따라붙으면서 깜짝 놀랐습니다. 평소엔 아무리 급한 일이 있어도 규정 속도를 지키면서 느긋하게 차를 모는 사람이 그날은 F1 레이서에 빙의했는지 차선을 3초에 한 번씩 바꾸면서 달아나 버리더군요. 허망하게 눈앞에서 놓치고 말았어요. 렌터카라서 조작감이 어색했던 것도 있지만 사실 그건 핑계고요. 제가 람보르기니를 몰고 있었어도 그렇게 목숨 내놓고 달릴 수 있었을지 장담을 못 하겠더군요.

그렇게 터덜터덜 집으로 돌아오는 순간 결심이 섰습니다.

'그래, 그거 쓰자.'

그때까진 아무리 신통방통한 기계라 하더라도 차마 쓰고 싶지 않은 마음이 있었나 봐요. 바람난 남편을 둔 아내 이야기를 들으면 당사자를 동정하면서도 마음 한구석엔 '남편 단속을 어떻게 했길래, 쯧쯧' 하면서 혀를 차던 시절이 없지 않아서였는지도 몰라요.

하지만 이런 결혼 생활은 유지할 수 없어요. 저를 속인 채 누굴 만나러 가기에 그렇게 총탄처럼 날아간 건지 밝혀내지 않고는 견딜 수 없겠다는 생각이 확고해졌으니까요. 정반대로 남편이 외도를 하지 않았던 경우엔 의심의 싹을 완벽히 없애버려 더 충만한 결혼 생활을 지속할 수 있었다는 반대쪽 후기들도 한몫했고요.

그래서 결국 대여 신청을 한 겁니다.

카페명: 남편 좀 죽이고 올게요
게시글 제목: KC S07 수령 확인했습니다

이 게시판은 KC S07의 실물 패치를 무사히 수령한 분, 그리고 키트의 실행 어플리케이션을 본인의 스마트폰에 설치한 분에 한해서 작성이 가능합니다. 제조 수량이 극소량으로 한정돼 있으므로 대여 기간은 일주일로 제한합니다. 지정 날짜에 배송 직원에게 키트를 돌려보내지 못할 경우 매일 거액의 연체료가 추가되므로 유의 바랍니다.

저는 다른 분들보다 빨리 배송이 됐네요. 일전에 올린 게시물을 보고 운영진 측에서 순서를 바꿔주신 거라면 감사드립니다 (그런데 솔직히 감사드릴 일인지는 모르겠어요. 이 패치를 남편의 몸에 붙여서 모든 진실과 거짓을 구분할 순간과 직면하는 것이 그만큼 빨라진 거니까요).

들던 대로 KC S07 패치의 디자인은 심플하기 그지없네요. 엄지손톱만 한 동그란 패치가 제 남편의 DNA를 분석해 뇌파를 오차 없이 읽어내는 하이테크놀로지의 산물이라니 신기하기만 합니다.

회사에는 일주일만 재택근무를 하겠다고 말해놓았어요. 남편이 출근하고 난 뒤 (정말 출근을 했는지는 미지수지만) 제 서재에서 도안 구상용 태블릿 위에 패치를 올려놓고 한참을 바라봤습니다.

이 패치를 받기 위해서 유전자 채취용 키트를 펼쳐야 했던 지난밤들이 떠올랐습니다. 남편의 머리카락과 물컵에 묻은 흔적을 면봉으로 조심스럽게 담아서 봉투 안에 넣고, 우체국으로 가 번호표를 뽑았을 때의 비참한 기분은 말로 표현할 수가 없네요.

우스운 일이죠.

제 할아버지는 지독한 한량에다 타고난 바람둥이였습니다. 한 번 바람을 피울 때마다 KS마크처럼 인증이 붙는다면, 할아버지는 발바닥을 제외한 온몸에 그 마크가 문신처럼 새겨졌을 분이었더랬죠.

제가 어렸을 적 할머니는 할아버지의 바람기를 막아보려고 무던히도 애를 썼어요. 한번은 용한 무당 아주머니에게 부적을 받아 와서 할아버지의 베개 솜을 빼고 그 부적을 꿰매는 걸 본 적이 있어요. 베개 천 안쪽에 한 땀 한 땀 부적을 박음질할 때마다 짙은 한숨을 내쉬었지요. 그때는 자세한 영문을 몰랐음에도 왠지 할아버지가 참 밉다 싶었습니다.

부적에도 불구하고 할아버지는 아랑곳없이 바람이 났어요. 당시 상대는 등산 모임에서 만난 분이었대요. 할머닌 무당 아주머니의 머리끄덩이를 붙잡고 싸우다가 작두에 팔을 베일 뻔했다고 해요. 하지만 진짜 베이진 않았고, 그 작두가 가짜였으니 무당도 돌팔이였다며 욕질을 계속 하셨더랬어요.

아버지는 그런 할머니에게 차라리 할아버지를 요양원에 집어넣자고까지 말했는데 할머니는 반대했어요. 요양원에 들어가면 당신이 바람피울 동년배 할머니들이 천지삐까리라고 절대 안 된다 하셨지요. 할아버지가 간암으로 돌아가시고 난 뒤에야 할머니는 절대 당신과 같은 납골당에 안치하지 말라고 하셨답니다.

그런 할머니가 늘 가여웠는데, 꼭 제가 그 꼴이 된 것 같군요.

걱정 마세요. 사용 기한을 넘길 일은 절대 없을 겁니다. 때마침 남편이 이번 주말에 양평에 있는 펜션을 예약했다며 오붓하게 놀러갔다 오자고 했거든요. 천진난만하게 웃으며 말이죠.

물론 저는 속이 타들어갔습니다.

할머니는 어떻게 할아버지에게 외도 상대가 생기는 족족 알아챌 수 있었을까요? 그건 할아버지가 바람이 날 때마다 느닷없이 할머니에게 살갑게 구셨기 때문입니다. 무언가 찔리는 짓을 하는 남자들은 무의식중에 속죄를 하고 싶어 하거든요. 이 카페에 계신 분들이라면 제 말을 정확히 공감하실 겁니다.

저는 분명 기억합니다. 남편의 내비게이션에 찍혀 있었던 네 곳의 바닷가들을요. 그런데 정작 아내인 저와는 산골짜기로 여행을 가자네요.

그 펜션에서 전 KC S07을 사용할 겁니다.

정말로 남편에게 외도 상대가 있다는 것이 밝혀지면 어떻게 해야 할까요? 한 가지 분명한 것은 저조차도 제 분노를 어떻게 갈무리해야 할지 계획이 없다는 점이겠네요. 일단 제 수족과도 같은 최고급 드라이버 세트는 여행 캐리어에 넣어두었습니다.

어쩌면 이곳의 카페명처럼 남편을 죽이고 올지도 모르겠습니다. 경기도 양평에서 십자드라이버에 고환이 찍혀 죽은 남자에 대한 뉴스를 보시더라도 부디 놀라지 마세요.

그 여자 저니까요.

| 카페명: 남편 좀 죽이고 올게요
| 게시글 제목: KC S07 사용 후기입니다

저는 지금 피가 묻은 십자드라이버를 망연히 보고 있습니다.

팔각 비트와 연결된 철심에 딱딱하게 딱지가 굳고, 고무로 만들어진 그립 부분에도 피가 튀어 도무지 손대고 싶은 마음이 없어지는 흉측한 꼴이 되어버렸어요. 하지만 이대로 놔둘 수는 없는 노릇이라 지금은 펄펄 끓는 온수를 세면대에 붓고 담가놓은 상황입니다.

체크아웃이 8시간 남은 아늑한 펜션에 홀로 남아 이 글을 쓰고 있네요.

제가 생각을 잘못했습니다. 가장 애지중지하는 공구를 들고 오는 게 아니었어요. 전에 남긴 글의 마지막에서 대뜸 강한 척 으름장을 짓긴 했지만 실제로 사용할 생각은 없었단 말예요. 그 냥 이걸 손에 쥐고 있으면 안락한 그립감과 전체적인 그림을 내가 통제하고 있다는 은은한 전능감이 들기 때문에 챙겨 왔거 든요. 쉽게 말해서 마그네틱 철심으로 만들어진 우황청심환 같 은 거였는데. 결국 이 철심이 피 맛을 보고야 말았어요.

후우.

심호흡을 한번 하고 처음부터 자세히 이야기를 풀어보려 합 니다. 저 역시 간밤에 일어난 일련의 사건들을 순서대로 복기하 다 보면 이 혼란스러운 마음이 정리가 될 것 같아요. 완구 분해 랑 비슷하네요. 아무리 복잡해 보이는 물건이라고 해도 작디작 은 피스로 작업대 위에 흩어놓은 다음 저만의 설계도대로 조립 하다 보면 자연스레 완구에 담긴 모든 것을 이해할 수 있게 되 지요.

많은 분들이 첫 번째 난관이라고 말하는 '패치 붙이기'부터 시작해야겠네요. 그건 의외로 어렵지 않았습니다. 회원 대다수 가 성공률이 가장 높다고 입을 모았던 방법을 사용했거든요.

개울을 낀 냇가에 지어진 한적한 펜션에 도착해 저희는 짐을 풀었습니다. 캐리어를 정돈하는 남편의 등 뒤에 슬그머니 다가 가 신호를 발신할 패치를 정수리에 부착했어요. 그리고 멀쩡한 남편의 머리카락을 살짝 잡아당긴 다음 2주 전에 입수해 둔 새 치를 보여줬죠.

"이게 뭐야. 염색할 때 됐네, 벌써."

"어라? 그런 데 새치가 생겼어? 여보가 몇 개 더 뽑아주면 안 될까."

"뽑으면 더 생겨. 회사에서 스트레스 많은가 보네. 잘 안 풀려?"

긴장한 제 얼굴을 근심으로 읽었는지 남편은 해사하게 웃으며 고개를 가로저었습니다.

"아니야, 그런 거. 현장이야 늘 똑같지, 뭐."

미약한 진동이 왼쪽 손목을 간질였습니다. 패치 부착자가 진실을 말하지 않고 상대를 속일 때만 나오는 특정 뇌파를, 제 스마트워치에 깔아둔 앱이 포착했다는 알림이었죠. 그렇게 두 번째 난관인 '작동 테스트'가 순조롭게 진행됐습니다.

그나저나 이 새끼.

부부만의 여행지에 와서도 남편은 저를 속이고 있었어요.

당장이라도 멱살을 잡고 '너 지금 바람 피우냐?' 하고 묻고 싶은 마음이 굴뚝같았습니다. 문자 그대로 저는 그 순간부터 남편의 입을 통해 나오는 모든 말들의 진위를 판독해 낼 수 있는 심판자의 위치에 있었으니까요. 목줄을 쥔 상태로 당기기만 하면 되는 거였죠.

근데 주춤하게 되더라고요. 어쩌면 제가 던지는 질문이 도화선이 되어 이 남자와의 결혼 생활을 파국으로 만들어버릴지 모른다는 예감 때문에. 제가 마트에서 고른 섬유유연제 향이 나는 니트를 입고 절 안아주는 남편을 완전히 떠나보내야 할지도 모른다는 실감 때문에.

배송 온 박스에 붙어 있었던 경고문도 떠오르더군요.

KC S07로 인해 남편의 외도 사실을 장본인의 입으로 듣는 것은 큰 충격이 됩니다. 남편의 외도 자체에서 오는 충격보다, 본인이 평생 알아왔던 한 남자의 전혀 알지 못했던 모습을 직면하는 것에서 오는 정서적 충격이 더욱 괴로운 분들도 많습니다. 각오는 되었습니까? 그런 각오 없이 이 기계를 사용하는 것이라면 다시 한번 숙고하길 바랍니다.

해가 뉘엿뉘엿 지는 저녁에 테라스에 나가 바비큐를 준비할 때까지도 남편은 늘 제가 사랑해 왔던 차분함 그대로였습니다. 목살을 사 오면서 같이 담아 온 대하가 너무 많은 것 같다며 머리를 긁적이다가 옆 테라스에서 왁자지껄하게 술판을 벌이고 있는 낚시꾼 아저씨들에게 성큼성큼 다가가더군요. 그리고 그분들에게 대하 한 팩을 건네드리곤 저희 테라스로 돌아왔어요.

"웬일이야?"

"저분들 목청이 크시잖아. 그래서 좀 드리고 왔지."

"목청 큰 거랑 우리 거 나눠주는 게 무슨 상관인데?"

그러자 남편은 표정 변화 하나 없이,

"야밤에도 저렇게 시끄러우시면 내가 가서 좀 조용히 해주십사 부탁해야 할 것 같은데, 그전에 이렇게 잘 보여두면 말다툼 없이 받아들여 주실 수도 있으니까. 여보랑 같이 있는 시간이 방해받으면 속상하거든."

제 손목은 여전히 잠잠했지만 그 반응을 확인하기 전에도 남편의 말이 진심에서 우러나왔다는 걸 알 수 있었어요. 만약 저였다면, 여행지에서 옆집이 시끄러우면 대뜸 초인종을 누르고 대판 싸웠을 텐데. 저런 사고방식을 갖고 있는 남편은 역시 나와 많이 다르구나 하고 느꼈죠.

그래서 돌발적으로 계획에 없던 질문을 툭 던졌어요.

"자기는 왜 나랑 결혼했어?"

평소였다면 '예뻐서', '골반 라인에 혹해서' 등의 농담을 던지곤 하던 남편이었지만 제 목소리에 담긴 심상치 않은 분위기를 감지했는지 그의 표정이 진지해졌습니다. 왼 손바닥에는 상추를, 오른손으로는 마늘을 집어 든 채로 한참을 고민하더군요.

"여보가 나 없이도 잘 살 것 같아서."

"……보통은 그 반대 아니야?"

"우리가 처음 만났던 때를 생각해 봐. 유럽이나 하와이 같은 휴양지도 아니고 후텁지근한 정글에서 사원을 보겠다고 걸어 다니는 여보랑 내가 같이 다녔던 거잖아. 그 용기와 독립심에 끌렸던 거야. 나는 사실 그렇지 못하니까. 모든 경우의 수를 따져서 파악해 놓은 다음 행동하느라 뭐가 좀 느리거든. 미리 답을 준비해 놓은 상황이 아니면 어쩔 줄 모르고 헤매는데 여보는 일단 저지르고 나머진 임기응변으로 맞춰나가는 모습이 멋있었어."

"그게 혼자 잘 지내는 거랑 무슨 상관인데?"

"말했잖아. 나는 늘 최악의 수를 떠올려야 안심하는 스타일이라서, 내가 현장에서 잘못되거나 사고를 당하면 함께하는 사람은 어떻게 하느냐는 질문으로 스스로를 괴롭혀. 근데 여보는 잘 이겨낼 수 있을 거라고 생각했어. 물론 실제로 그런 일이 일어나기를 바란다는 게 아니라…… 나로 하여금 그런 불안 요소에 괴로워하지 않게 해주는 단단한 사람이라고 생각했거든. 그래서 당신과 결혼해도 되겠다는 판단을 내렸지."

그 말 역시 진실이었죠. 남편이 상수니 변수니 하면서 꺼냈던 청혼의 의미를 풀이해 주는 것 같았어요. 그 긴 말을 들으면서도 제 신경은 온통 왼쪽 손목에 쏠려 있었는데, 남편의 말이 끝날 때마다 혹여나 진동이 올까 봐 쫄깃해지는 순간이 정말 죽겠더라고요. 심문 시간을 너무 길게 끌지 말라고 조언해 주신 분들의 댓글을 납득할 수 있었어요.

"자기야. 나한테 할 말 없어?"

그래서 결국 본 게임으로 들어가기로 했습니다.

"응? 무슨 할 말? 상추 뿌리는 먹지 말라고 했던 거?"

"아니. 그런 거 말고. 진지하게. 나한테 숨기는 거 없냐는 말이야."

남편이 아랫입술을 지그시 깨무는 것이 보였습니다. 뭔가 초조한 일이 생겼을 때 보이는 습관이란 걸 전 알고 있었지요.

"여보한테 숨기는 게 뭐가 있겠어. 그런 거 없어."

손목을 간질이는 진동. 그 말은 [거짓]이었습니다. 그 진동과 함께 '여기서 끝장을 보겠다'는 결심이 섰어요. 전 심호흡을 한 번 한 뒤 질문 공세를 퍼부었습니다. 이제 최대한 남편과 했던 대화를 그대로 옮겨볼게요. 좀 길 수도 있어요. 그래도 가감 없이 남겨보도록 하겠습니다.

"솔직히 말해줘. 정말 나한테 말하지 않은 중요한 일이 하나도 없어?"

"없다니까." [거짓]

"우리 괌으로 신혼여행 갔을 때 바닷가에서 내가 한 말 기억해? 사실과 반대되는 말을 하는 것만이 거짓말은 아니라고 했어. 상대가 알아야 할 사실이 있는데도 침묵하는 것 역시 일종의 거짓말이라고 내가 그랬었지. 기억 안 나?"

"기억 나." [거짓]

연이은 거짓 판정에 붙잡고 있던 실이 툭 끊어져 버린 저는 그동안 제가 남편에게서 위화감을 느꼈던 순간들을 모조리 털어놓았습니다. 그렇게 꼼꼼한 사람이 휴대폰을 잃어버렸던 것, 회사에 출근한다고 날 속여놓고 바닷가를 싸돌아다녔던 것, 딴생각을 하는 것처럼 멍 때리는 것, 무엇보다 부부 간의 잠자리를 은근히 회피하는 것까지 모두 말이죠.

남편은 제가 편 손가락을 하나씩 접을 때마다 명치를 얻어맞는 것처럼 움찔하더니 신음처럼 대답했습니다.

"그건…… 다 이유가 있어." [진실]

"다른 여자가 생긴 게 아니라 할 수 있어?"

"그래. 맹세코 여보 말고 다른 여자에게 몸은커녕 눈길조차 준 적 없어."

놀랍게도 진실이었습니다. 잠시 제 템포가 흐트러졌어요. 하지만 이 카페에서 읽었던 글들을 떠올리며 마음을 다잡았습니다. 간혹 남편들 중에는 뒤늦게 성 지향성을 깨닫고 이성이 아닌 동성과 바람을 피우는 경우도 있었으니까요.

"혹시 남자를 사랑하는 거야?"

"뭐어? 아니야. 그렇지 않아." [진실]

"그러면 설명해 봐. 왜 요즘 들어 이상해졌는지. 내가 아는 남자라면 하지 않았을 짓들을 왜 저지르는지. 귀신이라도 들린 거냐고."

"안 돼. 말해줄 수 없어. 여보는…… 모르는 게 나아."

"여전히 날 사랑하긴 해?"

"그럼. 물론이지." [진실]

"그런데도 나한테는 말할 수 없는 게 있다는 거고?"

"어." [진실]

도저히 참을 수 없었던 저는 허리춤에 넣어두었던 십자드라이버를 꺼내 테이블 위에 꽂아버렸습니다. 나무 파편을 으스러뜨리며 수직으로 박힌 십자드라이버가 파르르 떨리는 와중에 남편의 오른쪽 눈두덩이도 그렇게 떨리더군요.

"나 농담하는 거 아니야. 계속 그렇게 모르쇠로 나오면 내가 오냐 하고 넘어가 줄 줄 알았어? 이 드라이버로 모가지를 확 꿰뚫어버리기 전에 사실대로 말해. 전부 다."

남편의 반응은 의외였습니다. 절대로 자신의 결심을 바꿀 수 없다는 듯 단호하게 고개를 가로저었거든요.

"그래도 안 돼. 내가 여기서 죽는다고 해도 여보 말대로 따를 순 없어. 그럴 만한 사정이 있으니까." [진실]

저는 십자드라이버의 손잡이를 움켜쥐고 으르렁거렸습니다. 이때부터는 남편의 바람이고 외도고 모르겠고 저 역시 뭔가 필사적이 되어가고 있었어요. 진실의 판독기를 그의 정수리에 붙여놓은 참에 끝장을 보자는 오기가, 그 오기를 넘어서는 집념이 저에게도 생겨버린 거죠.

"나는 사랑하면 믿음이 생긴다는 말 믿지 않아. 믿을 수 있어야 사랑도 따라온다고 생각해. 지금 자기는 그 믿음을 파괴하려고 하고 있어. 고백의 기회를 줄 때 말해. 털어놓지 않으면 난 이걸로 내 목을 찔러버릴 거야."

"지금 자해를 하겠다고? 진심이야?"

"자해 정도로 끝나지 않을걸. 이건 내 컬렉션 가운데서도 가장 날카로운 거야. 아내를 속이는 남자와 결혼 생활을 유지하느니 죽어버리겠어."

여전히 나를 사랑하느냐는 질문에 대한 남편의 대답은 진실이었습니다. 만약 거짓이었다면 저는 그 자리를 박차고 나와 평생 남편을 저주하는 삶을 살았겠죠. 하지만 맞은편에 앉은 남자는 여전히 나를 사랑하는 남자였고, 저는 그의 입에서 반드시 진실을 끄집어낼 생각이었습니다.

산골짜기에서 불어오는 바람이 제 앞머리를 간질였고, 깻잎 위에 가지런히 놓아둔 마늘 몇 개가 바닥으로 툭 떨어졌습니다.

"지금부터 내가 할 이야기를…… 여보는 절대 믿을 수 없을 거야."

"귀도 열려 있고, 머리도 열려 있어."

"아니. 힘들 거야. 단 1프로의 오차도 없는 정확한 거짓말 탐지기라도 있지 않는 한 받아들일 수 없는 이야기일 테니까."

"어? 응?"

제가 헛숨을 들이켠 걸 남편은 그냥 심호흡으로 받아들인 것 같았습니다.

"내 진짜 정체는 여행자야."

"그게 무슨 뚱딴지같은 소리야? 우리 마지막으로 여행 갔던 게 2년이 넘었는데."

남편은 겨우 마음의 준비를 끝냈는지 길고 긴 이야기를 시작했지요. 그토록 긴 시간 동안 거짓말 탐지기는 단 한 번도 반응하지 않았습니다.

"나는 여보가 죽은 우주에서 넘어온 여행자야. 정확히는 여보뿐 아니라 온 세상이 종말을 맞이한 우주에서 왔어." [진실]

카페명: 남편 좀 죽이고 올게요
게시글 제목: KC S07 사용 후기입니다 2

잠깐 사라졌었죠? 자동 저장 기능 때문에 새 글을 파야 되네요. 세척한 드라이버를 꺼내서 헤어드라이어로 말리느라 그랬습니다. 드라이버를 드라이어로 말리다니! 이 놀라운 언어유희! ……죄송합니다. 제가 지금 제정신이 아니어서 이런 드립이라도 쳐야 긴장이 좀 풀릴 것 같아요. 자, 계속해 볼까요?

이용 후기 게시판에서 저는 무수히 많은 간증 글들을 읽었어요. KC S07 덕분에 남편을 압박해 이실직고하게 만든 선배분들의 절절한 사연들을요. 개중에는 내연녀의 정체가 본인의 친언니인 경우도 있었고, 자녀를 둘이나 받아준 담당 산부인과 의사인 경우도 있었죠. 결혼반지를 똑같은 모델로 맞춰 천연덕스럽게 두 집 살림을 하다가 들통나 버린 남편의 글은 지금도 베스트란에 올라 있네요. 내연녀가 현실에 존재하지 않고 남편의 상상 속에만 있다는 게 드러나 불륜 현장 대신 조현병 진단서를 마주하게 된 선배분의 글을 읽어 내려 갔을 땐 저도 함께 망연자실했고요.

그렇게 남편의 이실직고를 직면하면 치아가 딱딱 부딪힐 만큼 놀라게 된다던데, 저는 조금 달랐어요. 제 치아가 어디에 있는지, 나아가 피부에 와닿는 저녁 공기의 서늘함마저 지워져 버린 것처럼 허공에 붕 뜬 느낌이었거든요.

최대한 기억에 의존해 남편의 이야기를 옮겨볼게요.

"내가 있던 우주에서 난 고고학자였어. 고문서를 복원하는 팀에 속해 있었는데, 백두산의 한 동굴에서 정교하게 그려진 그림을 발견했어. 아, 백두산을 어떻게 갔냐고? 거기는 2천 년에 남북한이 통일을 해서 월드컵 결승전을 평양에서 치렀던 우주였거든. 아무튼 우린 그 그림을 어떤 장치의 설계도라고 믿고 복원해 보기로 했어. 무슨 정수기 같기도 했고, 공기청정기 같기도 했는데, 결과적으로는 그냥 쇳덩어리였어. 그 어떤 전력장치를 연결해도 작동하질 않았거든. 나는 팀장에게 농담 삼아 '외계인과의 교신 장치 같은 거 아닐까요'라고 말했는데 팀장은 의외로 진지하게 고개를 주억거렸지. 하지만 실험을 해볼 수는 없었어. 그 장치의 내부를 돌아가게 할 만한 동력원이 지구에는 없다는 게 결론이었거든. 팀장은 이렇게 얘기했어. 외계인과의 교신 장치가 됐든, 이전 문명이 남긴 행성 병기가 됐든 일단 돌아가게 하려면 번개를 38만 번 정도 맞아야 할 거라고.

결국 어이없는 해프닝으로 치부하고 장치를 폐기하기로 결정한 건 크리스마스이브 날이었어. 팀원 모두가 가족의 품으로 돌아가서 '괴상한 오파츠'를 주운 썰을 케이크와 함께 썰어넬 생각에 부풀어 있었고, 나도 그랬어. 그 우주에서 만나 사랑에

빠지고 결혼한 여보가 날 기다리고 있었으니까.

그날 남산 중턱에 있는 연구소의 문을 닫고 장치의 전원을 빼는 건 당직인 내 몫이었어. 그런데 연구소 문을 나서자마자 하늘을 새카맣게 메운 원반들을 보게 된 거야. 지금에 와선 너무 오래된 기억처럼 느껴져서 확신할 수는 없지만 정말 정말 많았어. 어쩌면 38만 개였을지도.

그 원반들에서 주황색 광선들이 내리꽂혔어. 서울 시내의 마천루들이 광선에 닿자마자 녹아내리더라. 크리스마스 케이크에 꽂힌 초가 녹아내리는 걸 수천 배 빠르게 재생한 것처럼. 나는 헐레벌떡 도망쳤는데, 정신없이 달려간 곳은 그 괴상한 장치 앞이었어. 갑자기 시야 전체가 노랗게 빛나기 시작하는데 직감적으로 알겠더라고. 여기서, 내가, 죽는구나. 나는 내 허리춤까지 오는 기계를 끌어안은 채 그렇게 죽었어."

"……죽었다고?"

"그런데 눈을 떠 보니 여보의 품 안이었어. 여보의 목덜미에 코를 파묻은 채로 식은땀을 흘리며 깨어났지. 지독한 악몽을 꿨구나 생각했어. 지나치게 생생한 꿈이었지만, 뭐 당시엔 그렇게 믿을 수밖에 없잖아? 하지만 아니었지.

나는 크리스마스이브로부터 세 달 전으로 돌아와 있었어. 과거로 회귀해 버린 거야. 왜 세 달인지는 지금도 모르겠어. 그 장치에 설정된 게 세 달치였는지, 아니면 그 비행접시들의 광선에 담긴 에너지가 딱 그만큼이었기 때문인지.

나는 헐레벌떡 회사로 달려가서 팀장에게 외쳤어.

'그 설계도 어딨어요? 백두산에서 발굴한 거 말입니다.'

무슨 대답이 돌아왔게?

'뭔 뚱딴지같은 소릴 하는 거야. 우리 빵 만드는 회사잖아. 자네는 효모 연구원이고.'

자세히 보니 팀장의 헤어스타일이 달랐어. 원래는 탈모가 급격하게 진행돼서 허허벌판이나 다름없었는데 숱이 풍성하고 머리칼이 갈색이더라니까. 이름도 끝자리가 달랐어.

맞아. 나는 꿈을 꿨던 게 아니야. 과거로 회귀했던 것도 아니고. 내가 있었던 곳과 무척 흡사하지만, 절대로 같다고는 할 수 없는 다른 우주에 뚝 떨어져 버린 거야. 그제야 나는 떠올릴 수 있었어. 주황색 광선에 몸이 녹아내리던 순간, 그 영문 모를 장치를 껴안으면서 내가 빌었던 소원이 뭐였는지를."

"무슨 소원을 빌었는데?"

"내게 한 번의 기회가 더 주어진다면 종말의 순간에 이런 쇳덩어리가 아니라 사랑하는 당신을 꼭 안아줄 거라고."

"어떻게 그런 게 가능했을까. 우연의 절묘한 중첩인가."

"질문이 그거야? ……희한하네. 여보는 정말로 내 말을 믿는 것처럼 보이는데. 어떻게 그럴 수 있지."

"내, 내 남편이 하는 말이니까. 흠흠. 반응은 신경 쓰지 말고 계속해 봐."

"난 신을 믿지 않아. 원래 우주에서도 그랬고 지금도 그래. 그래서 신이 소원을 들어줬다고 생각진 않아. 단지 유력 후보로 꼽는 가설 하나만 있을 뿐이야. 백두산에서 어쩌면 우린 평행우주로 이어지는 문을 여는 기계장치를 깨워버렸고, 때마침 지구를 침공한 외계인들의 공습으로 터무니없는 동력이 공급되어버렸고, 하필이면 그걸 안고 있던 지적 존재인 내 강렬한 소원이 장치에 설정값으로 입력돼 뭔가가 발동한 건 아닐까. 그렇게 나는 평행우주의 장벽을 찢고 날아왔어. 무한한 가능성으로 퍼져 있는 온갖 우주들 중에서 '사랑하는 당신'이 있는 우주에. 그런데 말이야."

여기서 남편은 조금 울먹이기 시작했어요. 저는 흠칫해서 그만 10분 전에 죽이네 마네 하던 것도 잊고 냅킨을 빼서 건네줬죠.

"그런데?"

"나는 두 번째 기회가 주어진 것에 감사하며 허겁지겁 효모를 연구해 보려고 했어. 그런데 크리스마스이브가 되자 거대한 해일이 한반도를 덮쳤어. 나는 당신을 끌어안고 바닷물에 잠겨 죽었지. 두 번째 죽음이었어. 그 빌어먹을 쇳덩어리가…… 내 소원을 너무 곧이곧대로 해석했나 봐."

종말의 순간에 사랑하는 당신을 안아줄 거야.

"사랑하는 당신을 찾아 평행우주를 건너왔는데, 그만 세상의 종말도 나를 따라온 것 같아."

제 손목은 여전히 잠잠했습니다. 남편의 믿기 힘든 진실 퍼레이드는 계속됐어요.

"종말을 맞이해 죽으면 나는 다시 세 달 전 시점에서 정신을 차려. 언제나 상황은 다양해. 내 직업도, 살아온 장소도 일정하지 않아. 그걸 내가 내 몸에 빙의한다고 해야 할까? 적응하기 전엔 너무 혼란스러웠어. 원래의 내가 갖고 있던 기억과 뒤집어

쓴 몸의 기억을 구분하는 게 어려웠거든. 각성과 종말을 반복하면서 내 기억은 마치 용량이 한계에 다다른 하드 드라이브처럼 되어가고 있어."

"언제나 상황이 달랐다면, 그럼 공통점은 있어?"

"여보가 나와 결혼했다는 것. 처음 죽었을 때 빌었던 소원의 '사랑하는 당신'이란 부분 때문 아닐까? 여보는 언제나 그대로야. 얼굴도, 성격도, 말투도. 내가 사랑했던 점이 그런 것들이었으니까. 직업이 미묘하게 바뀌는 경우는 있었지만 대체로 유능한 전문직이었어. 소설가나 박물관 큐레이터, 작사가 그런 직업 말야."

"당신이 내 그런 면에 빠져서 결혼하게 되니까 나는 안 변한다?"

"여보는 늘 그대로야. 내가 사랑한 여자가 대한민국 인천에서 자란 ○○○이었으니까. 내 프러포즈 기억해? 변수와 상수. 나는 우주를 건널 때마다 바뀌는 변수이지만 여보는 상수인 거야. 반면에 각 우주마다 여보의 남자 취향은 다를 수 있지 않겠어? 그래서 내 이름과 생김새, 직업, 때로는 국적마저 들쑥날쑥이었지. 심지어 한 번은 한국으로 유학 온 흑인 피아니스트인 적도 있었어."

"뭐? 흑인? 내가 흑인이랑 결혼한 우주가 있단 말야?"

"응."

"그 우주의 내가 조금 부러워지려고 하네."

시종일관 어둡던 남편의 얼굴이 처음으로 경직됐어요.

"말이니, 방구니. 그거 되게 인종 혐오적인 발언이고, 동시에 남편을 자기혐오에 빠트리는 발언인 거 알아?"

"아니, 뭐 꼭 그렇단 얘긴 아니고."

알아요. 진심이 완전히 안 섞인 건 아니지만 농담이었다고요. 갑자기 쏟아져 내리는 감당 못 할 폭우에 재채기 한번 한 거라고요. 남편의 말이 전부 사실이라고 치면—사실 KC S07 때문에 의심 자체가 무의미했지만—뭔가 많이 좀 억울하다 싶었거든요. 그런데 그러다가도 남편이 지금껏 완전히 다른 모습의 나와 딴 살림을, 그러니까 딴 우주 살림을 차려왔다고 생각하면 그건 또 그것 나름대로 짜증나더라고요. 물론 현타가 곧 찾아왔어요.

"그래. 엄밀히 말하면 여보가 완전히 똑같지는 않았어. 내가 사랑하는 여보가 여보의 총합은 아니었던 모양이지. 요리를 잘하는 여보도 있었지만 요리에 영 꽝인 여보도 있었어. 우리의 첫 우주에서 주방을 책임지던 건 나니까 나는 당신이 요리를 잘하든 못하든 아무 상관이 없었거든. 그런 식으로 내가 여보에 대해 '상관없다'고 생각하는 부분들엔 변화가 많았어. 이곳의 여보는 맥주병이지만 수영을 잘하는 여보도 있었고, 이곳의 여보는 마카롱이라면 다 좋아하지만 딸기 알레르기가 있어서 딸기 마카롱은 못 먹는 여보와도 살았어. 축구 청소년 대표였던 여보도 기억나네."

참고로 저는 학창시절 멈춰 있는 공에도 헛발질을 해대던, 지옥에서 온 몸치입니다.

"내가 축구를 했다고?"

"응. 바둑 3단인 여보도 만나봤어."

"……자꾸 여보 여보 하니까 열라 짜증나는 거 알아? 뭘 잘했다고 당당하게 아내 면전에서 과거 여성 편력을 늘어놓고 앉은 거야, 지금. 어? 아무리 나랑 똑같이 생겼고, 성격이 비슷하다고 해도 결론적으로 그것 역시 바람 아니야?"

"바람이라니! 나는 늘 당신만 사랑했는데."

"엄밀히 따지면 내가 아니잖아! 다른 우주의 나잖아."

"어떻게 그런 식으로 말하니. 지금까지 4천 번의 우주를 거쳤지만 오직 여보 곁에만 있었단 말야."

"내가 그걸 모르잖아. 다른 나들도 몰랐을 거고. ……잠깐. 4천 번?"

저는 어느덧 심문이 실랑이로 변해버린 것도 눈치채지 못한 채 하나의 숫자에 꽂혀버렸어요. 남편이 꼭 중요한 사실을 너무 덤덤한 어조로 말하는 바람에 제가 역정 냈던 게 한두 번은 아니었지만, 그 순간엔 역정보다 동정이 먼저 들었어요.

"그렇게나 많이 종말을…… 죽음을 반복해 왔다는 거야, 지금?"

할머니가 무당의 머리채를 잡기 전, 코흘리개였던 저는 큼지막한 굿판을 몇 번 본 적이 있어요. 귀신이 들린 사람들의 얼굴이 획획 변하면서 젊은 여자가 카랑카랑한 할머니 목소리를 내기도 하고, 어떤 때는 무당이 접신을 해서 마을 사람들에게 윽박지르던 모습들이 기억나요. 어린 마음에도 제일 무서웠던 것은 내가 알아온 사람들의 얼굴 위에 전혀 다른 역사를 가진 표정이 덧씌워질 때의 이물감이었어요.

그 소름끼치던 순간을 결혼 이후 남편에게 느낄 줄은 몰랐습니다. 그 순간의 남편이 바로 그랬어요. 깊이를 가늠할 수 없는 까마득한 역사를 가진 남자의 표정이 아득한 피로감을 담은 채 저를 응시하고 있었답니다.

"어떻게든 당신과 달아나 보려 했어. 크리스마스이브에 서울을 벗어나 있으면 될 줄 알았거든. 하지만 우릴 찾아오는 종말은 단순한 국가적 재난이 아니었고, 그야말로 한순간에 인류가 끝장나는 멸망의 시작점이었어. 독감 바이러스보다 900배 전파력이 강한 역병, 느닷없이 하늘에서 쏟아져 내리는 강력한 산성비, 전조도 없이 영하 80도로 떨어지는 기온 등."

"그렇게 4천 번의 종말을 겪어온 거야?"

"어쩌면 그것보다 많을지 몰라. 천 번을 넘었을 때 숫자 세기를 포기한 적이 있었거든."

"그럼 대체 얼마를 평행우주의 여행자로 살았단 거야? 세 달 곱하기 4천 번이면……."

저는 늘 수학에 젬병이었는데, 남편은 그 반대였죠. 버튼을 누르면 숫자를 표시하는 계산기처럼 반사적으로 답을 내놓았습니다.

"만 2천 개월. 그러니까 천 년을 여행한 거지."

저는 그 숫자에 질식할 것 같은 느낌이었어요. 남편은 멈추지 않고 계속했습니다.

"어느 순간부터 나는 내 힘으로 종말을 막아보기로 했어. 여보와 내가 종말을 버티고 살아남는다면 이 길고 긴 여행을 끝낼 수 있지 않을까 해서. 세상을 끝장내 버릴 정도의 대규모 재앙이 아무런 전조도 없을 리 없잖아? 하지만 아무리 똑똑한 사람이라고 해도 세 달 뒤 크리스마스이브에 지구가 망한다는 말을 믿어주지 않았어. 웃긴 게 뭔 줄 알아? 나 같은 주장을 하는 사람이 아무도 없어서가 아니야. 오히려 나처럼 지구가 망할 거란 계시를 받았다고 떠드는 사람이 전 세계에 넘쳐나도록 많아서 그랬어. 누구도 내 말에 귀 기울여주지 않았지. 그건…… 여보도 마찬가지였고."

남편은 4천 명의 저에게 몇 번이나 사실을 고백해 봤을까요? 그리고 몇 번이나 의심과 공포의 눈길을 받았던 걸까요?

"어쨌든 내가 알아낸 사실은 단 한 가지뿐이야. 닥쳐올 종말이 언제나 바다에서 시작한다는 것. 이상 현상의 출발점이 바다라는 것. 어쩌면 내가 처음 죽었던 그날 하늘을 가득 메웠던 비행접시들도 사실은 바다에서 튀어나왔던 게 아닐까 해."

남편의 말에 집중하고 있던 그때, 벼락처럼 어떤 사실이 제 머리를 때리더군요. 남편의 내비게이션에 찍혀 있던 바닷가 펜션들.

"그래서 출근하는 척하고 혼자 바닷가를 다녔던 거야? 종말의 전조를…… 찾을 수 있을지 몰라서?"

"응. 너무 오래 반복해 와서 그게 루틴이 되어버렸어."

"나와의 기억을 깜빡깜빡했던 건 이전 여행에서의 기억들로 혼란스러워서였고?"

"맞아. 휴대폰을 잃어버렸던 건 사실 내 손으로 버린 거야. 비밀번호가…… 떠오르지 않아서. 차라리 새 걸 사는 게 의심을 사지 않을 거라고 생각했거든."

저로 하여금 남편의 외도를 의심하게 했던, 그리하여 이 카페에까지 흘러들어 오게 만들었던 징조들이 상상도 못 했던 해답지로 변해 제 앞에 놓이고 있었어요.

"그러면 잠자리를 피했던 이유는 뭐야. 천 년이나 나랑 같이 사느라 이제 욕구도 사라져 버린 거야? 어?"

"그건…… 아니야. 피할 수 없는 종말을 앞두고 아이가 생기면 안 되잖아."

하마터면 저는 납득할 뻔했습니다. 그렇지만 남편의 말은 앞뒤가 맞질 않았어요. 어차피 지구의 사람들이 다 죽는 종말이라면 우리의 아이는 태어날 기회조차 없는 거잖아요? 제가 그걸 지적했더니 남편은 말문이 막혔는지 고개를 떨궜습니다.

"정말 그런 이유뿐이야?"

"응."[거짓]

오랜만의 진동이었습니다.

"아니잖아. 자기 얼굴을 보면 알 수 있어. 진짜 이유가 있는 거지? 나한테 말하지 않은 진짜 이유."

한참을 설득했더니 남편은 솔직히 털어놓았습니다. 한 번 빗장을 풀어내니 두 번 풀어내는 건 어려운 게 아닌가 봐요.

"2500번 정도 종말을 맞았을 때 한 가지 가설이 떠올랐어. 어쩌면 내가 종말이 예정된 우주에 골라 도착하는 게 아니라, 반대로 종말이 내 뒤를 따라오는 건 아닐까. 종말을 맞이해서 루프가 시작되는 게 아니라 내 죽음이 루프를 시작시키는 방아쇠라면. 그렇다면…… 나만 없으면 그 우주에 종말은 닥쳐오지 않는 건 아닐까. 나 혼자만 다음 우주로 넘어간다면 어쩌면 무사히 내년을 맞이하는 거 아닐까. 그런 가능성이 1프로라도 있다면 그걸 무시하면 안 되는 게 아닐까."

2장 ——

이 남자와 한두 해 살아온 게 아녜요. 그래서 저는 남편의 다음 말도 예측할 수 있었지요.

"크리스마스이브가 오기 전에…… <u>스스로 목숨을 끊었구나.</u>"

남편은 아무런 대답도 하지 않았습니다. 하지만 그건 거짓말과는 달랐어요. 차마 제가 듣는 앞에서 단어로 빚어내기 어려운 말이었던 거예요.

그때부터 저는 다른 이유에서 화가 나기 시작했습니다.

"자기 말이 맞는다고 쳐. 자기가 스스로 목숨을 끊어서 새로운 우주로 건너가면 이전 우주엔 종말이 안 온다고 치자고. 야씨, 그러면 나는? 하필 크리스마스이브에 남편이 자살을 했는데, 정작 그 이유는 짐작도 못 하고 평생 괴로워할 마누라는 어떻게 되는 거야?"

"그건 나도 알아. 하지만 여보야. 지구의 모든 사람과 함께 죽는 것보다는 훨씬 나은 길이라 생각했어. 물론 내 추측도 가설일 뿐이지. 내가 스스로 죽어버리는 순간 그 우주의 뒷이야기는 알 방법이 없으니까. 하지만 그건 나를 버티게 하는 유일한 동아줄이었어. 내가 죽음을 반복함으로써…… 무수한 여보를 살릴 수 있을지도 모른다는 거."

"그리고 무수한 과부를 양산하겠지! 이 무책임한 새끼야!"

왜 소리를 버럭 질렀는진 모르겠어요. 머리로는 충분히 이해할 수 있었죠. 남편이 왜 그런 선택을 해왔는지를. 어째서 저와 아이를 만들 가능성을 차단해야만 했는지를. 그렇다면 무슨 방법을 써왔던 걸까요. 고층 빌딩에서 뛰어내렸을까요. 바다에 몸을 던졌을까요. 아니면 약을 썼을까요. ……고통스럽진 않았을까요. 삶에 전원을 스스로 차단하는 일을 1500번이나 하는 동안 남편의 마음은 얼마나 부서지고 있었을까요. 그런 생각을 하니 미칠 것 같더군요.

"어어어? 왜들 그러시나. 부부 싸움이야? 어?"

그때였습니다. 어느덧 술자리가 다 끝났는지 불콰해진 얼굴로 낚시꾼 아저씨가 저희에게 걸어왔어요. 순간 민망해진 저와 남편은 입을 꾹 닫았고요. 아저씨는 물이 철렁이는 양동이를 들고 왔는데 저희 옆에 그걸 툭 내려놓더니 너스레를 떨었습니다.

"아직 청춘이구만, 청춘이야. 새댁은 요리 좀 하나? 이거 우리가 오늘 잡은 건데 덩치는 쬐깐해도 감성돔이라고. 이거 탕 해서 먹고 화해해."

양동이에 못생긴 도미 두 마리가 헤엄치고 있었는데 저는 표정 관리가 잘 안 되더라고요. 이 천진한 아저씨한테 뭐라고 설명해야 할까요? 부부 싸움은 부부 싸움인데 바람을 피우는 줄 알았던 남편 놈은 사실 바람둥이가 아니었고, 불륜녀가 달라붙은 대신 피할 수 없는 종말을 달고 다니는 데다 그 종말을 나한테 안 옮기려고 1500번 자살한 놈이라 내가 역정을 내던 참이라고 설명하면 믿겠냐고요. 이 글을 쓰는 나도 안 믿기는데!

"아이고. 감사합니다. 이거 귀한 거잖아요? 잘 먹을게요. 하하."

"오. 자네는 뭘 좀 아는구먼. 찌 좀 던져봤나 봐."

그런데 남편은 제 속도 모르고 사람 좋게 웃으며 양동이를 건네받았습니다. 저는 아저씨가 빨리 가주기를, 그래서 자기네 숙소로 돌아가 밤새 감성돔 회에 소주라도 뜨라고 중얼거리고 있었고요. 그런데 아저씨 뒤로 어느새 낚시꾼 셋이 더 다가와 있었습니다.

"젊은 친구. 낚시라는 게 그래요. 모르는 사람들은 모르지만 미끼를 던지고 물고기가 덥석 물 때의 쾌감이란 게 장난 아니거든."

"아, 그럼은요. 그럼은요."

그때 네 명의 낚시꾼 아저씨들이 마치 군무처럼 똑같은 동작으로 허리를 숙였습니다. 그리고 장화 뒤에 숨겨둔 회칼을 꺼내 들더군요. 공기가 갑자기 서늘해졌습니다. 손수 우리 부부에게 회를 떠주려나 싶었는데 그러기엔 표정이 너무 살벌했거든요. 마치 먹잇감을 찾아낸 사냥꾼들처럼 말이죠.

양동이를 가져온 아저씨의 입은 웃고 있었지만 눈은 아니었습니다.

"게다가 그 물고기를 1500번이나 놓쳤다면 더더욱 말이야."

"네?"

고개를 갸웃하는 남편의 목젖을 향해 아저씨가 회칼을 휘둘렀습니다. 정말 무시무시하게 빠른 속도였어요. 저는 비명을 지르며 벤치 뒤로 넘어졌는데 더욱 놀라운 일은 그 뒤에 일어났습니다.

남편이 회칼을 피하고 무릎에 스프링이라도 달린 듯 뛰어 오르더니 아저씨에게 반격을 했거든요. 아저씨의 가슴팍에서 분수처럼 피가 솟구쳐 올랐습니다. 다른 세 낚시꾼들은 놀라지도 않고 남편에게 덤벼들었고요. 낚시꾼들이 차례차례 일격으로 쓰러진 뒤에야 저는 테이블에 꽂혀 있던 제 십자드라이버가 없어졌단 걸 알았어요. 그건 어느새 피범벅이 되어 남편의 손에 들려 있었습니다.

그걸 본 저는 그만 기절해 버렸습니다. 시간이 얼마나 흘렀을까요? 천천히 의식이 돌아오기 시작했어요. 마치 가위에 눌린 것처럼 시야는 암전돼 있는데 남편의 중얼거림만이 귀에 박혔습니다.

"……처럼 바보 같다니깐. 놀라지 않으려고 최악의 상황을 일상처럼 맘에 담아두는 습성 말야. 여보와 함께 새해를 맞이하고 싶다고 빌걸. 아니, 사이좋게 늙어 죽고 싶다고 빌걸. 괜히 종말이 오는 그 순간까지 안아줄 거라고 비는 바람에 이런 처지가 됐어. 매번 여보까지 휘말리게 해서 미안해."

수영장에서 가라앉았다가 떠오르는 듯한 감각을 느끼며 저는 눈을 떴어요.

"여보야. 괜찮아? 어?"

정신을 차려보니 저는 숙소의 거실 매트 위에 누워 있었고 남편은 제 이마를 쓰다듬고 있었습니다. 어안이 벙벙했어요. 주먹 질은커녕 마트에서 옆 사람과 카트만 툭 부딪혀도 즉각 허리를 굽히는 제 남편이, 적지 않은 뱃살을 소유한 30대 남자가 견자단처럼 칼부림을 한 광경을 직접 목격했으니까요.

"어, 어떻게 한 거야?"

"말했잖아, 여보야. 난 시간이 많았어. 전 세계의 무술을 배워서 그걸 혼자 복습하며 연마할 충분한 시간이."

"어렸을 때 태권도장 한 번 안 다녀본 사람이었잖아."

"그건 이번 우주에서의 나고. 다행히 손이나 몸으로 익힌 기술은 잘 잊어먹지 않거든. 반격이 반사적으로 튀어나와 버리네."

2장 ——

"자기, 지금 사람을 죽였어. 그것도 네 명이나. 어?"

저도 모르는 사이 첩보 영화의 주인공 뺨치는 인간 흉기가 된 남편은 단호히 고개를 가로저었습니다.

"사람 아니야, 여보야. 나한테 덤벼들었을 때 눈빛이 주황색으로 물들었다고. 비행접시가 서울을 박살냈을 때 광선 색깔과 똑같았어. 그리고 테라스를 내다봐. 뭐가 보여?"

"시, 시체가…… 어?"

저와 남편이 삼겹살을 구워 먹은 바비큐 그릴 주변엔 옷가지와 장화 네 켤레만이 있을 뿐이었습니다. 감성돔이 담긴 양동이랑요. 마치 공기 중에 증발한 것처럼 사람은 온데간데없고요.

"처음이야, 여보."

"뭐가?"

"내가 추적하던 놈들이 먼저 나를 찾아왔잖아. 이 세상에 종말을 가져오는 놈들. 비행접시든, 해일이든, 전염병이든 수단을 가리지 않고 인류를 없애려 하는 원흉 말야."

"그 아저씨들이 외계인이라도 된다는 거야?"

남편은 이상하게 흥분해 있었습니다. 그건 살인에서 온 게 아닌 것 같았어요. 아주 오랫동안 머릿속에 시뮬레이션하던 상황이 드디어 펼쳐졌을 때의 흥분처럼 보였거든요.

"녀석들의 숙소랑 차량을 뒤졌어. 낚시 장비 따윈 없더라고. 글러브 박스에 있는 톨게이트 영수증을 보니까 서울에서부터 우리 뒤를 쫓아온 거야. 어떻게 내 정체를 알았는지, 그리고 내 위치를 무슨 수로 알았는지는 모르겠지만."

"그런데 왜 그렇게 빨리 말해? 당장 어디론가 떠나려는 것처럼."

남편은 제 어깨를 단단히 부여잡고는 말했습니다.

"예전에 한번 생각했던 적이 있었어. 어쩌면 여기는 시뮬레이션으로 만들어진 세계인 건 아닐까. 올해 크리스마스이브에 인류가 종말을 맞이하도록 프로그래밍된 일종의 게임 같은 거."

"못 따라가겠어."

"그러면 나는 일종의 버그 같은 거 아닐까? 비슷해 보이지만 진행에 미세한 차이가 있는 수천 개의 시뮬레이션들을 옮겨 다니는 버그. 내가 죽어가며 소원을 빌었던 기계장치는 시뮬레이션들을 건너뛸 수 있는 일종의 네트워크 단말기였고."

"자기가 버그라면 뭐가 달라지는 거야?"

"언젠가는 버그를 고치러 누군가가 올 수도 있지 않을까. 골치 아프게도 자꾸만 다음 프로그램으로 도망쳐 버리는 버그를 고치려고 말야."

남편은 혼자 서울로 떠나겠다고 했습니다.

"함께 있어주지 못해, 미안해. 여보야. 그런데 처음으로 종말을 막아낼 단서가 생겼어. 놈들이 날 어디서부터 쫓아왔는지 밝혀내고 목적을 파헤치려면 일분일초를 낭비할 수 없거든."

"웃기는 소리하지 마. 허락 없는 외박은 절대 안 된다고 우리 결혼서약서에 딱 쓰여 있어."

"……미안해."

"차라리 나랑 같이 가. 어? 자기가 무슨 드웨인 존슨이야? 인류를 지키는 파워레인저야?"

남편의 눈빛이 호수처럼 가라앉았습니다. 저는 본능적으로 직감했어요. 한 번 본 기억이 있었으니까요. 그건 제게 프러포즈를 하며 머뭇거리던 한 청년의 얼굴과 똑같았습니다.

"4천 번 회귀해서 한 여자만 사랑하는 거 얼핏 로맨틱해 보이지? 별처럼 많은 우주들을 건너면서 나는 한 번의 예외도 없이 당신을 찾아냈어. 그리고 한 번의 어김도 없이 당신을 안으면 내 심장은 두근거렸고."

"……."

"그렇지만 동시에 무서웠어. 어쩌면 나는 불변의 조건이 입력된 코드처럼 못 박혀버린 게 아닐까. 당신을 사랑할 수밖에 없도록. 내게 새겨진 버그가 다른 기능을 수행하지 못하도록 자유의지를 빼앗은 건 아닐까. 여행을 거듭할수록 온갖 기술과 능력은 쌓여가는데 정작 여보를 처음 만났던 때의 나에 대한 기억은 흐릿해져 가. 이렇게 계속 여행하면 나는 어떻게 되는 거지? 스스로 죽어도 회귀는 시작되고, 죽임을 당해도 회귀를 멈출 수 없는데."

"자기야."

"그래서 나는 더욱더 종말을 막아내고 12월 25일로 건너가고 싶어. 여보를 사랑하는 마음에 온전히 확신을 가지고 싶어. 이 사랑이 입력값이 아니라 출력값이라는 걸 증명해 내고 싶다고."

남편은 저를 꼬옥 안아주었습니다.

"나는 시간 여행자가 아니야. 나는 지금 이곳에 있어. 하지만 영원히 '지금' 이곳에서만 살 수 있지. 여행자이지만 동시에 한 시간대에 갇혀버린 죄수인 거야. 그러니 제발 보내줘. 어떻게든 자유의 몸이 되어서 여보한테 돌아올게. 알았지?"

저는 한참을 고민한 끝에 새끼손가락을 내밀었습니다.

"그러면 하나만 약속해. 종말을 막아내지 못하더라도, 꼭 살아서 돌아오겠다고."

"알았어. 약속할게. 위험한 짓은 하지 않기로."

저를 향해 씨익 웃어준 남편은 그렇게 떠나버렸습니다. 낚시꾼들이 타고 온 지프를 운전해서 펜션 부지를 휙 하니 빠져나가더군요.

저에게 남겨진 건 피가 잔뜩 달라붙은 십자드라이버 하나뿐이었습니다.

퍼뜩 정신을 차린 저는 십자드라이버를 세면대에 떨구고 온수를 틀었어요. 그러고는 생각을 정리했죠. 남편이 꼭 살아서 돌아오겠다고 했을 때, 제 손목을 강하게 울리던 진동을 떠올렸어요.

그 약속은 [거짓]이었습니다.

이 글을 다 쓰는 동안 십자드라이버가 말끔해졌습니다. 그리고 제 눈앞에는 카페의 운영진이 보내주신 KC S07 키트가 있네요. 이 드라이버로 뭘 할 거냐고요? 키트를 분해해 볼 겁니다. 외양을 보아하니 난관이 예상되지만 충분히 뜯어낼 수 있을 것 같아요. 물론 카페의 회원분들은 놀라시겠죠. 절대로 키트를 건드리지 말라는 경고문이 떡하니 붙어 있으니까요.

남편이 말했던 버그 어쩌고 말인데요.

정말로 이 세계가 어떤 프로그램이고 제 남편이 종말을 일으키는 버그라면, 그래서 그 낚시꾼 아저씨들이 버그를 잡아 없애려는 백신 같은 거라면…… 대체 무슨 수로 1500번이나 못 찾았던 버그를 이번 우주에서 찾아낼 수 있었을까요?

저는 이 망할 키트가, 남편의 DNA를 수집한 뒤 만들어져 정수리에 부착하라고 안내된 이 망할 키트가 아무래도 범인 같거든요.

경고문이요? 거액의 배상금? 신상 정보 유출의 위험성?

다 엿 먹으라 그래요. 그 정도 각오도 없을까 봐서요? 제 남편은 홀몸으로 정체도 알 수 없는 녀석들의 본거지를 찾겠다며 뛰쳐나갔는데도요? 제가 여기서 겁먹고 질질 짜고 있을 줄 알았다면 망원동 십자드라이버를 너무 얕본 겁니다.

하아, 이 키트를 몽땅 분해해 버리기 전에 글을 마무리 지어야겠네요.

여러분.

결혼을 두고 많은 사람들이 서로를 향한 구속이라고 말합니다. 저는 결혼은 서로를 향한 구원이 되어야 한다고 믿어요. 그런데 제 남편은 일방적으로 저를 구원하려고 하네요. 전 허락한 적이 없는데 말이죠. 한 남자가 평생을 던져서 만들어낸 구원의 대상으로 멈춰 있고 싶지 않아요, 저는.

다행히 남편은 수상한 놈이 아니었습니다.

그냥 이상한 놈이었어요.

그 이상한 놈은 떠나버렸지만 저는 붙잡으러 갈 겁니다. 이 키트를 성공적으로 분해한다면 남편보다 한 발짝 빨리 움직일 수도 있을 거예요. 물론 일이 잘못될 수도 있겠죠? 그러니 이렇게 미리 카페의 회원분들께 작별 인사를 남깁니다. 이번 글에는 전처럼 다시 돌아와 대댓글을 남길 수 있을지 장담은 못 하겠네요.

열받지만 어쩌겠어요? 이 새끼가 다른 우주로 넘어가서 탕수육을 부어 먹는 저와 달리 찍어 먹는 저랑 다시금 꽁냥꽁냥 세 달을 살 걸 생각하면 복장이 뒤집어져서 가만 놔둬줄 수가 없거든요. 다행히 내연녀의 존재를 확인해 남편을 죽일 일도, 제가 죽을 일도 일어나진 않았죠.

대신에 세상 전체가 죽을지도 모른다고 하네요. 남편의 말이 전부 사실이라면 우린 다 끝장이래요. 이 글을 읽으시는 분들은 당연히 이 모든 게 한 유부남이 자기 외도를 숨기려 급히 만들어낸 거짓말이길 바라시겠죠? 아이러니하네요. 저도 그러길 바라지만 그러면 '적중률 100프로'인 KC S07의 은혜에 몰려온 우리들과 이 카페의 존재 이유가 흔들리는 거잖아요? 제가 한 목숨 걸고 남편의 말을 검증해 보도록 할게요.

목숨 얘길 했지만 대단히 비장한 기분은 또 아닙니다. 젠장맞을, 원래 결혼이란 거 목숨 걸고 하는 거예요. 도대체 어떤 놈이랑 살 맞대고 살지 위험부담은 언제나 존재하는 거 아닌가요? 예? 그냥 내 안목을 믿고 베팅할 뿐이죠.

종말이래요.

그러니 여러분. 지금 있는 분과 행복하세요. 순간을 나누세요. 물론 무사히 내년이 찾아오면 어설픈 각오로 결혼 따윈 하지 마세요. 저처럼 고약한 놈한테 잘못 걸렸다간 아주 개고생이거든요. 평행우주 4천 개를 처잡술 만큼 고약한 놈한테 이미 잘못 걸렸으니 어쩌겠습니까. 저는 제 팔자려니 하고 그냥 살아야죠.

그동안 제 푸념을 계속 읽어주고 공감해 줘서 고마웠어요.

제가 말씀드렸었죠?

저는 어릴 적부터 제 곳간에 들어온 것이라면 절대 빼앗기지도, 잃어버리지도 않았다는 것을. 그는 제 낡은 곳간에서 햇살이고, 바람이며, 공기입니다. 그러니 등에 난 솜털 하나마저도 낚시꾼들에게 넘겨줄 수 없습니다. 죽게 놔둬서 다른 평행세계의 '십자드라이버'들에게 빼앗길 수도 없지요.

망원동 십자드라이버의 푸념은 여기까지입니다.

그동안 마치 자기 일처럼 화내주고 괴로워질 때마다 등을 두드려주듯이 응원해 준 회원분들 하나하나 너무 감사드려요. 님들의 좋아요와 하트를 제 심장 깊숙한 곳에 품은 채,

얼른 가서 종말 하나만 막고 올게요.

3장

궁극의 몸(Absolute Body)

메사슈미트 선생님께,

저는 자유대한공화국에 살고 있는 박도담이라고 합니다. 촌구석 파이프 공장의 말단 직원이죠. 세계에서 가장 권위 있는 물리학자인 선생님께 별 볼 것 없는 녀석이 무슨 볼일이냐고 생각하시겠지요? 지금부터 선생님께 보내는 이 글이 미친 소리처럼 들릴지도 모르고 말입니다. 하지만 박봉의 월급으로 인공육 피자를 주문하며, 고작 지하 34층의 저소득 아파트에 살고 있지만 전 절대 미친놈은 아닙니다. 제 비루한 평생을 저울에 걸어도 선생님의 시간 중 1분에나 눈금이 맞춰질까 싶지만요. 부디 이 메일을 닫지 마시고 끝까지 읽어주시기 바랍니다. 제겐 목숨이 달린 일이거든요.

선생님. 저에겐 굉장히 희귀한 병이 하나 생겼습니다. 어쩌면 지구상에 보균자가 저 하나뿐인 괴상한 바이러스에 걸렸는지도 모릅니다. 조금만 흥분해도 모세혈관이 수프처럼 녹아내리는 하브챠일 병도 아니고요, 피부가 색소를 잃어버린 채 투명해져서 콩닥콩닥 뛰는 심장이 훤히 드러나는 구아누챠르 괴질도 아닙니다. 어쩌면 선생님께선 기형적으로 등뼈가 튀어나와 '악마의 날개'라고 불리는 카무스티아 증후군을 생각하고 계실지도 모르겠군요. 하지만 그 병도 아닙니다. 바이러스 전쟁의 산물이자, 최악의 신체 등급이라는 클래스 M[1]의 인간들이 가진 저런 질병들은 저와는 거리가 먼 얘기지요.

처음 제가 병에 걸렸다는 사실을 깨달은 것은 2주 전이었습니다. 아침부터 귀를 찢어대라 울리는 자명종 소리에 저는 평소처럼 검지를 이용해 자명종의 입을 다물게 하려고 했습니다. 그런데 희한하게도 손가락을 움직이는 느낌은 있는데 자명종이 계속 울리는 거예요. 이상하게 생각한 저는 오른손을 눈앞에 가져갔죠. 그리고 여태껏 살아오면서 질렀던 비명 중 두 번째로 자지러지는 비명을 질렀습니다.

제 오른쪽 검지가 사라져 버린 겁니다. 마치 누군가가 지우개로 손가락을 지워버린 듯, 새카맣게 절단된 부분이 저를 빤히 쳐다볼 뿐이었습니다. 입술에 경련이 느껴질 정도로 놀랐어요. 경악하는 와중에도 궁금증이 일어났습니다. 그 새카만 부분을 펜으로 찔러봐도 아무런 고통도 없었기 때문이죠. 흉터도 없었

---

1 Mutant Body 바이러스 노출도 75프로 이상의 신체.

습니다. 게다가 검지를 움직여 본다고 생각하자 감각이 그대로 느껴지는 거였어요. 물론 사지가 절단되어도 그런 감각은 사라지지 않을 수 있다고 들었습니다만, 이건 너무 생생했죠. 바로 그때 왼쪽 발바닥이 갑자기 가려워오기 시작했습니다. 저는 무심히 이불을 걷고 왼쪽 발바닥을 살펴봤죠. 그리고 여태껏 살아오면서 질렀던 비명 중 최고로 자지러지는 비명을 질렀습니다.

제 왼쪽 발바닥에 손가락이 돋아나 있었습니다!

선생님. 제발 창을 닫지 마십시오. 정신병자의 소리처럼 들린다는 것을 저도 잘 알고 있습니다. 선생님의 귀중한 시간을 빼앗는 악질 장난이라고 생각하실 수도 있겠죠. 하지만 제 말은 한 치의 거짓도 없는 진실입니다. 저 역시 발바닥에 돋아난 손가락을 보고 기절할 뻔했다고요.

회사에 출근할 시간이 다가왔습니다. 지각이라도 하는 날에는 최 주임에게 엄청난 질책을 받을 게 뻔했죠. 어떻게든 지각만은 면해야 했습니다. 저는 냉정을 유지하려 애썼고, 그제야 왜 발바닥이 간지러웠는지 깨달았습니다. 자명종을 누른다고 생각했던 오른손 검지가 왼쪽 발바닥을 긁어댔던 거죠. 어처구니가 없었습니다. 확실히 그것은 제 검지였습니다. 제 뇌가 손가락을 굽히라고 명령하면 굽히고 빙빙 돌리라고 명령을 내리면 그대로 따라 했죠. 어쨌든 잘려 나간 것은 아니라고 위로하며 저는 몸을 일으켰습니다. 하지만 곧장 비명을 지르며 바닥에 쓰러지고 말았죠. 손가락이 옆으로 꺾이는 고통을 아십니까? 저도 알고 싶지 않았습니다.

어쨌든 그 몰골로 출근할 수는 없었습니다. 파이프를 끼워 맞추는 수작업에는 멀쩡한 검지가 꼭 필요했으니까요. 일단 회사에 연락해서 몸이 아프다고 둘러댔죠. 당연히 최 주임의 홀로그램은 고래고래 악을 질러댔습니다. 저보다 겨우 한 등급 위인 클래스 N^{2}일 뿐이면서 그는 비하와 인신공격을 서슴지 않았어요. 게다가 툭하면 끄집어내는 '꼽추'란 단어까지 써가며…….이런, 얘기가 이상한 방향으로 흘렀군요. 죄송합니다. 아무튼 저는 그 손가락을 처리할 수 없었습니다. 한 차례 꺾인 후라 건드리기만 해도 눈물이 핑 돌 정도로 아픈 데다가, 그렇다고 잘라내 버릴 수도 없는 노릇이었죠.

그날 저는 하루 종일 아무것도 못 하고 누워 있어야 했습니다. 이 모든 것이 악몽이기를 바랐죠. 그렇게 다음 날이 찾아왔습니다. 눈을 뜨자마자 제가 한 일은 오른쪽 검지를 확인하는 것이었습니다. 제발 손가락이 원위치로 돌아와 있기를 바라면서요. 어땠느냐고요?

하나, 둘, 셋, 넷…… 다섯!

저는 기뻐서 어쩔 줄 몰랐습니다. 손가락이 제자리에 붙어 있었어요! 물론 전날의 고통은 미약하게 남아 있었지만 말입니다. 혹시나 해서 살펴봤던 왼쪽 발바닥도 깨끗했죠. 악몽은 하룻밤으로 끝난 거라 생각하며 저는 몸을 일으켰습니다.

그런데 뭔가가 이상했어요. 전 매일 저녁 방을 청소하는데도, 그 순간 익숙하고도 지독한 악취가 갑자기 제 코를 찔러댔어요. 설마 하는 심정으로 거울을 쳐다봤습니다. 짐작이 가십니까?

---

2 **Normal body** 바이러스 노출도 25프로 미만의 신체.

제 코가 흔적도 없이 사라져 버린 겁니다. 그 즉시 옷을 벗고 거울에 온몸을 비춰 보았죠.

맙소사. 제 코는 오른쪽 엉덩이에 버젓이 돋아나 있었습니다. 지독히도 우스꽝스러운 모습이었지만 전 결코 웃을 수 없었죠. 대변을 볼 때 엉덩이를 손으로 꽉 잡은 채로 냄새에 몸부림쳐 본 경험은 동서고금을 통틀어 오직 저 혼자만 가지고 있을 겁니다.

이제야 이해가 가십니까, 선생님? 저는 몸의 일부분이 제멋대로 움직이는 해괴한 병에 걸렸습니다. 한 부분이 제자리로 돌아오면 다른 한 부분이 말썽을 피우죠. 이젠 매일 아침 일어나는 일이 악몽입니다. 누군가의 도움이 간절히 필요합니다. 그래도 믿지 못하시겠다면 첨부 파일로 보낸 제 팔꿈치 사진을 봐주십시오. 분명히 팔꿈치에 돋아난 어금니를 보실 수 있을 겁니다. 합성 전문가에게 의뢰해 보세요. 일말의 조작도 없는 사진이라는 걸 쉽게 확인하실 수 있을 테니까요.

메사슈미트 선생님. 저는 2주째 회사에 나가지 못하고 있습니다. 이러다간 분명 해고당할 거예요. 아니! 오른쪽 볼에 젖꼭지를 붙인 채 출근할 순 없는 노릇 아니겠습니까. 목덜미에 돋아난 혓바닥은 또 어떻게 설명하구요. 최 주임에게 그런 말을 꺼낸다 해도 그는 절 정신병자로 취급할 거란 말입니다.

제발 도와주십시오. 저는 꼭 다시 출근해야 합니다. 이 병을 고칠 방법이 있을까요?

－2047. 05. 21.

mail to mssumit@tascom.net

메사슈미트 선생님께,

보내주신 답장은 잘 받았습니다. 인내심을 가지고 제 메일을 끝까지 읽어주신 점에 대해 진심으로 감사의 말씀을 드리겠습니다. 역시 선생님을 고른 제 안목은 틀리지 않았군요. 세계 최고의 물리학자인 선생님께선 최고 등급이라는 클래스 P³의 냉철한 이성을 갖고 계시지만, 그만큼 분수처럼 솟구치는 호기심도 참을 수 없을 거라고 믿었거든요. 과학자가 아니라면 누가 이런 현상에 관심을 가지겠습니까.

왜 의사를 찾아가지 않았냐고 물으셨죠? 저도 당연히 처음엔 그러려 했습니다. 그런데 곰곰이 생각해 보니 그건 매우 위험한 짓일 수도 있었어요. 의사들이 얼핏 봐선 끔찍한 제 몸을 보자마자 돌연변이 수용소에 가둬버릴지도 모르니까요. 그렇게 되면 제 인생은 끝장입니다. 날 때부터 꼽추라는 이유로 클래스 O⁴의 판정을 받아 파이프 끼우는 일이나 하는 것도 억울한데, 더 낮은 등급으로 떨어지면 전 견디지 못할 겁니다. 그놈의 빌어먹을 신체 등급 제도 때문에 웬만한 기업엔 면접조차 못 보고, 공공시설 이용 금지는 물론, 평생 친구 한 명조차 사귀기 힘든 삶이었다고요.

부모님이 제게 주신 이름인 '도담'의 유래를 모르시겠죠. 이 나라에 있는 사람들도 잘 모릅니다. 어린아이가 탈 없이 건강하게 자라나는 모양을 뜻하는 '도담도담'에서 따 온 거라더군요.

---

3 Perfect Body 바이러스 노출도 0프로의 신체.

4 Obstacle Body 1차 감염에 그친 부적격 신체로, 바이러스 노출도 25~75프로에 해당하는 모든 신체.

전 하나도 기쁘지 않았습니다. 이 기형적인 몸 때문에 평생을 볕 들지 않는 곳에 영혼을 방치해야 했는데, 탈 없는 모양이라뇨. 제 존재 자체가 '탈'입니다.

그럼에도 전 절대 돌연변이만큼은 아닙니다! 2029년에 일어났던 바이러스 전쟁에서도 안전지대에 있었고, 1년에 두 번씩 정기적으로 방사능 검사도 받고 있단 말입니다. 어쨌든 이러한 이유로 의사를 찾아갈 수는 없었죠. 전쟁 이후 기하급수적으로 늘어난 클래스 M의 인간들은 발견 즉시 격리 수용되는 현실을 아실 겁니다. 저는 꼽추로 살았기 때문에 남들과 다른 해괴한 모습이 어떻게 받아들여질지 누구보다 잘 알고 있어요. 그런 이유로 저는 지금 3주째 외출도 하지 못하고 있습니다.

상태는 좋아지지 않았습니다. 어느 날은 아침에 눈을 떴더니 오른눈과 왼눈에 전혀 다른 광경이 보이는 게 아니겠어요? 제 왼쪽 눈이 허리에 가 있더군요. 그것뿐만이 아닙니다. 이틀 뒤에는 더 끔찍한 일이 일어났죠. 전 그날 아침 일어나 눈, 코, 입, 그리고 손과 발 모두 확인했습니다. 아무 이상 없더군요. 그렇게 무심코 화장실에서 소변을 보려는데, 갑자기 목덜미 뒤가 뜨뜻해지는 겁니다. 제 성기가 뒤통수에 돋아나 있었거든요. 이제 일어나자마자 옷을 모두 벗은 채 전신을 거울에 비춰 보는 게 하루의 일과가 되어버렸습니다.

앞서 보내드렸던 메일에 제가 선생님께 그랬죠. 전 정신병자가 아니라고. 어쩌면 그 말이 거짓말이 될지도 모릅니다. 매일매일 아침마다 몸의 한 부분이 주소지를 이전해 버리는데 제정신을 유지할 수 있는 사람은 아마 없을 거예요.

더 이상 회사에서 연락도 오지 않습니다. 돈도 점점 떨어져 가구요. 무인 배달기로만 주문할 수 있는 인스턴트식품들도 점점 질려갑니다. 이러다가 이 흉측한 병 때문에 굶어 죽는 것은 아닐까요? 모르죠. 지금이야 손가락이나 눈가위, 콧구멍 등이 신체 외부로만 옮겨 다니고 있으나 이 증세가 장기로 영역을 넓혀 갈 수도 있지 않겠습니까? 저는 어제 이런 상상을 해봤어요. 제 손톱 중 하나가 심장 내벽에 뜬금없이 나타난다면? 아니면 제 허벅지에 있는 사마귀가 혈관 속에 돋아난다면? 정말이지 생각만 해도 끔찍합니다.

하지만 그래도 메사슈미트 선생님이 계셔서 저는 희망을 잃지 않고 있습니다. 한 달이 다 되어가도록 지하 34층에서 햇빛도 보지 못한 채 갇혀 있는 저에게는 유일한 상담자이자 조력자이시니까요.

선생님께서 알려주신 경로로 MS 스캐너[5]를 구입하느라 답장이 늦어졌습니다. 선생님께서는 '우편으로 스캐너를 보내줄 테니 주소를 대라' 하셨지만 죄송하게도 그건 무리한 요구입니다. 클래스 P의 선생님께서는 조금만 생각해 보셔도 알아채셨을 텐데요. 제가 최첨단 홀로그램 커뮤니케이터가 아닌, 선생님처럼 연로한 학자들이나 즐겨 쓰는 이메일로 연락을 취한 이유를요. 바로 이메일만이 돌연변이 격리 위원회의 감시망을 벗어날 수 있는 유일한 통신 수단이기 때문입니다. 그들에게 클래스 M으로 의심받는 일만큼은 죽는 한이 있어도 피하고 싶어요.

---

5 Molecular Spectrum Scanner 분자 스펙트럼 촬영기.

어쨌든 이 스캐너는 매우 신비한 물건인 것 같습니다. 골격 뿐만 아니라 온몸의 모세혈관까지 모두 투시가 가능한 모양이에요. 물론 저는 봐도 잘 모르겠습니다. 선생님께선 총명하시니 무언가를 알아내 주시겠죠.

답장 기다리겠습니다.

-2047. 05. 26.

mail to mssumit@tascom.net

메사슈미트 선생님께,

아무 이상이 없다니 얼마나 다행인지 모릅니다. 그런데 선생님께서는 오히려 아무 이상이 없기에 더욱 큰일일지도 모른다고 하시네요. 하긴, 신체의 일부분이 마음대로 이동하는데도 골격은커녕 모세혈관 하나에도 손상이 없다는 건 저에게도 매우 불가사의한 일입니다. 의학적으로 설명이 안 된다는 것쯤은 저도 잘 알고 있습니다. 그래서 물리학자이신 선생님께 요청하는 거예요. 두 개의 사진을 잘라 붙인 것이 아니냐는 선생님의 질문은 저를 꽤 슬프게 만들었습니다. 제가 무엇 때문에 그런 쓸데없는 짓을 하겠습니까. 아시잖아요. 제가 의지할 대상은 선생님뿐이라는 사실을.

이틀 전, 회사에서 해고 메시지가 왔더군요. 왜 통신을 하지 못했느냐고 물을 정도로 선생님께서 생각이 얕진 않으실 겁니다. 대체! 무슨 수로! 입이 배꼽 밑에서 춤추고 있는데 홀로그램 전원을 켤 수 있겠습니까? 결국 최 주임의 냉정한 해고 통보에 아무런 대답도 하지 못했습니다. 이젠 선생님의 답장을 기다리는 일이 일과의 전부가 되어버렸어요.

그나저나 선생님이 말씀하신 병의 원인에 대해 저도 생각해 봤습니다. 왜 갑자기 이런 현상이 제 몸에 생겼는지 말예요. 그리고 전 세계 39억 사람들[6] 중에 하필 저에게 일어났는지 말입니다. 하지만 아무리 생각해 봐도 뚜렷한 원인을 모르겠어요. 전 그저 우주선에 쓰이는 파이프를 접합하는 일만 계속했을 뿐인데……. 하지만 평소와 다른 일은 모조리 떠올려 보라는 말씀에 생각을 해보긴 했습니다.

그러고 보니 이 일이 생기기 전 며칠 동안 야근을 한 적이 있어요. 제가 공장에서 주로 하는 일은 파이프를 접합하는 일이지만, 가끔 오래된 우주선의 동력로 파이프를 해체하는 일도 하거든요. 물론 업무 시간 외의 일이고, 가끔 정체불명의 우주선 의뢰를 받긴 하지만 짭짤한 수당 얘기에 혹하지 않을 사람은 없겠죠. 물론 동력로에는 파이프 해체공인 저만 들어갔을 뿐이고요. 외관은 평범한 우주선이었습니다. 선미에 Oak…… 뭐라고 적혀 있던 걸로 기억해요. 혹시, 그 며칠 동안의 야근이 원인이었을까요? 하지만 파이프 해체를 성공했을 때도 보라색 액체만 손가락에 조금 묻었을 뿐인데요. 선생님께서 과민 반응하시는 건 아닐까요?

아무튼 선생님께서 제 병에 대해 지대한 관심을 갖고 계시다

---

6 2029년 바이러스 전쟁 이후 급격히 감소한 인구는 2035년 공식 통계 때 39억 4637만 1400여 명으로 집계되었다.

는 말에 저는 정말 반가웠습니다. 물론 당장 답을 찾으실 순 없으시겠죠. 메사슈미트 선생님도 그 유명한 메사슈미트 운동 법칙을 하루 이틀 만에 생각해 내신 것은 아닐 테니까요.

그래도 제 병의 원인을 하루빨리 알아내면 좋겠습니다.

－ 2047. 05. 29.

mail to mssumit@tascom.net

메사슈미트 선생님께,

제 병의 원인이 그런 것이었다니 정말 놀랐습니다. 저는 솔직히 어제부터 자포자기하는 심정이 되어 정말로 내가 돌연변이가 아닐까, 하고 생각하기 시작한 참이었거든요. 선생님이 보내주신 메일에는 워낙 어려운 말들이 많이 적혀 있어 완벽히 알아듣지는 못했지만 대충 그 의미를 파악할 수는 있었습니다. 이 부분이 가장 충격적이더군요.

……그러므로 박도담 군이 만진 파이프가 들어 있던 비행선은 이탈리아에서 비밀리에 진행되었던 '광속 주행 비행선 개발 프로젝트'에 사용된 오크네우스(Oakneus)호입니다. 그 동력원으로 사용된 VL00736975란 액체는 인체에 어떤 영향을 주는지 학계에 밝혀진 바가 없는 위험한 물질입니다. 그리고 오크네우스호의 실험은 실패로 끝났다고 저는 알고 있습니다. 박도담 군, 그대의 몸에서 일어나는 증상은 어쩌면 물리학적으로…….

맙소사. 제 몸에 미니 웜홀이 존재한다니요. 믿기 힘든 말인 건 사실입니다. 하지만 제 말을 선생님께서 믿어주신 것처럼 저 역시 선생님의 말을 믿기로 했어요. 어쨌거나 제 몸의 블랙홀로 손가락이 들어가서 화이트홀로 빠져나온다는 얘기시잖아요. 믿기는 해도 선생님이 그렇게 흥분하시는 데 동감하긴 힘들더군요. 블랙홀과 화이트홀이 같은 차원에 존재하는 게 그토록 놀라운 물리학적 발견이라니. 어쨌든 선생님이 기뻐하시니 저도 기쁩니다.

아, 건강은 걱정하지 마십시오. 쥐꼬리만 한 퇴직금이지만 근근이 살아가고 있어요. 가끔은 인스턴트식품이 아닌 포터블 레스토랑을 이용하기도 합니다. 이 몸도 슬슬 적응해 가고 있어요. 긍정적으로 생각해 보면 몸의 일부분이 사라지는 건 아니잖습니까. 오히려 편리할 때도 있고요. 왼쪽 팔에 귀가 돋아났을 땐 거울을 쓰지 않고도 귀지를 보고 파내는 신기한 경험까지 했다니까요.

어쨌든 희망이 생겼습니다. 이 희한한 증상이 오크네우스라는 비행선의 VL 어쩌구 액체 때문이라면 자유대한공화국 정부에 신고해 재해보상보험으로 치료를 받을 수도 있다는 소리잖습니까. 어쩌면 다시 복직이 가능할지도 몰라요! 이 모든 게 전적으로 선생님 덕분입니다. 첨부 파일로 제 주소와 연락처를 넣었습니다. 이제는 신고를 두려워할 필요가 없으니까요.

－2047. 06. 02.

mail to mssumit@tascom.net

메사슈미트 선생님께,

먼저 선생님의 은혜는 제가 절대로 잊지 않을 거라는 말씀을 드리고 싶습니다. 만약 선생님께서 제 메일을 악질 장난으로 취급해서 삭제해 버렸다면, 혹은 아예 이메일 자체를 열어보지 않았더라면 전 지금쯤 폐인이 되었을지도 모르니까요.

하지만 정부에 신고하지 말라는 선생님의 말씀은 이해가 잘 안 갑니다. 이 일이 바이러스나 방사능 오염으로 일어난 게 아니라면 저는 돌연변이 수용소에 가지 않아도 되고, 치료법을 찾게 될지도 모르잖습니까? 퇴직금도 슬슬 바닥나고 있단 말입니다. 물론 선생님께는 MS 스캐너의 비용이 껌값일 수 있겠지만 저에겐 3개월치의 월급이라고요. 그런데 오히려 연구 대상이 되어달라니요? 저는 실험용 쥐가 아니란 말입니다!

아무리 선생님의 말씀이라지만 이번 권유는 받아들이기가 참 힘드네요.

－2047. 06. 04.

mail to mssumit@tascom.net

메사슈미트 선생님께,

보내주신 돈은 정말 고맙게 쓰겠습니다. 하하. 사실 저라고 선생님의 연구에 동참하고 싶지 않은 건 아니었습니다. 그냥 신경이 예민해져서 그때는 그런 말을 꺼냈던 거죠. 앞으로는 전적으로 선생님께 협조하겠습니다. 제 은인이신데 정말 큰 실례를 범할 뻔했군요.

선생님이 보내주신 감마선 측정기를 몸에 대보았습니다. 액정에 1203만 3763이라는 결과 수치가 뜨더군요. 그런데 이렇게 하면 정말로 미니 웜홀을 유지할 수 있는 제 몸속의 에너지원이 밝혀지는 건가요? 젠장, 도대체 그 이상한 액체는 제 몸에 무슨 짓을 해놓은 거죠? 전 정말 괴물이 되어가고 있는 건가요? 무섭습니다, 선생님.

물론…… 보내주신 돈이 조금 부족하다는 얘기로 해석하시면 곤란합니다.

－ 2047. 06. 07.

mail to mssumit@tascom.net

메사슈미트 선생님께,

선생님! 성공했습니다! 제 의지대로 몸을 이동시킬 수 있게 되었어요! 선생님이 보내주신 PAC[7]를 장착한 뒤 정신을 집중하니까, 손등에 돋아난 머리카락 한 움큼이 반대쪽 손등으로 옮겨 간 게 아니겠어요? 하지만 이 작업은 엄청난 에너지 소모를 동반하나 봅니다. 신체 이동이 끝나고 나면 굉장히 몸이 무거워지고 배가 고파오거든요. 그래서 항상 잠들었을 때 이 현상이 일어났던 것 같아요. 실험을 여러 차례 하느라 답장이 늦어지게 되었습니다. 이해해 주십시오.

처음에는 이동 위치를 잡아내기가 꽤 어려웠습니다. 하지만

---

7 Plasma Amplification Controller 플라스마 증폭 제어기.

몇 번 계속 시도하다 보니 몇 센티미터의 오차를 제외하곤 거의 정확하게 제가 의도한 부위에 몸을 이동시킬 수가 있었죠. 뭐, 선생님께서는 예상했던 결과라고 미리 말씀하셨으니 별로 놀라지 않으실 수도 있습니다. 하지만 제아무리 선생님이라도 실험 일주일째에 제가 거둔 성과를 들으시면 놀라 자빠지실 걸요?

저는 미니 웜홀을 제 몸뿐만 아니라 외부에도 만들 수가 있습니다! 천장에 손을 매다는 데 성공했죠. 물론 몸에 미니 웜홀을 만들어내는 것과는 비교할 수 없을 정도로 힘든 작업입니다. 휴식 없이 세 번 정도 시도하면 완전히 졸도해 버릴 정도죠.

하지만 전 지금 몹시 흥분됩니다. 이건 굉장한 초능력이거든요! 날이 갈수록 조절도 능숙해져 가고, 화이트홀을 만들 수 있는 범위도 2미터까지 넓어졌습니다. 선생님. 제가 그 액체를 저주했던가요? 취소하겠습니다. 그 VL 어쩌구는 병을 준 게 아니었어요. 놀라운 능력을 내려주었죠. 선생님께서는 부작용을 걱정하고 계시지만 제게는 거리낄 것이 없습니다. 잊으셨나 본데 전 클래스 O의 몸이라고요. 부작용을 몸에 달고 평생을 살아온 몸이라 이겁니다.

하지만 선생님. 지금은 어떻습니까? 제 몸은 '진화'하고 있습니다. 전혀 새로운 종류의 신체가 탄생한 겁니다. 인류 역사상 그 누구도 닿지 못했던 영역에 발을 들여놓은 거라고요!

-2047. 06. 25.

mail to mssumit@tascom.net

메사슈미트 선생님께,

선생님! 오늘 무슨 일이 있었는지 아신다면 놀라실걸요? 제
가 오래전부터 말씀드렸던 최 주임 말입니다. 오늘 그 작자를
만났거든요. 하하. 그치는 병원에 실려 갈 때까지도 자신이 무
슨 일을 당했는지 몰랐을 겁니다.

사실 회사에 어떤 목적을 가지고 간 건 아니었습니다. 이미
해고 처리가 끝나버렸고, 금전적인 문제는 선생님께서 보내주
시는 연구 협조 비용만으로 충분했으니까요. 다만 아무 연락 없
이 회사에 나가지 못했던 것을 해명하고 싶었습니다. 그래서 간
것뿐이었어요.

그 일은 전적으로 최 주임 탓이었습니다. 매사에 신경질적인
그는 사무실에 들어온 절 보자마자 툭 튀어나온 광대뼈를 씰룩
이며 노골적인 욕을 퍼붓더군요. 저 같은 인간은 어느 회사를
가도 평생 말단 직원에 그칠 거라나요? 물론 그것까지는 참았
습니다. 하지만 제 외모에 대한 비열한 공격인 '꼽추'란 말을 들
었을 땐 더 이상 참기 힘들더군요.

저는 제 짐을 챙겨 가겠다고 말하곤 제가 일하던 자리를 정리
하기 시작했습니다. 최 주임은 못마땅한 듯이 자신의 자리에서
저를 째려보고 있더군요. 그 정도쯤이야 눈 한쪽을 뒤통수로 이
동시키면 간단한 일이죠. 짐을 뒤지던 저는 가위를 발견했습니
다. 그러곤 쾌재를 불렀어요. 혹시나 해서 PAC를 가져온 게 다
행이었죠. 아, 선생님. 절대로 제가 최 주임을 해코지하려고 가
져간 게 아닙니다. 믿어주세요.

어쨌든 저는 그 가위를 가지고 놀라운 일을 해냈습니다. 제

새끼손가락 손톱을 최 주임의 배 속으로 이동시킨 다음 손톱을 잘라버렸죠. 그다음은 볼만했습니다. 그렇게 흉포하던 최 주임이 마치 어린아이처럼 배를 붙잡고 비명을 지르더군요. 그가 앰뷸런스에 실려 갈 때까지 저는 아무런 의심도 받지 않았습니다. 당연하죠. 남들이 보기에 전 그냥 짐을 정리했을 뿐이니까요.

뭐, 조금 후회되긴 합니다. 만약 오늘 제가 최 주임의 위장이 아니라 심장을 노렸다면 어떻게 되었을까요? 그 결과가 조금 궁금해지기 시작했거든요.

－2047. 07. 13.

mail to mssumit@tascom.net

메사슈미트 선생님께,

맹수의 왕 사자에게 어느 날 갑자기 물갈퀴가 생긴다면 어떨까요? 온순하기 그지없는 염소에게 어느 순간 치명적인 맹독이 생긴다면? 거대한 코끼리에게 날개가 생겨나는 경우도 생각해볼 수 있겠죠.

처음엔 꽤나 혼란스러워할 겁니다. 진화의 정보가 차근차근 유전자에 쌓이지 않고 느닷없이 육체적 선물을 받은 셈이니. 하지만 곧 그들은 자신들의 몸에 완벽히 적응하게 될 겁니다. 모든 생물은 그렇게 설계되었으니까요.

저도 요즘 변화된 제 몸에 최대한 적응하려고 노력 중입니다. 처음 검지가 없어졌을 때의 공포는 이제 흐릿한 기억이 되었을 정도로요. 더 이상 밖으로 나가는 것이 두렵지 않습니다. 물론 아직도 사람들은 굽은 제 등을 보고 경계의 시선을 드러내지만, 이젠 그런 것쯤엔 아랑곳하지 않죠. 전 그들보다 더욱 뛰어난 몸이 됐으니까요. 클래스 N? 클래스 P? 이런, 클래스 P의 신체를 가지신 박사님께는 실례가 될지 모르지만 전 이제 조악한 신체 등급의 굴레에서 자유로운 몸이 되었습니다. 이 몸을 무엇이라고 부르면 될까요?

전 클래스 A라고 부르기로 했습니다. '궁극의 몸(Absolute Body)'이라는 뜻이죠. 어떻습니까? 인류 역사상 전무후무한 육체에 어울리는 등급 아닙니까?

번화가에 나와보니 절 유혹하는 것이 굉장히 많더군요. 가장 먼저 제 눈을 간지럽힌 것은 화려하게 진열된 호사품들이었습니다. 합성하기가 그토록 어렵다는 황금빛 진주에서부터, 마약에 가까운 즐거움을 준다는 VR 머신까지. 물론 그중에서 가장 탐나는 것은 부작용 때문에 클래스 N 이상만이 착용 가능하다는 플러리시 마스크[8]였습니다. 돈 때문이 아니라 신체 등급 때문에 가질 욕심조차 내지 못했던 그런 아티팩트들은 언제나 제게 선망과 동시에 질투를 불러일으키는 물건이었거든요. 물론 지금까지 언급한 것들은 현재 제 방에 고스란히 진열되어 있는 상태입니다. 유리창 안에서 보란 듯이 행인들을 향해 고개를 쳐든 그 물건들을 꺼내 오는 것은, 너무 쉬운 나머지 오히려 맥이 빠질 정도였지요. 창 너머로 손을 이동시킨 다음에 다시 빼내 오기만 하면 되었으니까요.

---

8   Flourish Mask 마음대로 얼굴 골격을 바꿀 수 있는 인공 가면.

안타깝게도 부피 때문에 플러리시 마스크만은 가져올 수 없었지만, 집에 돌아와 생각해 보니 그렇게 아쉬워할 것도 없다는 깨달음이 불현듯 들더군요. 전 그때까지만 해도 가지고 싶은 것이 있다면 제 능력으로 빼내 오면 된다고 생각했습니다. 하지만 좀 더 깊이 생각해 보니 그럴 필요가 전혀 없더군요.

탈취가 아니라 구입하면 되지 않습니까?

-2047. 07. 19.

mail to mssumit@tascom.net

메사슈미트 선생님께,

역시 선생님은 대단하십니다. 물리학에만 조예가 깊은 게 아니셨군요. 그저께 일어난 서울국제은행 도난 사건이 제 소행이란 걸 알아내시다니. 무슨 수를 썼는지는 당연히 비밀이지만…… 제 은인인 선생님께만 살짝 알려드리죠.

사실 식은 죽 먹기였습니다. 제 능력은 이제 7미터 바깥까지 닿을 수 있게 되었거든요. 먼저 저를 금고 청소부라고 속였죠. 제가 가진 파이프 접합 용구들은 전문가가 아니면 무엇에 쓰는 물건인지 대번에 파악하기 어렵답니다. 은행원은 아무런 주저 없이 저를 금고 속으로 데려가더군요. 하긴, 그 누가 삐쩍 마른 30대의 꼽추를 은행털이범으로 생각하겠습니까.

저는 대충 청소를 하는 척하면서 그에게 말을 걸었죠. 일부러 아둔한 말투로 '도둑이 들면 어쩌려고 경비원이 한 명도 없나요?'란 식으로 물어보았습니다. 그랬더니 그 멍청한 은행원은 입술이 떨어져 나갈 정도로 자기 은행 칭찬을 하더군요. 무인 레이저 경비 시스템에 DNA 인식 열쇠까지 말입니다. 도난은 절대 있을 수 없는 일이라고 하더군요. 저는 속으로 비웃었죠. 아니, 실은 비웃을 틈도 없었어요. 철통같이 보호되고 있는 금고 속의 코인을 7미터 바깥에 놓아둔 제 가방으로 옮기느라 정신이 없었거든요.

전 수십 대의 감시 카메라가 저를 감시하고 있는 상황에서 금고를 싹 비워낸 뒤 유유히 은행을 빠져나왔죠. 그들은 몇 시간 뒤에야 금고가 털렸다는 사실을 깨달았을 겁니다. 최고의 경비 시스템이면 뭐 하겠습니까. 금고 속까지 감시 시스템이 작동하는 것도 아닌데. 제 클래스 A의 신체를 당해낼 순 없는 거죠.

어쨌든, 메사슈미트 선생님. 뉴스만 보시고 제 소행이란 걸 눈치채신 건 칭찬해 드리겠습니다. 하지만 전 이제 부러울 것이 없습니다. 마음만 먹으면 서울국제은행뿐 아니라 전 세계 어떤 은행의 금고도 비울 수 있거든요. 세계 최고의 갑부가 되는 것도 시간문제지요.

그러니 범죄 행각을 그만두라는 선생님의 말은 못 들은 걸로 하겠습니다. 곰곰이 생각하니 조금 기분이 불쾌했거든요. 죄책감이 들지 않느냐고요?

선생님. 지난번에 말씀드린 것 같은데요. 제 능력은 사자에게 물갈퀴를 선물한 것과 같다고 말입니다. 과연 사자가 물갈퀴를 쓰는 데에 있어 죄책감을 느낄까요?

－2047. 07. 24.

mail to mssumit@tascom.net

메사슈미트 선생님께,

너무 오랜만에 메일을 보낸 것 같군요, 선생님. 아무래도 이 편지가 마지막이 될 것 같습니다. 그동안 왜 연락하지 못했냐고요? 잠시 도피 중이었거든요. 제가 마지막으로 편지를 보내드렸던 그다음 날, 인터폴이 저희 집을 덮쳤습니다. 지금까지도 제 방문이 폭파되는 소리가 생생히 들리는 듯하네요. 선생님도 저 박도담이 붙잡혔다는 뉴스는 보셨을 겁니다. 물론 제가 간단히 탈출했다는 뉴스도 보셨을 테고요.

일부러 잡혀준 겁니다. 아무리 클래스 A의 저라고 해도 그 많은 군인들을 당해낼 수는 없었거든요. 그래서 기회를 보고 있었습니다. 교도소로 후송되던 도중 앞 칸에 타고 있던 운전사의 눈을 찔러버렸죠. 그들은 선생님께서 보내주신 PAC를 뺏은 것에 대해 지나치게 안심하고 있더군요. 사실 이미 더욱 강력한 PAC를 몸속에 숨겨둔 것도 모른 채 말입니다. 어떻게 했냐고요? 간단한 일이죠. 컨트롤러를 등 뒤에 붙인 뒤 피부를 이동시켜 덮어버리면 되니까요. 애초부터 꼽추인 저에게 그 정도는 티도 나지 않거든요.

하지만 선생님. 전 아직도 조금 궁금하단 말입니다. 그들은 제 주소를 어떻게 알았을까요? 최근에 제 거주지를 알려드린 건 오직 선생님 하나뿐인데 말이죠. 은행 감시 카메라에서 저의 모습을 발견해 낸 걸까요? 하지만 그렇게 생각하기엔 시간이 너무 빠르더군요. 게다가 고작 은행털이범을 잡기 위해 인터폴의 일개 중대가 출동한 것 또한 이해하긴 힘들지요. 선생님, 기분 나빠하시지 않았으면 좋겠습니다. 전 이런 추리도 해봤거든요. 인터폴의 간부를 설득시킬 정도의 인물이라면 당연히 클래스 P의 사람일 것이고, 그중에서도 '저명한' 인물이어야만 할 것이라고요. 물론 그럴 리 없겠지만 이 일에 선생님이 조금이라도 관련됐을 경우를 생각해 말씀드립니다.

두 번 다시 그런 시도를 하지 마십시오.

분명히 말씀드리는데, 저를 붙잡거나 처벌하는 건 불가능한 일입니다. 저는 아시아 대륙뿐 아니라 해외 어디로든 도망칠 수 있거든요. 이것은 과시도, 허풍도 아닙니다. 엄연한 사실을 읊어드리는 거죠. 국경 검문소? 그것도 절 막진 못합니다. 지문 감식이야 지문의 배열을 살짝 이동시켜 바꾸면 되는 거고, 안구인식도 마찬가지죠. 뭐, 사실 잡힌다 해도 걱정은 없어요. 그 어떤 감옥도 저를 막을 순 없거든요. 문밖으로 손을 이동시켜 열어버리면 그만이니까요. 물론 현재로서는 그런 세밀한 컨트롤은 조금 힘들지만 머지않은 때에 가능하게 될 겁니다. 클래스 A의 신체에 불가능이 어디 있겠어요. 하지만 지금 당장은 저 또한 조심해야 할 필요성을 느꼈습니다. 단순한 동네 경찰도 아니고 무려 인터폴에서 저를 쫓는다면 얘기가 달라지니까요.

온몸이 결박된 채 교도소로 후송되고 있을 때의 일입니다. 창살 너머로 한 군인이 저를 뚫어지게 쳐다보더군요. 저는 그저 제 굽은 등을 보고 그러는구나 싶어 '왜, 꼽추 처음 봅니까?' 하고 비아냥거려 주려 그의 눈을 쳐다보았습니다. 그런데 그의 눈은 사람들에게서 익숙히 보아오던 혐오나 경멸의 눈빛이 아니었습니다. 뭐랄까……. 그래요, '공포'가 담긴 눈이었죠. 그제야 저는 불필요할 정도로 많은 병력이 출동한 진짜 이유를 깨달을 수 있었습니다. 그들은 두려웠던 겁니다. 세계를 움직이고 있는 신체 등급제의 울타리를 마음껏 뛰어넘을 수 있는 존재의 탄생이. 그래서 저를 제거하려 든 것이겠죠? 자신들의 안위를 위협하는 존재가 나타났을 때 인간이 늘 취했던 공격성을 말하는 겁니다. 인류가 가진 그런 파괴 본능은 좀 열등 인자라고 생각하시지 않나요?

메사슈미트 선생님. 저는 당신의 은혜를 아직 잊지 않고 있습니다. 그러니 저를 섭섭하게 만드는 행동은 부디 하지 말아주세요. 이번 한 번만은 옛정을 생각해서 너그럽게 봐드리겠습니다. 괜한 정의감을 불태우시다가 화를 입으신다면 저 또한 섭섭할 겁니다. 그냥 몇 년 동안 조용히만 계십시오. 평소에 하시던 대로 본인의 이름을 딴 물리학 법칙 연구나 하시란 말입니다.

뭐, 몇 년 뒤가 될지는 모르겠지만 제가 능력을 완벽히 조절하고, 문득 세계를 뒤흔들어 보고 싶다는 마음이 들 때가 온다면 연락드리겠습니다. 그때 선생님만큼은 건드리지 않겠다고 약속드리죠. 아, 그렇게 고마워하실 필요는 없습니다.

아시다시피 선생님은 이 궁극의 몸을 만들어주신 은인 아닙니까.

－2047. 09. 15.

mail to mssumit@tascom.net

4장

이빨에 끼인 돌개바람

1

내 이름은 자무이.

아프리카 케냐의 마사이 초원에서 태어난 전사다. 아홉 살 때
처음으로 소를 모는 법을 배웠고 열다섯 살 때 영광스러운 사
자 사냥에 참가했다. 스무 살 때 부족 최고의 전사로 이름을 떨
쳤으며, 이후 18년 동안 전혀 늙지 않는 내 육체에 공포심을 느
껴야 했다. 전사의 '각성'이 일어난 것은 서른여덟 살 때. 허벅
지에 매달린 나일악어의 턱뼈를 부수는 순간 내 체세포는 폭발
하듯이 이 몸의 존재 이유를 알려주었다.

그렇다. 자무이는 위장용 정체일 뿐. 내 본명은 레미톨뽀냐위

다. 지구어로 그 뜻을 번역하자면 '이빨에 끼인 돌개바람'. 나는 제8종 은하계의 R17번 행성에 거주하는 위대한 잠입 전투 종족 크레냐위 전사다.

현재 나는 이곳 지구에서 크레냐위인으로서 성인식을 치르고 있다.

우리 모성의 성인식은 완벽한 위장 능력과 강인한 전투 능력을 동시에 시험하는 실전에 기반하고 있다. 먼저 전 우주에 펼쳐진 미개 행성들 중에 하나를 골라 그곳에 서른여덟 명의 크레냐위 유체를 흩뿌려 놓는다. 그들은 그 행성의 원주민으로 태어나 스무 살이 될 동안 크레냐위인이 가지고 있는 강력한 육체적 무기들을 개발시킨다. 그리고 지구에 잠입한 지 38년이 되는 해에 자신의 '진정한 소명'을 깨닫는다. 그 이후 각양각색의 방식으로 전투 능력을 키운 크레냐위인들이 하는 일은 모두 같다.

서로를 사냥하는 일이다.

마지막 한 사람이 남을 때까지 멈추지 않는 크레냐위 성인식. 이는 아주 오랜 세월 동안 이어질 수밖에 없다. 성인식에 무기로 주어지는 것은 오로지 원주민 숙주의 육체뿐, 크레냐위에서 누리는 문명의 혜택은 아무것도 주어지지 않기 때문이다. 그들은 오로지 느낌만으로 서로를 찾아다닌다. 바로 크레냐위인들만이 풍길 수 있고 크레냐위인들만이 감지할 수 있는 '샤다모이'가 그것이다.

지구인들 사이에 숨어 있는 크레냐위인들의 위장은 알아볼 수 없을 만큼 완벽하다. 그러나 단 한 가지 숨길 수 없는 것이 바로 샤다모이다. 유전자에 심어진 일종의 발광 신호로, 크레냐위 소년들이 서로를 발견할 수 있는 유일한 단서다. 나는 아프리카를 떠나 샤다모이를 찾아 헤매기 시작했다. 정확히는 내 성인식의 희생자가 될 동족들을 찾아 나선 것이다. 그렇게 나는 아홉 명의 동족들을 만났고 아홉 번의 전투에서 모두 살아남았다. 두 번째 상대였던 퀴리스냐위(지구어로 '태양이 선물해 준 코딱지')와 나를 죽음의 위기까지 몰아넣었던 보팍시냐위(지구어로 '숭고하게 익사하는 머리카락')는 그중에서도 만만치 않은 상대였다. 퀴리스냐위는 중국 소림사의 나한십팔장이란 무술로 나를 괴롭혔고, 보팍시냐위는 그리스 판크라티온의 달인이었다. 그러나 무기 하나 없이 순수하게 육체만으로 서로를 죽여야 하는 크레냐위 성인식에서 맨손으로 167마리의 사자를 때려잡은 내 상대는 존재하지 않았다.

결국 나는 최후의 상대를 찾아 동방의 작은 나라에까지 흘러 들어 왔다. 내가 아프리카 유학생 자무이라는 이름으로 완벽하게 위장하고 있는 이곳은 대한민국 인천에 위치한 용현동이란 작은 마을이다.

"여기 생삼겹 2인분 추가!"

한 지구인이 나를 향해 손을 흔들며 명령했다. 내가 마음만 먹으면 7초 안에 그의 손가락 마디를 모두 꺾어버릴 수 있다는 사실을 저 지구인은 과연 알고 있을까. 내가 멀뚱히 자신의 얼굴을 쳐다보고만 있자 그 지구인은 안면을 일그러뜨리기 시작했다.

"어이, 부시민! 안 들려?"

나는 참기로 했다. 아직 최후의 상대를 찾아내지 못했다. 괜한 원주민 살생으로 내 정체를 노출시킬 필요는 없다. 나는 앞치마에 꽂아둔 펜을 들고 지구인을 향해 걸음을 옮겼다. 도중에 3번 테이블에서 떨어지는 백세주 병을 왼쪽 다리로 차올려 원위치에 놓으면서. 그리고 그 지구인을 향해서 온 얼굴근육을 총동원해 미소 지었다.

"쌈겹살 2인분 말입니까, 손님?"

어쩔 수 없다. 나는 지금 한국의 한 삼겹살집에서 아르바이트생으로 위장하고 있으니까. 긍지 높은 크레냐위 전사의 품격을 있는 대로 깎아먹으면서.

2

무언가가 잘못되어 간다는 느낌을 처음 받은 것은 아홉 번째 상대였던 히올리냐위(지구어로 '천둥에 돋아난 여드름')와의 대결 직후였다. 베트남 하노이 강가에서 벌어진 5시간 동안의 격투 끝에 오른쪽 정강이뼈가 부러져 버린 히올리냐위가 패배를 인정했다.

"너는 정말로 강하군. 아무래도 내 명은 여기까진가 보다."

히올리냐위는 피와 땀으로 얼룩진 입술을 씰룩이며 말했다. 나는 고개를 가로저었다.

"이쪽이야말로 사활을 걸 수밖에 없는 혈전이었다. 네가 보여준 그 격투술은 뭐지?"

"무에타이. 고금 제일의 무술이라 생각했는데 너의 용맹함에는 닿지 못했다."

습기를 가득 머금은 하노이의 바람이 잠시 동안 나와 히올리냐위 사이를 스쳐 지나갔다. 우리 둘은 잠시 말이 없었고, 나는 조용히 오른쪽 손바닥을 날카롭게 펴 히올리냐위의 목을 겨냥했다. 마무리를 지을 때였다.

"남길 말은?"

히올리냐위는 잠시 생각하더니 내 눈을 똑바로 올려다보며 말했다.

"이번 크레냐위 성인식에는 변종이 태어났다."

"변종?"

"그렇다. 그의 이름은 아프라냐위(지구어로 '변기를 잃어버린 뱃사공')라고 했다. 나는 최고조의 컨디션으로 그와 격돌했지만 단번에 참패했지."

히올리냐위가 보여준 하체 공격은 변화무쌍하며 날카로웠다. 정강이의 내구력도 믿기 힘들 정도였다. 그런 그가 맥없이 당했다니. 나는 아프라냐위라는 자가 얼마나 강한지를 짐작해 보려다 그의 말에서 중대한 오류를 발견했다.

"잠깐, 승부에서 졌는데…… 살아남았단 말인가?"

히올리냐위는 힘없이 고개를 끄덕였다.

"그가 날 살려주었다. 어째서인지는 모르지만 그는 이 성인식이 끝나지 않기를 바라는 눈치였지."

그 말에 나는 버럭 목소리를 높였다.

"전투 종족인 크레냐위인이 어찌 그럴 수 있단 말이냐!"

"그래서 변종이라고 말하는 것이다."

"헛소리다. 만약 그런 녀석이 실제로 있다고 해도, 죽여버린 뒤 내가 이 성인식을 끝내면 그만이다."

내 말이 우스웠는지 히올리냐위는 키득거리기 시작했다. 내 손은 아직 그의 목을 정확히 겨냥하고 있었다. 생각 같아서는 단숨에 그의 멱을 따버리고 싶었지만 참았다. 아직 듣고 싶은 말이 있었다.

"왜 웃는 거지?"

"변명처럼 들릴지 모르겠지만, 나는 아프라냐위와의 싸움에서 얻은 부상 때문에 매년 약해지고 있었다. 네 손이 매운 것은 인정하지만 아프라냐위와 맞서게 되면 당해낼 수 없을걸? 그는 아시아의 작은 나라 대한민국에 있다. 자신 있으면 찾아가 보라."

그는 이미 모든 것을 단념한 듯한 표정이었다. 그 때문에 나는 그를 향해 분노를 표출하는 것이 전사다운 행동일지, 아닐지 고민해야만 했다. 그러던 찰나에 그는 마지막 말을 남겼다.

"승부가 어떻게 끝나든지 간에 이번 크레냐위 성인식은 완전히 의외의 결말을 낳을 것 같군."

그는 곧 지그시 눈을 감았고 나는 오른손을 휘둘렀다. 내가 만난 아홉 번째 크레냐위 전사의 장렬한 최후였다.

3
———

히올리냐위의 말은 틀리지 않았다. 그를 쓰러트린 뒤로 지구의 구석구석을 돌아다녔지만 나는 그 어떠한 샤다모이도 맡을 수 없었다. 이것은 일종의 토너먼트. 내가 아홉 명의 크레냐위 전사들을 쓰러트릴 동안 다른 곳에서도 생사를 건 전투가 벌어졌을 것이다. 그리고 분명 나와 같이 수차례의 전투에서 살아남은 용맹한 전사가 존재할 것이다. 단련할수록 강해지는 샤다모이의 특성상 그런 자들은 분명 아주 먼 거리에서도 알아차릴 수 있을 정도의 샤다모이를 풍길 것이 틀림없었다. 그리고 그런 자의 샤다모이는 지나간 길에서조차 그 흔적이 강렬하게 남아 있는 법이다.

한데 어느 곳에서도 샤다모이를 맡을 수가 없었다. 간혹 발견되는 샤다모이는 내가 쓰러트린 자들의 것이거나, 아니면 다른 자에게 패해 죽은 이의 것이었다. 물론 내가 최후의 생존자가 된 것도 아니었다. 그랬다면 분명 R17번 행성에서 호출이 왔을 것이다. 결론은 하나. 나를 제외한 단 한 명만이 이 지구에 남았고…… 그가 한곳에서 오랫동안 움직이지 않고 있는 것이다.

결국 나는 성인식에 참가한 지 182년 만에 처음으로 움직이지 않는 타깃을 정하여 이동하기 시작했다. 히올리냐위가 언급했던 대한민국이란 나라를 향해서.

4

나는 대한민국에서 정확히 6개월을 헤맸다. 그리고 미약하게나마 대지에서 약동하는 샤다모이를 추적한 끝에 이곳 인천 용현동에 도착할 수 있었다. '주경야돈'이라는 한 삼겹살집 앞에서 내가 느낀 것은 구역질이 날 만큼 명징하게 느껴지는 샤다모이였다.

'제대로 찾았군.'

노란 간판에 붉은 글씨로 휘갈겨진 '주경야돈'의 '돈' 자를 노려보고 있던 내게 불의의 습격이 찾아왔다.

촤아아악!

무언가 차갑고 불쾌한 것을 흠뻑 뒤집어쓴 나를 보고 얼빠지게 생긴 지구인 남자가 눈을 뻐끔거리고 있었다.

'지금 이놈이 나를 향해 물을 뿌린 건가?'

머릿속으로 이러한 상황에 사용하는 한국어를 재빨리 뒤져 보았다. 그리고 포효했다.

"죽고 싶냐!"

내가 두 눈을 부라리자 그 녀석은 두르고 있던 앞치마에서 황급히 안경을 꺼내 썼다. 밋밋한 녀석의 얼굴에 그제야 뭔가 허전함이 메워지는 듯했다. 녀석은 내 모습을 보고 황급히 고개를 조아렸다.

"죄, 죄송합니다! 거기 서 계신 줄 몰랐어요."

발끝으로 녀석의 면상을 걷어차 저 간판의 '주' 자 옆에 목을 걸어버릴까, 생각하던 찰나 머릿속을 스쳐 가는 생각이 있었다.

단순한 관절기로도 제압할 수 있을 것 같은 이놈이 만약 내가 찾는 최후의 상대라면? 어쩌면 이것은 기선 제압일 수도 있었다. 혹은 고도의 심리 전술일 수도 있고.

내 민감한 본능이 감지하지 못할 정도로 일말의 살기도 느껴지지 않았던 물세례. 그 목적이 선제공격이었다면 엄청난 고수와 대면하고 있는 걸지도 모른다. 온몸의 세포를 하나하나 일깨우기 시작했다. 긴장하자. 지금 이곳에서 녀석과의 격전이 벌어진다 해도 망설임 없이 주먹을 뻗을 수 있도록.

그때 예상치 못했던 일이 벌어졌다.

"야, 인마! 5번 테이블 닦으라니까 여기서 뭐 하는 거야?"

어디선가 나타난 파마머리 남자가 안경잡이의 뒤통수를 딱, 하고 후려치는 것이 아닌가. 군더더기 없이 효율적이고 깔끔한 동작에 나는 또다시 긴장해야만 했다. 브로콜리 모양의 머리에서 흉악한 인상이 그대로 배어났다. 예사롭지 않은 인물이 한둘이 아니군.

"지금 바로 하겠습니다, 매니저님!"

안경잡이는 브로콜리를 향해 꾸벅 인사하더니 가게 안으로 들어가 버렸다. 순식간에 도로에는 나와 브로콜리 둘만 남았다. 어디선가 울려 퍼진 자동차 경적 소리가 우리 사이를 통과해 지나갔다. 그는 내 몰골을 위아래로 훑어보더니 관심 가질 것 없다는 듯 말했다.

"알바 자린 다 찼어. 딴 데 가서 알아봐. ……뭐야, 게다가 깜둥이잖아?"

알바? 저 안경잡이와 같은 종업원을 가리키는 건가. 그리고 깜둥이라는 단어에서 은근한 경멸의 뉘앙스가 느껴지는데. 브로콜리는 내가 아무런 대답이 없자 별 희한한 녀석을 다 보겠다는 듯이 나를 노려보았다.

'이놈이 내 최후의 상대일까?'

현재로선 알 수 없었다. 아까 안경잡이 녀석도 그냥 지나칠 순 없었다. 다행인 것은 아직 내 정체도 상대방에게 탄로 나지 않았다는 것이다. 지속적으로 이곳을 관찰해야 할 필요성이 느껴졌다.

'이거, 선택의 여지가 없군.'

나는 브로콜리를 향해 주먹을 불끈 쥐었다.

"뭐튼 씨켜만 추십시오!"

물론 그것만으로 단번에 이 삼겹살집에 채용된 것은 아니었다. 브로콜리는 더 이상의 종업원은 필요하지 않다며 고개를 내저었고, 더군다나 한국에서 흑인 종업원은 위화감을 조성할 수 있다는 이유를 들어 한사코 나를 내치려 했다. 그 순간에 기지를 발휘하지 않았다면 나는 최후의 상대와 대면할 기회조차 갖지 못했을 것이다.

"어, 어떻게 한 거야?"

공중에 던진 삼겹살을 가위 놀림으로 36등분 해버린 뒤 손을 툭툭 털자 브로콜리는 입을 쩍 벌리고 감탄했다. 물론 나의 행동에는 브로콜리를 떠보려는 속셈도 포함되어 있었기에 그가 악수를 청하며 당장 함께 일하자고 말했을 때는 적잖이 실망하기도 했다. 만약 그가 최후의 상대였다면 범상치 않은 솜씨에 내가 크레냐위임을 깨달았을 테고, 그 순간 크레냐위 성인식은 최종막을 맞이했을 것이기 때문이다. 아무래도 브로콜리는 아프라냐위가 아닌 모양이었다.

어쨌든 그 후로 나는 '삼겹살 토막 내는 부시면'으로 이곳의 매출 신장에 크게 기여 했다. 처음에는 새카만 피부의 아프리카인을 경계했던 이들도 곧 나에게 익숙해져 갔다. '주경야돈'의 종업원으로 위장한 뒤, 나는 내 최후의 상대가 얼마나 용의주도한 녀석인지 깨달을 수 있었다. 아프라냐위라는 녀석은 아주 오랜 세월 동안 이곳에서 미동도 하지 않은 모양이었다. 가게 내부에 뭉쳐 있는 샤다모이 때문에 숨이 막힐 지경이었다.

하나, 그것은 내게도 반가운 사실이었다.

내가 풍기는 샤다모이 역시 아프라냐위가 깨달을 수 없기 때문이다. 결국 이것은 진흙탕 속에서의 싸움이었다. 누가 먼저 샤다모이의 도움 없이 상대방의 정체를 간파해 내느냐. 그것이 이 싸움의 분수령이 될 것이다.

5
——

첫 번째 타깃은 당연히 안경잡이였다. 소심하기 그지없는 데다가 매일 브로콜리에게 줄곧 야단만 맞는 허약 체질인 것 같았지만 녀석이 내게 물세례를 끼얹었다는 사실은 간과할 수 없다. 근처에 있는 고등학교에서 수업을 마치면 곧장 가게로 향한다는 녀석의 이야기를 들은 뒤, 나는 퇴근하는 녀석의 뒤를 미행해 보았다. 잠입과 은둔의 명수인 나였지만 상대방의 수준을 고려해서 각별히 신경을 썼다.

"엄마, 새카만 아저씨가 방금 쓰레기통 안으로 들어갔어!"

물론, 그것은 피를 말리는 고된 작업이었다.

그러던 어느 순간 안경잡이가 갑자기 이상행동을 보였다. 상가 밀집 지역에서 주위를 두리번거리더니 한 허름한 골목으로 쏙, 하고 사라진 것이다. 저거다! 나는 본능적으로 녀석이 무언가 계획하고 있음을 눈치채고 안경잡이의 뒤를 따라잡았다.

골목 안에는 안경잡이와 또래의 남자 녀석들 대여섯이 몰려 있었다. 극비리에 원주민 부하들을 훈련시키고 있었던 건가. 비겁한 녀석. 보조 전투원을 동원하겠다는 거잖아? 그런데 전봇대 뒤에 숨어 상황을 살펴보니 그렇다고 하기엔 뭔가 뒤틀려 있었다. 아무리 좋게 보아도 안경잡이가 그놈들을 훈련시키는 건 아닌 것 같았다. 만약 그렇다면 뺏긴 가방으로 머리를 얻어맞고 있지는 않겠지.

"아놔, 이 쉐끼. 개념 없는 거 봐라."

그중에 가장 덩치가 크고 교복을 거칠게 풀어 헤친 녀석이 안경잡이를 두들겨 패기 시작했다. 뭐지? 상황이 어떻게 돌아가는 거야?

"분명히 이번에는 두 배로 가져오라고 했지. 뒈질래? 강냉이를 몽땅 뽑다가 목걸이를 만들어줄까?"

안경잡이는 온몸을 흠씬 두들겨 맞으면서도 대꾸했다.

"워, 월급이 안 오른단 말야. 욱! 나도…… 다 가져온 거야."

"좀만아. 최저임금제 안 들어봤어? 월급이 적으면 사장을 꼬

지르던가! 노동청은 다 무너졌냐?"

녀석은 안경잡이를 때리는 손에 더 힘을 가했다. 그 순간 나는 지구의 문화에 대해서 새로운 사실을 배울 수 있었다. 이곳에서는 최저 기준도 지키지 않는 고용주들이 득시글하다는 것과 그렇게 겨우 모은 푼돈을 허무하게 채 가는 녀석들도 존재한다는 것을.

조용히 확신했다. 안경잡이 역시 아프라냐위가 아니라고. 만약 내가 저 상황에 처했다면 쌍화차 두 모금 들이켜는 동안 골목을 피범벅으로 만들 자신이 있었다. 그리고 그 정도는 아프라냐위도 할 수 있을 터.

안경잡이는 녀석들에게 양념에 잰 갈빗살처럼 다져진 뒤 빈털터리가 되어 골목 어귀로 사라졌다. 물론 크레냐위인으로 봤을 때 아무런 저항도 하지 못한 채 맞기만 하는 안경잡이 녀석에게 문제가 있는 것이었다. 살인술은커녕 자신을 지키기 위한 기초적인 방어법도 익히지 못한 나약함. 그러나 이런 상태가 계속되다가 안경잡이가 무단결근이라도 하면 녀석에게 근무 요령을 배우고 있는 입장에선 달갑지 않은 상황이 생기고 만다.

잠시 고민하던 나는 전봇대 뒤에서 걸어 나갔다. 이런 상황에선 기선 제압이 중요하다.

"촘만 한 쉐키들!"

녀석들이 움찔했다. 안경잡이에게서 뺏은 돈을 나누다가 느닷없이 등장한 흑인에 당황한 눈치였다. 그러나 이윽고 내가 혼자란 것을 깨닫자, 그 덩치 큰 녀석은 기죽지 않고 위협적인 시선을 보냈다.

"뭐야, 씨커먼쓰. 볼일 있어?"

하여간에 이 나라 놈들은 왜 이리 동족의 피부색에 관심이 많은 걸까.

"안경잡이는 내 통료다. 컨트리면 카만두지 않겠타."

"안경잡이? 아아…… 박원석이. 그게 뭐?"

박원석. 그게 안경잡이의 본명인가 보군. 새롭게 안 사실에 고개를 끄덕이는데 덩치 큰 녀석이 내게 성큼성큼 걸어왔다. 입가에 문 담배에서 연기가 뻐끔거리며 피어올랐다. 스스로 폐활량과 산소 운반 능력을 약화시키는 저런 물건을 달고 다니다니. 미련하기 짝이 없는 원주민이었다. 어쨌든 녀석은 내 코앞까지 다가와 빈정대기 시작했다.

"어쩔 거냐고, 병신아. 건드리면 뭐, 응?"

뒤에 있던 다른 놈들도 킬킬거렸다. 어떻게 할까. 이대로 녀석의 이마와 뒤통수를 잇는 숨구멍을 만들어주는 것도 좋겠지만, 그 방법은 쓰지 않기로 했다. 효율적으로 정체를 숨기려면 시끄러운 일이 벌어지는 것은 피해야 했다. 마음을 정한 나는 손바닥을 날카롭게 세워 무심한 동작으로 오른쪽의 전봇대를 찔렀다.

푸욱.

손목 부근까지 파고들어 간 손을 천천히 다시 빼자 시멘트 가루가 우수수 떨어졌다.

툭. 덩치 큰 녀석이 자기도 모르게 물고 있던 담배를 떨어트렸다. 전봇대에 난 구멍을 쳐다보며 주저앉은 녀석도 있었다. 무심하게 쓰윽 녀석들의 얼굴을 둘러본 뒤 손바닥을 툭툭 털며 말했다.

"이러케 된다."

녀석들이 줄행랑치는 속도는 인정해 줄 만했다. 담배만 피지 않았더라면 더욱 빨랐을 터인데. 비록 승산은 없겠지만 근성으로라도 덤벼 오는 놈이 하나 없다니. 역시 지구인들은 아둔하기 짝이 없는 허약 종족임이 틀림없다.

6

"자무이. 거기 가위 좀 줄래?"

퉁퉁 부은 얼굴로 안경잡이가 나를 향해 말했다. 금이 간 안경알 너머로 보이는 피멍이 든 눈자위가 참으로 신경에 거슬렸다. 주방에서 가위를 꺼내 녀석에게 건네주며 대답했다.

"타음 번엔 이컬로 눈을 칠러라."

안경잡이는 무슨 말인지 알아듣지 못하는 듯했다.

"뭐?"

"아니타. 그나처나 이 칩에 타른 남차는 없나? 너랑 브로콜…… 아니 매니처님 말코."

안경잡이가 내 말에 곰곰이 생각하더니 무언가 입 밖으로 꺼내려는 순간 가게 입구가 소란스러워졌다. 홀로 나가보니 한 노인이 테이블과 함께 나동그라져서 끙끙대고 있었다. 자기 몸도 못 가누는 것처럼 보였다.

"육시랄. 어떤 자식이여? 히꾹."

노인은 마치 테이블이 사람인 것처럼 걷어차며 화풀이를 했다. 알코올중독자. 화학용품이 만들어내는 감각에 취해 사는 종자. 지구인들 중에 가끔 목격되는 인간쓰레기들이었다. 어쨌거나 영업에 방해되는 모든 요인들을 제거하라는 브로콜리의 지시를 떠올린 나는 노인 앞에 섰다.

"이러시면 곤란합니다. 나카주십시오."

노인은 술에 취해 벌게진 얼굴을 내 앞에 들이밀었다. 알코올 냄새가 온몸을 타고 올라오는 기분이었다.

"히꾹. 넌 또 뭐야? 무하마드 알리냐?"

그를 밀치기 위해 손을 내뻗었다. 만약 브로콜리가 뛰쳐나오지만 않았다면 노인은 몇 미터를 뒤로 비행하는 경험을 했을 터였다. 하지만 그런 일은 일어나지 않았다. 브로콜리가 전혀 의외의 말을 외쳤기 때문이다.

"아이고, 사장님! 오셨습니까."

이럴 수가. 내가 내쫓으려 했던 알코올중독자는 이곳 '주경야돈'의 사장이었다. 가까스로 해고의 위기에서 벗어났다는 것을 깨달은 나는 멍한 얼굴로 브로콜리가 휘적휘적 걷는 그를 부축해 가게 안에 있는 방으로 들어가는 모습을 바라봐야 했다. 안경잡이가 내 뒤에서 말했다.

"항상 저렇게 취해 계셔. 가게에는 가끔 오시는 편. 어라? 사모님도 오셨네요?"

사모님? 또 다른 호칭에 나는 뒤를 돌아보았다. 그곳에는 등에 보따리를 맨 채 테이블을 일으켜 세우는 중년 여자가 있었다. 한국인들이 흔히 아줌마라고 일컫는 종류의 인간이었다. 그녀는 안경잡이와 함께 낑낑대며 테이블을 원위치시키더니 나를 보며 미소 지었다.

"새로운 알바생인가? 반가워요."

나는 얼떨결에 그녀의 인사를 받았다.

"이놈의 며느리는 어디 갔어? 히꾹. 안 처들어오고 뭐 해?"

순간 안방에서 사장의 목소리가 들려왔고 며느리라 불린 여자는 허겁지겁 달려갔다. 나는 그 뒷모습을 멍하니 바라보았다. 그때 일단의 지구인들이 가게에 들어와 새로운 사람들에 대한 궁금증은 일단 미뤄두었다. 한 차례 파도와 같은 지구인들의 행렬이 지나가고, 짬이 생기자 나는 다시 안경잡이를 붙잡고 물어보았다.

"아카 그 여차는 누쿠? 사창의 푸인인가?"

그러자 안경잡이는 뭐가 우스운지 고개를 저으며 말했다.

"아니야, 자무이. 말하자면 사장님 아들의 부인이셔. 즉 며느리야, 며느리. 편의상 사모님이라고 부를 뿐이고."

"크런가. 그럼 남편은?"

"남편? 사장님의 아들을 말하는 거야? 그분은 2년째 해외에 나가 있다고 했어. 그래서 지금은 사장님과 같이 살고 계시는 거야."

지구인들의 가계도는 실로 골치 아플 정도로 복잡했다. 미개한 양성생식 때문이다. 두 성이 만나야 새로운 생명을 잉태시키는 지구인들의 번식 방법은 그야말로 많은 문제를 야기하고 있었다. 우리 크레냐위인들은 다르다. 위대한 모체 닝기스냐위(지구어로 '옆구리 터진 무지개')가 끊임없이 새로운 크레냐위 전사들을 부화시킨다. 두 개의 성으로 나뉘어 분열하고 있는 지구인과는 메커니즘의 격이 달랐다.

어쨌든 2년간의 부재라니. 그렇다면 며느리의 남편이라는 작자 또한 내 최후의 상대가 아님이 분명했다. 아프라냐위가 2년 동안 이곳을 비웠다면 샤다모이가 텅텅 비어 있었을 것이다.

'설마 알코올중독자가 아프라냐위라는 건가? 자기 몸도 가누지 못하는 그런 힘없는 늙은이가?'

문득 뇌리를 스치는 생각이 있었다. 어쩌면 좀 전에 내게 보여준 우스꽝스러운 행동들은 모두 위장일지도 모른다. 힘없는 노인네인 척하고 있지만 엄연히 이 가게의 주인이다. 그리고 알코올의 힘을 빌려 전투력을 증진시키는 '취권'이라는 무술이 존재한다는 얘기도 어디선가 들은 적이 있다.

타깃을 정했으니 확인해 봐야 했다. 나는 조심스럽게 기회를 포착했다. 며느리가 잠시 자리를 비운 사이 사장 혼자 있는 방에 잠입한 것이다. 사장은 빈 술병을 꼭 끌어안은 채 잠꼬대를 하고 있었다. 나는 그를 향해 당당하게 외쳤다.

"네 정체는 들통났다. 아프라냐위. 당당하게 나와 겨루라!"

느닷없는 외침에 사장은 뒤척이며 잠에서 깨더니 경직된 내 얼굴을 발견하고는 피식 웃어버렸다.

"오호라, 무하마드 알리. 나랑 한번 해보자는 거냐?"

사장이 비틀거리며 일어섰다. 허술하고 빈틈투성이인 동작이었지만 나는 긴장했다. 만약 그가 내 최후의 상대라면 어디서 어떻게 공격이 치고 들어와도 이상할 것이 없었다. 그는 두 팔을 들어 권투 흉내를 냈다.

"덤벼, 짜샤. 히꾹. 내가 이래 봬도 월남전에서 베트콩 애들 좀 팼다 이거야."

그러다가 그는 자기 발에 걸려 우당탕 넘어지고 말았다. 볼썽사나운 모습이었다.

"아야야. 이 자식, 갑자기 어퍼컷을 날려? 히꾹. 카운트 세지 마라, 쫌만 기다려."

술에 절어 버둥거리는 그 모습에 현혹되지 않으려 최대한 애를 써야 했다. 그리고 준비해 온 공격을 착실히 실행에 옮겼다. 나는 오른손 엄지손가락과 중지손가락 사이에 끼운 마늘을 사장의 정수리를 향해 겨냥했다.

피웅!

거친 파공음을 내며 날아간 마늘이 누워 있는 사장의 귀밑을 스치고 방바닥에 푹 박혔다.

도발은 통하지 않았다. 그가 아프라냐위라면 마늘을 맨손으로 잡든지 되받아치든지 무슨 반응을 보였을 것이다. 한데 사장은 어느새 다시 곯아떨어진 모습이었다.

젠장. 일이 점점 어려워지고 있었다.

'안경잡이도, 브로콜리도, 알코올중독 사장도 아니라면 대체 아프라냐위는 누구란 말인가? 이 삼겹살 가게의 모든 관계자들을 몰살시키고 이곳을 떠야 하나?'

나는 막다른 골목에 몰린 기분을 느껴야만 했다.

그때 홀에서 누군가의 찢어지는 비명이 들려왔다.

7

———

"뭡니카?"

안방에서 홀로 뛰쳐나간 나는 부들부들 떨고 있는 며느리를 발견했다. 그녀는 힘겨운 동작으로 손가락을 들어 홀의 냉장고 뒤를 가리켰다. 주먹만 한 생쥐 한 마리가 찍찍거리고 있었다. 뭐야. 겨우 저 미개한 생명체를 보고 두려움에 떤단 말인가.

"저, 저것 좀 잡아줄래? 냉장고 뒤를 정리하다가 갑자기 튀어 나와서……."

며느리의 얼굴은 정말로 울 듯한 표정이었다. 지구인들의 나약한 전투력은 알아줘야 한다. 어쨌든 나 역시도 가게의 위생 상태에 적신호가 될 그 생쥐를 내버려 둘 수는 없었다. 나는 카운터에 비치된 이쑤시개 하나를 집어 들었다. 그리고 번개처럼 생쥐를 향해 내던졌다.

"찍."

이쑤시개에 관자놀이를 관통당한 생쥐는 즉사했다. 기계 같은 동작으로 생쥐를 주워 담아 쓰레기통에 버리는 나를 보며 며느리는 매우 놀란 듯이 말했다.

"어머나. 그런 건 어디서 배웠니, 자무이?"

"나는 어렸을 태부터 사차를 참으면서 컸어요. 생쥐 타윈 우습치도 않습니타."

그제야 안경잡이가 얼굴을 내밀었다.

"사모님. 왜 나와 계세요? 냉장고 뒤는 저희가 청소해야죠. 왜……?"

며느리는 웃으며 대답했다.

"삼동이가 오늘 휴가를 나오잖니. 100일 만인데, 가게가 조금이라도 깨끗해야지. 좀이 쑤셔서 가만 있을 수가 없었단다."

순간 원형 불판으로 얻어맞은 것처럼 머리가 어지러웠다. 이 가게에는 내가 아직 만나지 못한 또 한 사람이 있었다! 그의 이름은 삼동. 100일 만에 이곳을 다시 찾는 모양이었다. 이럴 수가. 허탕을 칠 수밖에 없는 이유가 있었던 것이다. 내 본능이 말하고 있었다. 틀림없다.

그놈이 바로 아프라냐위다.

"해봉대?"

나의 질문에 안경잡이는 상추를 씻으며 대답했다.

"응. 해병대. 우리나라 군대 중에 가장 대단한 곳이지."

"뭐 하는 콧인데?"

내 질문에 안경잡이는 해병대에 대해 친절히 설명해 주었다. 며느리의 아들인 황삼동은 100일 전 해병대라는 곳에 입대했다. 강인한 정신과 압도적인 체력을 배양시켜 군사훈련을 하는 곳. 그곳이 바로 해병대였다. 게다가 그들에겐 '귀신 잡는 해병'이라는 별명까지 붙어 있었다.

'귀신. 그것은 물리력으로 어쩔 수 없는 플라스마 에너지의 집합체 아닌가. 해병대라는 곳은 그런 귀신조차도 제압할 수 있는 전투 기술을 가르쳐준다는 건가. 아프라냐위. 교활한 놈. 체계적으로 살인 능력을 배양하고 있었다니. 역시 내 최후의 상대답구나.'

등에 소름이 돋았다.

"자무이. 왠지 눈빛이 무서워졌어. 왜 그래?"

안경잡이의 말에 나는 다시 현실로 돌아왔다. 손에서 빠져나
간 깻잎들이 싱크대 위에 둥둥 떠다니고 있었다.

'그래, 어차피 아프라냐위는 몇 시간 뒤에나 도착할 것이다.
벌써부터 전의를 불태울 필요는 없지.'

나는 깻잎들을 도로 주워 담으며 대답했다.

"별커 아니다. 크나저나 너는 온제까지 이 일을 켸속할 생각
이지?"

안경잡이는 고무장갑을 껴 팔꿈치로 안경을 밀어 올리며 대
답했다.

"글쎄. 사실 지금은 돈을 벌어야 할 이유가 조금 불분명해졌
어. 날 괴롭히던 놈들이 웬일인지 며칠 전부터 코빼기도 안 보
이거든."

그놈들을 내가 겁줬다는 사실을 안경잡이는 여전히 모르고
있었다. 그는 약간 주저하더니 계속 말을 이었다.

"사실 내 꿈은 소설가야. 언젠가 '해리 포터'나 '왕좌의 게임'
같은 세계적인 베스트셀러를 쓰는 게 내 꿈이지."

"소설까?"

"응. 소설가. 뭐, 그렇게 쉽지만은 않겠지. 소설을 쓰려면 머리
도 좋아야 하고 재치도 넘쳐나야 하잖아. 그런데 난 그렇지 못
해서 내가 쓰는 소설은 따분한 이야기들뿐이거든."

나는 말없이 그의 말을 듣다가 무언가를 결심하고 입을 열
었다.

"원석. 난 사실 아프리카인이 아니야. 심지어 이 행성 원주민도 아니지. 내 본명을 지구어로 번역하면 '이빨에 끼인 돌개바람'. 제8종 은하계의 17번 행성에서 살고 있는 전투 종족 크레냐위인이야. 지금은 성인식을 치르기 위해 지구에 와 있는 거지. 우리의 성인식은 서로를 찾아내 죽이는 일인데, 난 러시아의 삼보에서부터 남미의 카포에라까지 여러 무술의 달인으로 위장한 크레냐위 동족들과 싸워서 지금까지 살아남았어. 이곳에 마지막 사냥감이 있다는 사실을 알고 아르바이트생으로 잠입한 거야. 오랫동안 정체를 들키지 않고 살아남았을 정도로 강하고 대단한 녀석이지. 누가 이길지는 모르겠지만 살아남은 생존자에게는 R17번 행성에서 호출이 와. 그럼 성인식이 끝나는 순간부터 이 별은 통과자를 필두로 한 크레냐위인들의 식민지가 되는 거야. 그 결판의 순간은 머지않았어. 그러니 미안하다는 얘기를 먼저 해야겠군. 네 꿈은 이루어지지 않을 거다. 내가 아프라냐위라는 놈을 이기면 이 별은 '이빨에 끼인 돌개바람'의 손아귀에 들어오는 거니까."

안경잡이는 멍하니 입을 벌린 채 내 이야기를 듣고 있었다. 크게 놀란 눈치였다. 뭐, 이제 와서 녀석이 정체를 눈치챘다고 해서 달라질 것은 없다. 내 기나긴 여정은 오늘 결판이 날 것이고, 여차했을 땐 손쉽게 제거해 버리면 그만이니까. 그런데 안경잡이는 전혀 의외의 반응을 보여주었다. 고무장갑을 낀 손으로 내 등을 툭 치며 웃어버린 것이다.

"고맙다, 자무이."

"……뭐?"

"내 꿈이 소설가라니까 그런 이야기를 즉석에서 들려주고 말야. 이빨에 끼인 돌개바람이라니. 어디서 그런 아이디어가 생긴 거야? 하하. 내가 소설가가 되면 꼭 이 이야기를 소설로 만들어 볼게. 설정이 '프레데터'랑 좀 비슷한 느낌은 있지만."

"그, 그게 무슨 소리냐. 내 이름은 이빨에 끼인……."

"알았어, 알았다고. 고맙다고 했잖아. 이제 그만해도 돼. 그나저나 너 한국말 되게 잘한다? 그렇게 유창하게 말할 수 있는 줄 몰랐어."

물론 이전까지 나는 외국인 아르바이트생 행세를 위해 최대한 어설픈 언어 실력으로 위장하고 있었다. 왜인지 몰라도 이 작은 나라의 인간들은 피부색의 채도와 언어 구사 능력 따위를 보고 상대를 깔보는 경향이 컸기 때문이다. 그런데 가감 없이 내 삶의 진실을 터놓다 보니 나도 모르는 새에 유려하게 말해 버린 것이다.

안경잡이는 내 말을 하나도 믿지 않았다. 나는 어처구니가 없어 실실거리는 안경잡이의 옆모습을 쳐다보고만 있을 뿐이었다.

"뭐 해, 돌개바람? 난 거의 다 씻었는데. 늑장 부리면 매니저 님한테 혼날걸?"

녀석은 무엇에 신이 났는지 휘파람까지 불며 상추를 씻었다. 도중에 "크레냐위인들의 성인식이라, 괜찮은데?" 하며 되새기기까지 했다. 내 앞에는 아직 씻지 않은 깻잎들이 넘실댔다. 멍하니 그 모습을 바라보다가 퍼뜩 정신을 차리고 깻잎을 씻기 시작했다.

'이런, 벌써 눅눅해졌군.'

8

———

"아이고, 삼동아!"

가게를 닫을 무렵, 방에서 총알같이 며느리가 뛰쳐나왔다. 나
는 올 것이 왔다는 심정으로 주방에 서서 며느리와 얼싸안고
있는 지구인을 노려보았다.

아프라냐위, 현재 삼동이란 지구인으로 위장하고 있는 크레
냐위인은 예상대로 박력 있는 모습이었다. 희한한 색깔의 복장
과 우스꽝스러운 머리 모양으로 감추려 했지만 내 눈엔 철저히
단련된 근육의 모습이 훤히 들여다보였다.

"필승! 신고합니다, 어머니."

며느리는 아들의 얼굴을 이리저리 만져보며 감격의 눈물을
흘렸다. 모자간의 감동적인 재회. 물론 나는 그런 겉모습에 속
지 않았다. 그는 며느리의 진짜 아들이 아니다. 성장의 어느 과
정에서 자신이 외계인이라는 것을 깨달은 전투 종족일 뿐이다.

'그래, 그렇게 웃어라. 이제 곧 너는 나와 최후의 승부를 벌여
야 할 테니까.'

해병대의 100일 휴가라는 것은 4박 5일에 불과했다. 뒤늦게
그 사실을 안 나는 여유 부릴 때가 아니라는 것을 깨달았다. 닷
새 안에 결판을 내야 했다. 아프라냐위가 다시 해병대라는 곳으
로 들어가 버리면 나는 수많은 아군을 등 뒤에 둔 녀석에게 덤
벼들어야 할 테니까. 그러나 뜻대로 하기가 쉽지 않았다.

며느리와 상봉하면서는 분명 하루 종일 붙어 있을 것처럼 굴
던 녀석이 줄곧 바깥으로만 쏘다녔다. 가게에 남아 있는 시간은

손에 꼽을 정도였다. 물론 일을 내팽개치고 뒤쫓아볼까 생각도 했지만 너무 위험한 도박이었다. 그런 행동을 보였다간 이상함을 눈치챈 녀석이 먼저 기습을 할 수도 있을 터였다.

그렇게 어느새 닷새가 다 지나버렸다. 5일째 되던 날 아프라냐위는 부대로 복귀해야 한다면서 다시 그 칙칙한 색깔의 옷을 차려입었다. 낭패였다. 이렇게 허무하게 녀석을 보낼 수는 없었다. 나는 사장과 브로콜리에게 작별 인사를 하는 아프라냐위의 뒷모습을 살기 넘치는 눈빛으로 쏘아보았다.

'이곳이 아수라장이 되는 것을 감수하고 지금 덤벼야 할까?'

주먹은 어느새 땀으로 범벅이 되어 있었다.

그때 며느리가 어깨에 손을 얹었다. 나는 황급히 살기를 거두었다.

"자무이. 부탁 하나 해도 될까?"

"뭐, 뭡니카?"

"삼동이를 터미널까지 데려다주고 시장에 들르려는데 짐을 들어줄 사람이 필요해서 말이야. 같이 가주지 않겠니?"

지금 며느리는 내게 아프라냐위와 함께 가자고 말하고 있었다. 이런 절호의 기회가 어디 있단 말인가. 망설일 이유가 없었다.

"맡겨주십시오, 싸모님."

인천고속터미널은 이곳저곳에서 몰려든 사람들로 북적였다. 아프라냐위는 며느리의 손을 꼭 부여잡고 도란도란 얘기를 나누었다. 나는 안중에도 없다는 듯한 모습이었다.

'가증스러운 놈!'

나는 당장이라도 달려들어 녀석의 목을 꺾어놓고 싶었지만 참았다. 버스 시간은 아직 40분이나 남아 있었다. 기회는 분명히 온다. 아직은 때가 아니다.

내 기다림은 곧 보상받았다. 아프라냐위가 화장실에 다녀오겠다며 자리에서 일어난 것이다.

"저도 타녀오겠습니다."

나는 의심받지 않을 정도의 간격을 두고 아프라냐위의 뒤를 따랐다. 터미널의 외진 곳에 붙은 화장실에는 다행히 아무도 없었다. 녀석은 흥겨운 듯이 노래를 부르며 볼일을 보고 있었다. 나는 주변을 둘러본 뒤 조용히 화장실의 문을 잠갔다.

딸깍.

거울로 나를 확인한 녀석이 입을 열었다.

"자무이……라고 했나? 아프리카 유학생은 처음 보는데. 고생이 많겠네."

나는 녀석의 등 뒤를 향해 천천히 다가갔다. 아프라냐위는 완전히 무방비한 자세로 말을 이었다.

"스무 살이라고? 그럼 내가 두 살 형이겠네. 우리 가게 잘 부탁해. 할아버지가 약주를 좀 지나치게 좋아해서 탈이지 사실은……."

'스무 살이라니…… 백여든두 살이다.'

나는 녀석을 몇 발자국 앞에 두고 걸음을 멈췄다. 아프라냐위는 여전히 떠들어대고 있었다. 두 세기 가까이 끌어온 나의 성인식. 드디어 끝을 낼 때가 왔다. 나는 천천히 손바닥을 날카롭게 폈다. 언제라도 녀석의 몸을 뚫을 수 있도록.

"이제 피할 곳은 없다, 아프라냐위."

아프라냐위는 소변기 앞에서 천천히 몸을 돌렸다. 얼굴에는 영문을 모르겠다는 표정이 떠올라 있었다.

"무슨 말을…… 하는 거야?"

"역시 변종이군. 정체가 탄로 났는데도 전투 준비를 하지 않다니. 정 그렇다면 내가 먼저 공격하겠다."

"뭐? 도대체 무슨……?"

나는 허리를 돌려 아프라냐위의 턱을 강하게 차올렸다.

픽!

녀석은 내 공격을 받고 천장에 부딪힌 뒤 맥없이 쓰러졌다. 나는 맹렬한 반격을 예상하고 서둘러 뒤로 물러났다. 그런데 뭔가 이상했다. 몇 초가 지나도 주먹이나 발차기는커녕 아무런 반응이 없었던 것이다.

"연극은 지금까지로 충분하다, 아프라냐위. 전사답게 일어나서 덤벼라!"

나는 전투 자세를 유지하며 고개를 숙인 아프라냐위를 향해 소리쳤다. 그래도 녀석은 요지부동이었다. 누가 봐도 기절한 것처럼 보였다. 뭔가 잘못되었다는 직감이 머리를 스쳐 지나갈 때쯤 믿기 힘든 광경이 벌어졌다. 내가 서 있는 화장실의 왼쪽 벽면에 보이지 않는 속도로 금이 가기 시작한 것이다.

쩌저저적!

'뭐지?'

고막이 터질 정도로 큰 폭발음을 내며 화장실의 한쪽 벽이 와르르 무너져 내렸다. 그리고 허공에서 떨어지는 돌덩이들 사이를 헤치고 시커먼 무언가가 맹렬한 속도로 돌격해 왔다.

'아뿔싸!'

완벽한 무방비 상태였다. 나는 왼쪽 어깨에 무지막지한 일격을 맞고 몇 미터를 날아갔다. 바닥에 쓰러져 엄청난 고통을 느끼면서도 나는 무슨 일이 일어나는지 알 수 없었다. 힘겹게 고개를 들어 기절한 아프라냐위의 앞을 가로막은 며느리의 모습을 발견할 때까지는.

9

나는 내 눈을 의심했다.

'단 한 번의 일격으로 나를 나가떨어지게 한 장본인이 저 아줌마라고?'

부릅뜬 내 눈을 지그시 바라보던 며느리가 천천히 입을 열었다.

"이렇게 되지 않기를 간절히 바랐다. 레미톨뽀냐위."

며느리는 분명 나의 본명을 불렀다. 그것도 크레냐위인의 발음으로. 나는 열리지 않는 입을 가까스로 벌려 말을 꺼냈다.

"네가 바로⋯⋯ 아프라냐위냐?"

며느리, 아니 아프라냐위는 고개를 끄덕였다. 입술에서 바람 새는 소리가 나왔다. 나도 모르게 웃음이 터져 나온 것이다.

'이럴 수가. 아프라냐위의 정체가 저 사람이었다니. 쥐새끼 한 마리 잡지 못하는 아줌마였다고!'

내 웃음에 담긴 의미를 알아챈 아프라냐위가 입을 열었다.

"왜? 내 모습이 전사로서 적합지 않아 우스운가?"

"그렇다."

"그렇다면 덤벼보라. 그대의 강함을 내게 몸으로 역설하라."

언제나 미소를 띠며 말하던 며느리의 얼굴이 결코 아니었다. 그것은 같은 전사를 대하는 전사의 표정이었다.

'그래. 언제부터 크레냐위인이 입으로 싸웠단 말인가?'

나는 신음을 흘리며 몸을 일으켰다. 어깨의 부상이 생각보다 심각했지만 내색하지 않으려 애쓰며 자세를 다잡았다. 아프라냐위는 기절한 삼둥이를 등 뒤에 둔 채 움직이지 않았다.

먼저 움직인 것은 나였다. 멀쩡한 오른쪽 주먹으로 녀석의 안면을 노린 공격이었다. 바닥에 널려 있는 부서진 벽의 잔해들이 함께 떠오를 정도로 강한 힘을 실었다. 그런 회심의 일격을 아프라냐위는 몸을 살짝 비트는 것만으로 가볍게 피했다. 이후로도 나는 녀석에게 지구인의 눈에는 바람으로밖에 보이지 않을 주먹세례를 퍼부었지만 놈은 모두 막아내거나 피했다. 믿을 수가 없었다. 내 움직임을 전부 읽는 게 아니고서는 불가능한 일이었다.

연이은 공격이 무위로 돌아가자 나는 곧 빈틈을 보였고, 그것을 놓치지 않은 아프라냐위는 살짝 그러모은 손바닥으로 나의 턱밑을 올려 쳤다.

픽!

순간 시야가 암전될 정도로 강렬한 충격이었다.

다시 정신을 차렸을 때 나는 화장실 바닥에 볼품없이 널브러져 있었다. 몸은 이미 말을 듣지 못할 만큼 지쳐 있었다. 짧은 공방전 동안 녀석은 내 체력을 급속히 소진시킨 데다가 치명적인 반격까지 날린 것이다.

"비, 빌어먹을······."

완패였다. 지금의 내 전투력으로는 도무지 이길 수 있는 상대가 아니었다. 분한 마음에 바닥을 내리쳤다. 화장실의 타일 두 장이 쪼개지면서 솟구쳤다. 머리 위에서 아프라냐위의 목소리가 들려왔다.

"너는 결코 약한 전사가 아니다, 레미톨뽀냐위. 과하게 자책하진 마라."

"닥쳐라! 어쨌든 나는 패했다. 승자가 패자에게 베풀 것은 안식밖에 없다."

나는 입술을 깨물며 말을 이었다.

"죽여라. 어서······."

이번 성인식의 통과자는 아프라냐위였다. 원통하고 분했지만 인정할 수밖에 없었다. 나는 눈을 질끈 감고 최후의 일격을 기다렸다. 그런데 한참이 지나도 목숨을 앗아가려는 공격이 느껴지지 않았다. 아니, 오히려 내게서 멀어지는 발소리만 들렸다. 눈을 뜨자 기절한 황삼동을 품에 안는 아프라냐위의 모습이 보였다.

나는 피를 토하는 심정으로 외쳤다.

"무슨 짓이냐. 어서 죽이란 말이다!"

내 절규에도 아랑곳하지 않고 녀석은 황삼동이 숨을 쉬는지 확인했다. 그러고는 안도의 한숨을 내쉬며 기뻐했다.

'도대체 저게 무슨 짓이지?'

내 이성으로는 이해할 수 없는 일이 눈앞에서 일어나고 있었다. 아프라냐위가 천천히 고개를 돌려 나를 바라보았다.

"나는 변종이다. 어떤 실수가 있었던 건지 크레냐위 성인식에 참가한 서른여덟 명 중에서 혼자만 다른 형태로 태어났다."

"여자……로 말이냐?"

아프라냐위는 고개를 끄덕였다.

"처음에는 내 처지를 비관했다. 남자에 비해 너무나도 열등한 신체 조건으로는 아무것도 할 수가 없었지. 여자의 몸으로는 크레냐위인의 초인적인 전투력을 제대로 각성시킬 수조차 없었다. 성인식의 통과는커녕 생존조차 힘들다고 생각했지."

녀석이 말하는 이야기는 내가 지난 182년 동안 보아왔던 여자의 모습과 다르지 않았다. 여자들은 보다 더 강한 육체적 능력을 지닌 남자들에게 유린당하고 지배당했다. 간혹 뛰어난 용맹을 보이는 여자들도 존재하긴 했지만 동급의 훈련을 거친 남자에게는 역부족이었다. 그렇기에 크레냐위인은 당연히 남자여야만 했다.

"나는 크레냐위인들을 피하며 살아야 했지. 언제 죽을지 모르는 불안한 날의 연속이었다. 그러다가 나는 크레냐위인으로서는 가질 수 없는 감정을 느끼게 되었다. 지금의 남편을 사랑하게 된 거지."

"웃기지 마라. 전투 종족인 크레냐위인이 이타적인 감정을 가질 수 있을 리가……."

"말하지 않았던가. 나는 변종이다. 나는 크레냐위인으로서의

각성 자체가 불완전했고, 그 때문에 지구인의 특성이 유전자에
꽤 많이 남아 있었을지도. 어쨌든 나는 남편과 결혼했고, 내 개
체적 속성에 중대한 변화를 겪게 되었다.”

　말하면서 아프라냐위는 황삼동의 머리를 쓰다듬었다.

　“지구인의 자식을 낳게 된 거지. 즉, 말하자면 삼동이는 지구
인과 크레냐위인 사이의 최초의 혼혈아다.”

　“말도 안 돼. 크레냐위인에게는 성의 구분이 없…….”

　나는 순간 찾아온 깨달음에 대꾸를 멈췄다.

　변종! 지금 내 눈앞에 있는 것은 크레냐위 역사상 단 한 번도
존재하지 않았던 새로운 존재인 것이다. 아무리 가능성이 희박
하다고 해도 이미 사례가 눈앞에 있는 한 부정은 의미가 없었다.
내 몸짓의 의미를 이해했는지 아프라냐위는 계속 말을 이었다.

　“그 순간 내게는 말도 안 되는 일이 일어나기 시작했다. 나를
발견한 크레냐위인들을 순조롭게 무찌르게 된 거지. 이 원주민
의 몸으로는 도저히 가질 수 없는 전투력을 갖게 된 거야. 바로
좀 전에 네가 겪은 것 말이다.”

　너무나도 일방적인 전투. 나는 다시 소름이 돋으려는 것을 참
아야 했다. 대체 어떻게 그런 일이 있을 수 있었던 걸까? 여자
의 몸으로 크레냐위 전사들을 제압하다니.

　아프라냐위는 삼동이를 번쩍 들쳐 업으며 말했다.

　“어쨌든 나는 널 죽이지 않겠다. 그럼 이 성인식 또한 영원히
끝나지 않겠지.”

　“나를 살려준다고? 나는 언젠가 반드시 네 녀석을 죽일 것이
다. 나한십팔장도, 판크라티온도, 무에타이도 내 상대가 되지

못했다. 더욱 강력해진 무술로 널 찾아갈 것이다. 진정한 전사는……."

아프라냐위는 묵묵히 내 말을 듣고 있었다. 그 태연한 모습을 보자 무언가에 더욱 복받쳐서 외쳤다.

"파괴해야 할 대상이 있을 때 가장 강한 법이다!"

손으로 부여잡은 타일의 잔해가 으스러졌다. 그런 내 전의를 무시하듯 아프라냐위는 걸음을 옮기며 대답했다. 여전히 깨어나지 않는 황삼동을 등에 업은 채.

"틀렸다, 레미톨뽀냐위. 진정한 전사는 지켜야 할 대상이 있을 때 가장 강한 법이다."

근엄하게 말하는 아프라냐위에게 나는 대꾸할 수 없었다. 이미 패자로서 추한 발악은 충분히 했으니까. 그런데 그녀가 장난기 어린 얼굴로 나를 내려다보았다.

"레미톨뽀냐위. 우리 전투 종족이 점점 강해지는 이유는 뭐라고 생각해?"

"말해 무엇 하나. 외부의 강한 압력이다. 그 때문에 우리는 그 행성에서도 유독 혹독한 지역에만 태어나게 되지."

그래서 나는 당장에라도 야생의 표범이나 사자에게 잡아먹힐 수 있는 초원에서 태어났다. 성인식 시스템이 그렇게 판별한 것이다. 이 정도는 되어야 강력한 전사가 태어날 수 있는 환경이라고.

"그렇다면 말야. 이 동방의 작은 나라에서 내가 태어난 이유는 대체 무엇일까. 그것도 아이를 잉태하는 개체로. 정말로 나는 변종일 뿐인가? 오류란 말이야?"

아프라냐위의 말은 계속 이어졌다.

"자라나면서 알게 됐지. 이 나라에서 여자로 태어나면 말이야. 무조건 빨리 결혼해서 언능 아이를 낳으라고 온 세계가 압박을 하는 기분이야. 꿈속에서도 압박을 당하는 느낌이지. 네가 말한 외부의 강한 압력 말야."

"그게 압력이라고?"

"그것들이 나를 강하게 했어. 단일 성별인 크레냐위인에겐 전례가 없는 압력. 그런데 말이야. 이렇게 강해진 다음에야 어떤 의문이 생기더라고. 나는 강해지기 위해 어머니가 된 건지, 어머니가 되는 바람에 강해져 버린 건지. 이 질문엔 지구의 원주민들에게 물어봐도 대답이 전부 다르더군."

"무, 무슨 말을 하려는 거냐."

"그래서 키워보고 있어. 자식을. 내 나름의 답을 찾아보려고 말야. 그 답을 찾기 전에 성인식이 종결되는 건 원치 않아."

모르겠다.

나는 정말로 이 녀석을 모르겠다. 나라면 언제든 다시 덤빌 수 있는 위협적인 상대에게 저런 내밀한 이야기를 술술 털어놓는 자살 행위는 한사코 하지 않을 것이다. 그런데 아프라냐위는 오히려 100년 묵은 갈증을 해소했다는 듯 후련한 얼굴이었다.

"가장 센 놈이 모두를 죽이고 그 행성의 짱이 된다는 거, 좀 후지다고 느끼지 않니. 죽여버리고 나면 그 녀석 입에 쌈을 못 넣어주잖아. 우리 가게는 상추도 좋은 거 떼다 쓰는 맛집인데."

말을 마친 그녀는 화장실의 문을 열고 밖으로 나가려다 말고 천천히 고개를 돌려 내 얼굴을 바라보았다.

"아, 맞다."

크레냐위 전사의 얼굴이 아니었다. 그것은 분명 며느리로서 내게 보여주던 환한 미소였다.

"자무이. 무단결근은 하루치 감봉이다?"

화장실 문을 열어놓은 채로 아프라냐위는 눈앞에서 사라졌다. 몸을 일으킬 생각조차 하지 못하고 나는 계속 엎드려 있었다. 그녀의 얼굴이 뇌리에서 떠나지 않았다. 싸울 힘도, 싸워야 할 이유도 왜인지 솟아나지 않았다. 화장실 밖에서 바람이 불어와 얼굴에 살짝 부딪혔다.

이빨에 끼인 돌개바람의 성인식은 어느새 엉망이 되어버린 채였다.

5장

레어템의 보존법칙

알로에 피시방의 신입 교육 녹취록 01

———

모든 피시방에는 전설들이 존재하지. 그들은 특별해. 마치 사바나 평원의 언덕에 서서 휘황찬란한 갈기 사이로 하이에나들을 내려다보는 오만한 수사자처럼. 내 말이 어렵나? 그러니깐, 희귀하기 짝이 없는 레어 아이템을 얻어 부와 명성을 동시에 획득한 게임계의 영웅들을 말하는 거야.

우리 알로에 피시방은 이런 만렙 영웅들의 소굴이라 할 수 있거든. 너 피시방 알바는 처음이랬지? 행여 땡가땡가 놀면서 돈 버는 편한 일이라고 생각했다면 오산이야. 사장님 말에 따르면 요샌 이 업계도 살얼음판이라더군. 레드오션이 된 지 오래란 말씀. 이젠 피시방도 스타벅스처럼 차별화된 고객 유치 전략이 필요하다나. 은은한 아로마 향과 화사한 연두색 인테리어를 자랑하는 우리 알로에 피시방처럼 말이지. 그렇다고 모양새가 크게 중요한 건 아니고, 무엇보다 명심해야 할 건 고객 관리의 중요성이랄까.

엄마 지갑에서 푼돈 빼내서 총질해 대는 초딩들이나 꼭 여덟 명 맞춰 와서 스타크래프트 하다가 "감히 상사에게 4 드론 러시를 쳐해!"라며 멱살잡이하는 넥타이맨들 따위는 신경 쓰지 마. 우리가 잡아야 할 건 그렇게 몰려다니는 송사리들이 아니라 자맥질 한 번에 바다를 뒤흔드는 고래들이거든. 바로 레어 아이템을 가진 고렙 게이머들이지.

밖에선 게임 폐인이라고들 하잖아? 여기서는 폐인이 아니라 귀인이야. 우리 피시방에 회원 가입된 만여 명의 고객들 중 상위 1프로를 차지하는 VIP라고. 베리 임포떤트 펄쓴. 사장님한테 예쁨받으면서 롱런하려면 이 폐인들을 공략해야 돼. 커피 한 잔을 드리더라도 내시가 시황제에게 진상하듯 공손하게 바치라 이거지. 참고로 난 요주의 폐인들이 오른손잡이인지, 왼손잡이인지도 숙지해서 모니터의 어느 쪽에 재떨이를 놓을 것인지까지 치밀하게 계산하는 사람이야.

거물을 어떻게 알아보느냐. 회원 가입을 괜히 시키는 게 아니야. 고객 이름 한 번 클릭하면 총 사용 시간, 최장 로그인 기록, 즐겨 하는 게임까지 좌르륵 떠. 데이터베이스가 곧 자산이야. 괜히 정보화 시대가 아니잖아.

저기 37번 자리에 앉아 있는 뚱뚱한 턱수염 아저씨 보이지?

이 근방에선 모르는 사람이 없는 엄청난 형님이야. 아이디는 메텔님이보고계셔. 길드 '그레벨에잠이오냐' 길드장이신데……어디 보자. 총 사용 시간 17834시간에 최장 기록 21시간 20분. 대단하지? 최고 사양 컴퓨터 스무 대를 살 수 있는 돈을 우리 피시방에 부으신 거야. 마일리지로만 스쿠터 한 대를 사실 수 있는 분이니 말 다했지.

그리고 가끔가다가 잭 팟이 터질 때가 있는데, 그 순간을 놓치면 안 돼. 게임하다가 갑자기 괴성을 지르거나 모니터를 부여잡고 '할렐루야'나 '나무아미타불', 혹은 '엑스펠리아르무스'를 외치는 게이머가 있을 거야.

득템한 거지. 그것도 레어템을. 아니면 11단계 강화에 성공했거나. 그럴 땐 여기가 피시방인지 라스베이거스 카지노인지 분간이 안 되지만 그럴 법도 해. 제대로 된 레어템이 얼마나 하는 줄 알아? 비교적 싼 게 100만 원이고 3천만 원까지 올라가는 것도 있어.

자, 여기서 잠깐 퀴즈. 현재 온라인 게임계를 초토화시키며 선두를 달리는 게임이 뭐지? ……너 중증이구나. '킹덤 오브 헌터(Kingdom of Hunter)', 일명 'KOH'잖아. 이 정도는 기본 상식이지. 너 사장님 조카나 뭐 그런 거냐? 낙하산이면 지금 고백해. 흠흠, 뭐 그럴 것까진 없고. 배우려는 자세가 중요한 거지. 앞으로 지켜보겠어.

어쨌든 우리 피시방의 폐인급 게이머들은 전부 이 KOH 고렙들이라고 짐작해도 무리가 없어. 미국의 킹덤사에서 내놓은 게임인데 중독성이 엄청나. 디자인, 게임성, 메인 스토리라인도

치밀한 데다 서브로 즐길 요소가 무궁무진한 명작, 그야말로 또 하나의 세계나 다름없지. 게임 속에서 돈이 오가는 규모도 장난이 아니라구.

여기서 레벨 45 이상만 가질 수 있는 '아누비스의 이빨'이란 화살촉 액세서리가 있는데 현금 410만 원에 거래되는 유니크 아이템이거든? 저기 2층 3번 자리에서 담배꽁초로 자금성을 쌓고 있는 인상 험악한 형님 보이지. '미안하다다굴한다' 길드의 행동 대장이자 메텔님이보고계셔 님의 앙숙인 플란다스의 개차반 님이야. 원래는 메텔님이보고계셔 형님과 함께 알로에 피시방의 투 탑이었는데, 플란다스의개차반 형님이 길드 규율을 자주 어기면서 갈등의 골이 깊어졌어. 그래서 지금은 완전히 갈라서서 서로 틈만 나면 으르렁거리시지. 근데 1층과 2층으로 영역을 분리하면서까지도 기어코 여길 떠나지 않는 걸 보면 우리 피시방이 좋긴 좋은 모양이야.

어쨌든 저분이 화염던전 지하 9층에서 버서크와이번과의 혈투 끝에 '아누비스의 이빨'을 득템하시는 걸 내가 목격했다는 거 아냐. 410만 원. 웬만한 샐러리맨 한 달 월급! 나올 확률도 낮고, 서버당 한두 개밖에 없으니까 희소가치가 엄청나. 그날 '미안하다다굴한다' 길드 소굴인 2층은 엄청 시끌벅적했지.

물론 레어 아이템이란 게 그냥 죽치고 앉아 마우스만 클릭한다고 해서 얻어지는 건 아냐. 현금을 모니터에 뿌려대듯 바르는 무리들도 툭하면 허탕을 치곤 해. 어느 올림픽 금메달리스트의 말처럼 '인간이 아니라 하늘이 내리는' 걸지도 몰라.

이게 꼭 게임 안에서 뛰어다니는 캐릭터들에 국한된 이야기일까? 역사적으로 봐도 후끈한 카리스마를 휘둘러 따까리들을 지배한 군주들에겐 그에 걸맞은 장비가 반드시 따라다녔다고. 아서왕의 엑스칼리버나 관우 운장의 청룡언월도 같은 것들 말야. 관우 형님에겐 청룡언월도라는 사기템에 적토마라는 최상급 탈 것도 있었지. 여의봉 없는 손오공을 상상해 봐. 저팔계한테 두들겨 맞고 시다바리가 되었을지도 몰라. 그럼 저팔계의 장비는 뭐냐. 바보야. 바주카포가 아님 뭐겠어. 요즘 것들은 명작을 몰라 봐.

어쨌든 전설적인 게이머들은 하나같이 뻑쩍뻑쩍한 레어 아이템을 갖고 있다 이거야. 빵빵한 자금에 꾸준한 노력, 무엇보다 운발이 없으면 가질 수 없는 레어 아이템. 어지간한 고렙이 아니면 차고 다닐 엄두도 못 내는 것들.

이 KOH란 게임엔 말야. 매일매일 갱신되는 '영웅의 전당'이란 게 있는데, 3억 명에 가까운 게이머 중에서 오직 열두 명만 올라갈 수 있는 굉장한 자리야. 한국 게이머 중에선 네 명이 올라가 있는데, 그중 두 명이 우리 피시방에 있다는 거 아니냐. 바로 메텔님이보고계셔 님과 플란다스의개차반 님.

그런데 말이야. 우리 피시방을 거쳐 갔던 무수한 게이머들 중에 딱 한 명, 형편없는 레벨에 변변찮은 장비도 없이 이 '영웅의 전당'에 한 획을 그었던 남자가 있어. 아무도 시도하지 않은 길을 외로이 걸어가 무소불위의 존재와 정면 승부를 벌인 형님이지. 아, 장담하건대 우리나라 게임계에 그런 사람은 두 번 다시 나오지 않을 거야.

후. 반년이나 지났는데 여전히 그 치열했던 전투의 열기가 저

바닥 타일에 남아 있는 것 같군.

지금부터 들려줄 이야기는 바로 그 전설적인 형님의 이야기야.

미 중앙정보국(CIA) 차장의 블랙엔트 프로젝트 01
———

'코끼리 사육사' 토미 파커는 자타가 공인하는 CIA의 살아 있는 전설이다. 미 육군 특수부대의 공작병 출신으로 스물세 살의 어린 나이에 중앙정보국 작전부에 입사해 초년생 시절부터 두각을 드러낸 불세출의 인재. 파커의 주 임무는 비밀공작을 계획하고 실행하는 것이었다. 상황을 파악하는 냉철한 분석력, 지휘계통을 장악할 수 있는 통제력, 그리고 폭넓은 인적자원까지 모두 가지고 있던 토미 파커. 그는 어떤 임무에서도 결코 실패를 용납하지 않는 명실상부한 에이스 요원이었다.

그가 첩보계에서 만인의 주목을 받는 계기가 된 건 1997년의 옐레나 이바노프 망명 사건이었다. 그해 봄, 전 KGB 소속의 특급 암살부대원이자 블랙리스트 7위였던 옐레나 이바노프가 CIA 측에 정보를 제공하는 대가로 신변 보호를 요청해 왔다. CIA로서는 쌍수를 벌려 환영할 일이었지만 러시아 정보국의 엄중한 감시를 받고 있는 이바노프를 빼내 오기란 불가능에 가까웠다. 게다가 그녀의 신병을 구속하고 있는 책임자가 스페츠나츠 출신의 루슬란 파블류첸코라는 소식은 절망적이었다. 작전부의 윗선에서는 고개를 가로저었다. 하지만 당시 3년차의 풋내기였던 토미 파커는 오히려 해볼 만하다고 생각했다.

파커가 쓴 방법은 정공법에서 크게 벗어난 변칙이었다. 당시 러시아 정보국의 부사령관인 루슬란 파블류첸코는 단 한 번도 임무에 실패해 본 적이 없는 난공불락의 요새였다. 그러나 파커는 그가 뛰어난 지휘관임과 동시에 심각한 아동성애자라는, 그야말로 엄청난 특급 기밀을 알고 있었다.

파커는 아역 배우 지망생을 물색해 찾은 여덟 살 여자아이 세라를 부사령관의 아들과 같은 반에 배정시켰다. 금발에 주근깨를 선호한다는 파블류첸코의 취향까지 파악해 둔 파커의 작전은 주효했다. 부사령관의 집에 놀러 간 세라는 "아저씨 서재를 구경하고 싶어요"라고 준비된 대사를 어색하게 읽었지만 이미 한껏 몸이 달아 있던 사내는 그걸 눈치채지 못했다. 세라를 서재로 데려간 파블류첸코는 아이를 책상에 앉혀놓은 뒤 안절부절못하다 참지 못하고 쑥 바지를 내렸다. 그 순간 세라의 책가방에 숨겨진 소형 카메라가 부사령관의 은밀한 부위를 정확히 포착했고 기다렸다는 듯이 유치원 교사로 위장한 파커가 서재로 들이닥쳤다.

무자비한 공갈과 악독한 협박, 그리고 회유가 이어졌다. 파블류첸코는 함정에 빠진 사실을 깨닫고 격분했지만 자신의 발정난 모습이 담긴 사진을 아들의 학교에 뿌리겠다는 협박에 이르러선 결국 무릎을 꿇고야 말았다. 늙은 아동성애자는 옐레나 이바노프가 연금된 가택 위치와 호송 경로, 담당자 명단까지 줄줄 불었고, 이틀 후 옐레나 이바노프는 파커가 대접하는 워싱턴의 모닝커피를 맛볼 수 있었다.

이바노프의 신병을 확보한 뒤, 파커가 러시아 정보국 부사령관에게 발송한 원본 필름에는 '귀여운 아기 코끼리군요. 마더 퍽커'라는 추신이 붙여져 있었다. CIA의 애송이가 러시아 정보 국의 거물에게 남긴 한마디는 그에게 신경성 대장염을 안겨주었고 파커에게는 인상적인 별명을 남겨주었다. 그 과정을 주의 깊게 지켜봤던 CIA의 정보부가 그에게 관심을 보여 부서 이동을 요청했고, 토미 파커의 재능은 국가 기밀을 다루는 정보부에서 더욱 빛을 발했다.

바야흐로 코끼리 사육사의 전설이 시작되는 순간이었다.

알로에 피시방의 신입 교육 녹취록 02

그러니까 그게 정확히 언제였더라. 하루 중 유일하게 자리가 텅텅 비는 아침이었어. 게다가 학생들 시험 기간이었지. 우리 알로에 피시방 주변엔 대학교 한 개, 고등학교 두 개가 있어서 시험 기간엔 아주 한산하거든. 알바생은 웃음 짓고 사장님은 울상 짓는 시즌이지. 물론 이때 찾아오는 손님들이야말로 알짜배기들! 시험 기간에도 꼭 있어. 하루라도 사냥터나 던전에서 몹을 때려잡지 않으면 손이 근질거리는 단골 게이머들이.

나 역시 고등학교 시절 온라인 게임에 푹 빠져봐서 잘 알거든. 벼락치기로 공부하겠답시고 깨끗한 교과서를 펴면 뭐 하나. 앞이 깜깜하기만 한데. 세계 지리 교과서에 첨부된 사진들을 보노라니 자신도 모르는 사이 거인병들의 대삼림이 눈앞에 아른거리기 시작하지. 급기야 불꽃독수리에 올라타 창공을 질주하고 싶어 견딜 수 없게 되는 거야. 수학 문제집을 붙들고 숫자들과 씨름을 벌여도 상황은 마찬가지. 레벨 73 디아보로스는 알아도 피타고라스는 생소해. 그거, 엄청 잡기 힘든 몹인 건가? 정신을 집중하고 계산 문제에 덤벼들어 3850이라는 답을 도출해내면 자동적으로 '3850골드 = 은도금전투도끼의 시중가'가 함께 떠오르는 거야. 결정적으로 '알렉산더는 누구인가?'란 주관식 문제에 '번개왕국 무기점의 호빗 NPC'를 적어 넣고 있는 자신을 발견하고 말지.

그러면 이미 중증. 내일이 시험인데도 발길은 저절로 피시방을 향하고 있어. 말목 자른 김유신 형님처럼 자기 발목을 자를 수 없을 바에야 에라 모르겠다, 하고 오크들 목이나 잘라대는 거지. 자고로 시험 기간 오전의 피시방이란 그런 중증의 폐인들만 잔류하는 곳이라 이거야.

그런데 시험 기간이 코앞으로 다가온 어느 날. 문제의 그 남자가 피시방 문을 열고 들어왔어. 깔끔한 셔츠에 단정하게 정리된 머리. 무엇보다 조셉 고든 레빗처럼 곱상한 얼굴. 재빨리 발휘한 내 전신 스캔 결과에 의하면 도무지 특급 고객이라곤 할 수 없는 분위기였어. 대학원생이 교수 논문이라도 출력하러 왔나 보다 생각한 나는 심드렁한 얼굴로 손님을 받았지. 재떨이에 분무기를 칙칙 뿌리면서.

그런데 그 남자가 카운터에 적혀 있는 정액제 시간표를 유심히 보더니 나를 향해 조용히 말하는 거야.

"천 시간 정액제로 주세요."

난 분무기를 떨어트렸어. 천 시간이라니! 천 시간 정액제라니! 설마 이 상품을 실제로 고르는 손님이 있을 거라곤 한 번도 생각해 본 적이 없거든. 응? 아니야. 있긴 있어. 여기 시간표 맨 아래에 적혀 있잖아. 나도 일 시작하자마자 사장님한테 이렇게 여쭤본 적이 있지.

"사장님. 천 시간이면 40일이 넘잖아요. 아무리 반값으로 게임할 수 있다고 해도, 그렇게나 오래 여기 눌러앉을 또라이가 과연 있긴 할까요?"

"……너 세상에 딱 하나 있는 슈퍼 럭셔리 아이폰 알아?"

"그런 게 있어요?"

"있어. 순금 재질 커버에다가 말야, 베젤을 따라 깨알 같은 다이아몬드를 박아 넣었지. 3억 정도 될 거야. 이 아이폰을 개조한 예술가는 과연 팔아먹으려고 그걸 만든 것 같냐?"

"글쎄요."

그러자 사장님은 씨익 웃으시며 말했지.

"그게 바로 퍼포먼스야. 있어 보이려는 거지."

결국 이 천 시간 정액제는 실용적인 목적이 아니라 오직 뽀대를 위한 요금제였던 거야. 그런데 그 남자는 아무렇지도 않게 천 시간 정액제 요금인 50만 원을 현금 뭉텅이로 지불하고는 자리를 찾아 앉았어. 나는 동물적인 감각으로 그를 향한 태도를 급히 수정해야 한다는 걸 깨닫고 굽실거리며 물었지.

"음료는 뭐로 드릴까요?"

남자는 코코아를 부탁했고 나는 공짜 코코아가 아닌 300원짜리 팩에 담긴 핫초코를 뚝딱 차려냈어. 천 시간이라는 말에 구미가 당겼는지 참견하기 좋아하는 고딩 담탱이에게 파이어볼 녀석이 카운터로 다가왔어.

"엄청난 고수인가 봐요? 아니면 꾼인가?"

마치 펀드매니저처럼 아이템을 직업적으로 거래하는 사람을 꾼이라고 해. 어쨌든 나 역시 담탱이에게 파이어볼 녀석처럼 남자의 정체가 궁금하기는 마찬가지였어. 과연 얼마나 대단한 캐릭터를 가지고 있기에 천 시간 정액을 끊었을까. 나는 피시방 알바생에게 있어 몹시 위험하고 사악한 금단의 스킬 '모니터 동기화'를 실행했어.

그러자 카운터 모니터에 팝업 창이 뜨고 남자의 게임 실행 창이 보였지. 아니나 다를까, KOH의 메인 화면이더군. 세계적인 톱 모델이자 KOH의 네임드 게이머이기도 한 세라 쿠니스의 매혹적인 눈매가 눈을 사로잡았어. 그가 아이디를 입력하고 로그인을 하자 쪼꼬♡야미라는 암살자 캐릭터가 나타났지. 우수에 찬 눈빛으로 팔짱을 낀 그 당당한 모습이 마치…… 잠깐, 팔짱이라고? 순간 나는 눈을 비볐어. 캐릭터가 팔짱을 끼고 있다는 건 무기가 하나도 없다는 뜻이거든. 그러고 보니 쪼꼬♡야미 엘프의 의상도 조금 추워 보였어. 변변찮은 방어구 하나 없이 천 쪼가리 하나만 걸치고 있었으니까. 남자의 레벨을 확인하니 그야말로 맥이 탁 풀리더군.

LV. 1

이럴 수가. 쪼렙 중에서도 상쪼렙이었던 건가? 아니야. 뭔가 착오가 있을 거야. 사실 이 캐릭터는 아이템 거래용 서브 캐릭터이고 무시무시한 본 캐릭터가 따로 있는 게 틀림없어!

하지만 그 가설은 곧 폐기당해야 했지. 맨몸으로 마을을 빠져

나간 쪼꼬♡야미가 경매장이나 도박장으로 향하지 않고 사냥터로 걸어갔거든.

"어, 뭐 하려는 거지?"

담탱이에게파이어볼이 내 옆에서 중얼거렸어. 마법사나 흑주술사도 아니면서 무기 없이 사냥을 나서다니. 자살 행위나 다름없는 거거든. 내 예상대로 쪼꼬♡야미는 처음 마주친 일꾼오크의 나무방망이에 관자놀이를 직격당하더니 '꽥' 하고 누워버렸지. 마을로 강제 이동당한 알몸 엘프는 잠시 고민하는 듯하더니 이번에는 반대쪽 사냥터로 향했어. 너무 약한 몬스터만 돌아다녀서 렙 업용이라기보다는 관상용이라는 비아냥을 듣는 환영나비의 고향이란 맵이었는데, 거기서 쪼꼬♡야미는 핑크슬라임과 맨주먹으로 투덕거리더니 슬라임 독에 쏘이곤 장렬히 전사했어.

"설마, 진짜 허접?"

300원짜리 핫초코를 그냥 날려버렸구나, 하고 망연자실해 있는데 남자가 벌떡 일어나 카운터로 걸어왔어. 나는 빛의 속도로 알트와 탭을 눌러 모니터 동기화를 끄고 계산 관리 프로그램을 메인에 띄웠지만 움찔할 수밖에 없었지. 내가 훔쳐보고 있다는 걸 눈치챈 걸까? 만약 그렇다면 큰일인데. 똥꼬를 바짝 조이는 긴장감이 느껴졌어.

다행히도 그의 얼굴은 변함없이 평온했지.

"게임이 좀 이상하네요. 자꾸 죽는데요?"

순간 카운터에 침묵이 돌았어. 그와 나 사이에 참새 한 마리가 짹짹거리며 지나가면 꽤나 어울릴 광경이었지. 어처구니가 없었지만 나는 진지하게 고개를 끄덕이고는 설명해 주었어. 사냥을 하려면 무기와 방어구, 그리고 힐링포션이 필요하다, 그건 마을 상점에서 모두 구입할 수 있다고 말이야. 어쨌든 다행히도 그의 게임 화면을 훔쳐본 게 들킨 건 아니었어.

그러니까 유념해 두라고. 모니터 동기화란 게 말이야 '여중생 옆자리에서 야동을 보다가 성희롱으로 고소당한 30대 변태와 막대한 벌금을 물은 피시방 사장'의 뉴스를 본 사장님이 특별히 설치한 프로그램이거든. 공공장소에서의 음란물 시청은 명백한 위법이라는 걸 뒤늦게 깨달으신 거지. 그러니 사실은 손님이 뭔가 수상한 작업을 하는 것 같을 때만 이걸 써야 해. 그 외에는 모두 위험해. 심각한 프라이버시 침해의 소지가 있으니까.

명심해. 가끔씩 휴가 나온 군인들이 구석 자리에서 그동안 혹사당한 안구를 살색 스크린으로 정화시킬 때가 있거든? 물론 불쌍하지. 몇 달 만에 바깥에 풀려나온 녀석들이니까. 하지만 공공장소에서 추잡한 욕망을 해소하는 건 안전핀 뽑은 수류탄을 불알 속에 갖고 다니는 거야. 자칫하면 개뿐만 아니라 우리 피시방의 존망도 위태로워진다고. 가슴속에 피어나는 휴머니즘은 위장 속으로 밀어 넣고 전부 퇴장 조치시켜야 돼.

미 중앙정보국(CIA) 차장의 블랙엔트 프로젝트 02

'휴머니즘'은 토미 파커가 CIA 정보부에 책상을 들이면서 제일 먼저 쓰레기통에 처박은 것이었다. 그는 정보가 곧 권력이

라는 진리를 누구보다도 잘 알았고, 그중에서도 가장 비싼 정보
는 '절대로 드러내고 싶지 않은 치부'라는 것 또한 명심하고 있
었다.

'세상에 약점이 없는 놈은 없지.'

힘을 가진 자의 뒤를 캐내 아킬레스건을 베어낸다. 거기서 뿜
어져 나오는 핏줄기를 몸에 뿌린 뒤 더 위로 올라간다. 이것이
토미 파커의 출세관이었고, 이 과정에 타인을 위한 배려나 동정
따위는 눈곱만큼도 포함되어 있지 않았다. 그렇게 코끼리 사육
사는 세계 정치판 전체를 길들이려는 야욕을 점점 키워나갔다.

파커의 손에 돈과 명예, 그리고 사회적 지위를 잃어버린 채
나락으로 떨어져 버린 첩보계의 거물들이 하나둘 늘어갔다. 당
연히 그중에는 CIA 내에서 코끼리 사육사와 자웅을 겨루던 라
이벌들도 끼어 있었다.

물론 혼자만의 힘으론 벅찼다. 파커는 입지를 강화하기 위해
CIA 집행부 부장의 딸을 아내로 맞아들였다. 오직 계산기를 두
드려 이뤄진 정략결혼에 애정이 있을 리 없었다. 새벽에 우연히
잠에서 깨면 그의 품 안에서 잠든 아내의 평온한 얼굴이 눈에
들어오곤 했는데, 그때마다 대단한 배경이 없었던 스스로에 대
한 혐오가 스멀스멀 차올랐다. 신경과민에 결벽증까지 갖고 있
는 아내의 잔소리는 덤이었고. 결혼 2년차에 파커는 그 영리함
때문에 곁에 두고 있는 NASA의 존 디아스에게 한 가지 부탁을
했다.

"혹시 직통으로 연락 가능한 외계인이 있다면 내 아내 좀 납
치해 달라고 해주게."

평소 농담과는 에펠탑과 쿠푸왕 피라미드 만큼 거리가 먼 파커였기에 존 디아스는 의외라는 듯 껄껄 웃으며 고개를 끄덕였다. 그러나 그건 농담이 아니었다.

어찌 됐든 토미 파커는 서른여덟이라는 젊은 나이로 CIA 정보부 차관의 자리에 올랐다. 수직 상승이라 할 수도 있는 출세가도였지만 순탄하지만은 않았다. 정보부 차관 자리의 종이 분쇄기에 보고서를 쑤셔 넣을 수 있게 되기까지 파커가 겪어야 했던 고통 역시 만만한 것은 아니었다.

파커가 자신의 비리 내역이나 연락책 목록을 가지고 있다는 사실을 입수한 FBI나 모사드, 혹은 불온분자들의 협박과 무력시위는 꾸준히 이어졌다. 세 번의 시한폭탄 배달과 두 번의 암살 기도. 극도의 예민함과 조심성을 가지고 있던 토미 파커조차 거듭되는 테러로 왼쪽 가슴에 2도 화상을 입었으며 오른쪽 허벅지의 신경 일부분을 잃어야만 했다.

가장 위험했던 순간은 파커가 자신의 비리 내역을 파악하고 있다는 사실을 입수한 이스라엘의 총리가 모사드에게 파커를 말살하라는 최우선 지령을 내렸을 때였다. 사막의 모래바람이 머나먼 이국땅에 파고들었다. 파커가 힐튼 호텔의 스위트룸에서 내연녀와 외도를 저지르고 있을 때 모사드 최고의 암살 요원 셋이 그의 방으로 잠입한 것이다.

CIA의 기본 격투 훈련 과정을 밟았지만 파커는 본질적으로 사무직 요원이었다. 세 모사드 암살 요원에 비하면 평범한 샐러리맨에 지나지 않았다. 일개미든 병정개미든 개미핥기에게는 둘 다 달콤한 먹이에 불과한 것처럼. 침대에서 내연녀와 함께 모종의 생식행위에 몰두하던 파커의 머리에 총구를 겨누면서 암살 요원 대장은 너무 쉬워 맥이 풀린다고 생각했다. 평소처럼 바로 방아쇠를 당기지 않고 입술을 연 것도 파커의 무방비함에 긴장의 끈이 느슨해졌기 때문이다.

"그동안 너무 설쳤어, 코끼리 사육사."

말을 마치자마자 암살 요원 대장은 방아쇠를 당기려 했다. 그런데 이상하게도 손에 힘이 들어가지 않았다. 의아하게 여긴 대장이 권총을 든 오른손으로 시선을 옮기자 자신의 팔목이 기이한 각도로 꺾여 있고, 검은 줄이 마치 채찍처럼 어깻죽지를 옭아맨 것을 발견했다. 방 안으로 잠입할 때만 해도 침대 밑에 놓여 있던 스탠드 전등의 전선이었다.

모사드의 암살 요원 셋이 저지른 치명적인 실수는 파커의 불륜 상대가 누구인지를 제대로 파악하지 못한 데에 있었다. 파커의 아래에 깔려 있던 잿빛 머리카락의 여인이 침대에서 튕기듯 일어나 권총을 걷어차고, 물 흐르듯 양손을 놀려 대장의 목을 부러뜨렸다. 입구와 창문을 지키던 두 암살 요원들은 그제야 파커가 아내 몰래 만나고 있는 여인의 정체를 깨달았다.

"옐레나 이바노프!"

손에 집히는 모든 것을 살인 도구로 쓸 수 있다는 러시아산 암살 자판기. 창문 쪽 암살 요원을 향해 맹렬히 달려드는 여인의 별명이었다. 창문에 기대 있던 암살 요원은 이바노프가 자신의 심장에 비수를 날리는 것을 멍청히 바라보고만 있었다. 심장을 정확히 뚫고 들어온 비수의 정체는 어이없게도 샴페인 오프너였다. 상대적으로 여유가 있었던 입구 쪽 암살 요원이 황급히 이바노프를 향해 총구를 겨누었지만 대장이 떨군 총을 재빨리 집어 든 파커가 한발 빨랐다. 입구 쪽 암살 요원은 상관의 권총에 머리가 뚫리는 신세가 되었다.

상황이 종료되자 파커는 식은땀을 닦아냈다.

"목숨을 빚졌군."

"신경 쓰지 말아요. 날 러시아에서 빼내주었을 때부터 내 목숨은 당신 것이었으니까."

이바노프는 천연덕스럽게 대꾸했다. 왼손에 쥐고 있던 식기용 포크는 바닥에 던져버렸다. 세 번째 암살 무기로 이용될 뻔했던 포크는 다행히 인육을 파고들 운명에서 벗어날 수 있었다. 암살 자판기는 테이블 위를 쳐다보았다. 아직 따지도 않은 샴페인 한 병이 얼음 속에 파묻혀 있었다.

이바노프가 혀를 찼다.

"이런. 던지는 순서를 바꿀걸 그랬네요. 아니면 단검을 다시 차고 다닐까나."

어느새 땀이 식어버린 이바노프의 알몸을 파커가 등 뒤에서 안았다.

"단검 따위 없어도 돼. 당신 손에 닿는 것은 전부 무기로 변하니까."

이바노프는 눈을 가늘게 뜨며 웃었다. 그녀가 등 뒤로 손을 뻗어 파커의 사타구니 사이를 파고들자 그가 숨을 급히 들이마셨다. 그렇다. 자신이 내뱉은 말마따나 그녀의 손에 닿는 것은 전부 무기가 된다.

_____

"무기를 뚝딱 만들어낼 수 없다면 돈을 모아야죠."

난 첫술에 배부를 순 없다며 남자에게 초보의 생존 노하우를 알려주었어. 장비 없인 사냥을 나가도 개죽음만 당할 뿐이다, 그러니 일단은 50골드짜리 호박단검이라도 사야 한다, 몸빵이 되려면 방어구나 신발, 액세서리 중에 하나라도 없으면 서운하다, 원래 비싼 무기를 가질수록 대접받는 게 이 바닥이다, 그러니 돈을 벌어라.

남자는 씁쓸하게 웃었어.

"게임 속에서조차 가난하면 죽으란 건가요?"

순간 우리 알로에 피시방의 연두색 인테리어가 회색으로 변한 것처럼 느껴지더군. 난 말야, 살면서 그렇게 메마르고 자조 섞인 웃음은 본 적이 없었지.

그때부터였어. 그 남자에게 묘한 호기심을 느끼기 시작한 것이. 뭐랄까. 단순히 거물 고객을 대접해야 한다는 사명감이라기보다는, '그나저나 이 새끼는 과연 여기에 뭘 하려고 온 걸까?'라는 인간적인 관심이 생겨났거든. 그게 그렇잖아. 게임의 기본 룰도 모르면서 겁도 없이 천 시간 정액제를 끊은 사연도 궁금할 수밖에 없고.

알바 중에 짬이 나면 아예 그의 옆자리에 앉아서 특별 과외를 시작했지. 게임의 메뉴 사용법과 세계관 요약 설명, 그리고 사용할 수 있을지 의심스럽긴 하지만 중요한 몇몇 단축키까지. 그러자 의아한 점이 생겼어.

"기록을 보니 캐릭터는 1년 전에 만든 거네요? 플레이를 안 하실 거면 캐릭터는 왜 만드신 건지……."

"음성 통신 기능이 있으니까요. 여자 친구가 호주로 어학연수를 떠났을 때 유용하게 썼죠."

그제야 이해가 됐지. 드물긴 하지만 몇 년 전까진 음성 통신만을 위해 로그인을 하는 게이머들이 있었어. 스마트폰이 널리 보급되기 전에, 국제전화의 부담을 깨끗이 벗어던질 수 있는 방법이었거든.

"여자 친구가 또 국외로 나가신 건가요?"

내가 묻자 남자는 조용히 고개를 가로저었어.

"아뇨. 한국에 있어요. 뭐, 어딘가에서 휙 나가버린 건 맞지만."

남자의 왼손 약지에 반지를 뺀 자국을 보고서야 나는 아차 싶더군. 비교적 최근에 결별한 듯한 눈치였지. 어떻게 해서든 화제를 전환해야 했어. 난 환경토목과 전공 공돌이야. 남녀상열지사에 대해서는 젬병이라고.

"도, 돈 버는 방법을 알려드릴게요. 초반에 가장 빨리 장비를 마련할 수 있는 방법이죠."

난 쪼끄♡야미를 황급히 블랙엔트의 숲으로 데려갔어. 어? 너 엔트는 아는구나. 맞아. 영화 '반지의 제왕' 시리즈에 나왔었지. 그래. 거기서 느릿느릿 걸어 다니는 나무들이 바로 엔트야. KOH에서 흔히 볼 수 있는 NPC지. 물론 누군가는 NPC가 아니라 몬스터라고도 하지만 게이머들이 아무리 때려도 반격하지 않으니 NPC로 봐야 한다는 것이 중론이야.

그중에서 이 블랙엔트란 놈은 쪼렙 게이머에겐 아주 짭짤한 금광이야. 무기 없이 맨손으로 블랙엔트의 복부를 2~3분 정도 때리면 이놈이 입을 쩍 벌리지. '블랙엔트의 열매'란 아이템을 톡 하고 내뱉는데 이게 중간 레벨 게이머들 사이에서 5골드에 거래돼. 암흑 속성 검이나 활을 합성할 때 없어서는 안 될 아이템이거든.

남자는 내가 가르쳐준 대로 숲을 돌아다니는 블랙엔트들 중 한 마리를 골라 때리기 시작했어. 쪼꼬♡야미가 엘프 특유의 찰랑거리는 머릿결을 휘날리며 주먹을 날릴 때마다 퍽, 퍽 하는 둔탁한 타격음이 스피커에서 울려 퍼졌지.

"하하. 이 녀석 맞는 표정이 웃기네요."

남자는 블랙엔트가 허리를 뒤로 꺾으며 얻어맞는 모습을 재밌어하더군. 하긴, 가만히 놔두면 무시무시한 얼굴을 하고 돌아다니는 녀석이 맞을 때는 스크림 가면처럼 우스꽝스럽게 비명을 지르거든. 쪼꼬♡야미의 샌드백 신세가 된 블랙엔트는 잠시 후 시커먼 열매 하나를 뱉어냈어. 그리고 이제 지쳤다는 듯이 말했지.

"용사여. 이제 너에게 줄 것은 없도다. 이만 떠나거라."

남자가 화면을 가리키며 물었어.

"얘가 지금 뭐라고 한 거죠?"

"아, 블랙엔트가 열매를 한 번 토하면 다시 만들기까지 20분이 걸려요. 열매를 얻으셨으면 다른 놈으로 옮겨 가서 때리면 돼요."

"아. 그러면 되는군요. 감사합니다. 많은 공부가 되었네요."

조금 쑥스럽더군. 인터넷 커뮤니티나 공식 카페를 조금만 뒤

겨봐도 주르륵 쏟아질 팁에 불과한데 그는 마치 귀중한 비결을 알려줬다는 듯이 고마워했거든. 나쁘지 않은 기분이었어. KOH에서나 현실에서나 나는 늘 그저 그런 녀석들 중 하나였는데 그의 정중한 감사를 받으니까 마치 대단한 고수라도 된 것 같았단 말야. 흥에 겨워진 나는 카운터 서랍 아래서 게임계의 베스트셀러인《부자 캐릭, 가난한 캐릭》을 꺼내 그에게 빌려주었지. 그의 렙업에 조금이라도 도움이 될까 해서.

아, 물론 책들은 허락 없이 손님에게 빌려주면 안 돼. 사장님 개인 서적이거든. 당연히 넌 안 되지, 인마. 하지만 난 괜찮아. 알바생들 중에서도 급이라는 게 있거든. 나 정도 되면 거의 매니저급이라고 할 수 있지. 사장님이 부재중이실 땐 임의로 피시방을 운영할 수 있을 만큼의 짬이 된다 이거야. 기실 사장님이 피시방에 상주하시는 시간도 매우 짧고.

그러니까 따지고 보면 내가 바로 알로에 피시방의 실세라는 얘기지.

미 중앙정보국(CIA) 차장의 블랙엔트 프로젝트 03
———

비록 정보부의 차장에 머물러 있었지만 토미 파커는 명백한 CIA의 실세였다. 더군다나 엘레나 이바노프라는 걸출한 보디가드가 뒤를 봐주니 물리적으로도 무서울 것이 없었다.

'언젠간 미합중국 대통령마저 내 구두를 핥게 만들어주겠어.'

파커의 야심은 원대한 것이었다. 누군가 들었다면 허황되기

짝이 없는 포부라고 비웃었을지도 모르지만 그에게는 목적을 달성하기 위한 자원이 충분했다. 물론 돈이 아니라 그가 가진 '비밀 정보'를 가리키는 이야기다.

겉으로 드러난 것만 보자면 그는 CIA 간부들 중에서도 꽤나 검소한 편이었다. 호화로운 저택이나 별장도 갖고 있지 않았고 페라리나 람보르기니를 몰고 다니지도 않았다. 통장 잔고도 그저 그런 공무원 수준이었다. 파커가 현실적인 부를 축적하는 것에 무관심했던 데에는, 물론 재정이 든든한 아내가 존재하는 까닭도 있었지만 다른 이유가 더 컸다. 금액으로 환산할 수 없을 만큼의 보물이 이미 그의 사무실 컴퓨터 안에 있었기 때문이다.

정치 거물의 약점과 협박용 증거 자료를 압축해 놓은 비밀 정보는 의심할 여지없이 파커의 최대 자산이자 무기였다. 하지만 아이러니하게도 바로 그 비밀 정보의 보관 문제가 파커의 유일한 골칫거리였다.

2014년 8월 21일 문제의 사건은 터졌다. 막강한 방화벽을 자랑하는 CIA의 정보망이 홍콩의 산둥차이라는 해커에게 여지없이 무너져 버리고 만 것이다. 역사상 유례를 찾기 힘들 만큼 신속하고 치명적인 침투였고 최대 피해자는 파커의 친정이라 할 수 있는 작전부였다. 산둥차이가 빼내 간 파일들 중에는 쿠웨이트에서 민간인 126명이 학살된 참사에 CIA가 연루되어 있다는 증거를 포함, 서른한 건의 극비 문서가 담겨 있었다. CIA는 산둥차이를 체포하는 데는 성공했지만 서른한 건의 문서들 중 네 건이 매스컴에 공개되는 것을 막지는 못했다. 이로 인해 CIA는 국제적인 비난 여론에 휘청여야 했고 작전부뿐 아니라

보안의 허점을 드러낸 정보부의 책임자들 몇몇이 배지를 반납해야만 했다.

그런 아수라장 속에서 가까스로 살아남은 토미 파커는 가슴을 쓸어내렸다. 자신의 개인 컴퓨터에 따로 저장해 둔 시크릿 파일은 다행히 무사했기 때문이다. 그러나 이 사건을 계기로 파커는 자신의 보물이 얼마나 취약한 금고에 담겨 있는지 깨닫고는 급격히 우울해졌다.

'CIA의 보안망도 더 이상 안전하다 할 수 없으니, 이를 어쩐다.'

파커는 그날부터 보안에 대한 강박관념에 사로잡혔다. 8년 동안 모아놓은 시크릿 파일이 고스란히 남의 손에 들어가 버리는 꿈도 자주 꾸었다.

그런 그가 실마리를 발견한 곳은 전혀 기대하지 않은 엉뚱한 곳이었다. 발단은 휴일에 여덟 살 난 아들 녀석이 최신형 블루투스 헤드셋을 끼고 거실을 나돌아 다닌 사건이었다. 평소 아들 교육에 엄격했던 데다 사치를 심하게 경계했던 파커가 그걸 두고 볼 리 없었다. 그런데 뒷덜미를 붙잡힌 아들 녀석이 내뱉은 말은 의외였다. 엄마가 사준 게 아니라 자신이 모은 돈으로 헤드셋을 구매했다는 것이다.

"……KOH? 그러니까 게임으로 돈을 벌었다는 거냐. 네가 직접?"

아들 녀석은 억울하다는 듯 고개를 끄덕였다. 그러고는 파커의 손을 뿌리치며 모든 아빠들의 가슴에 대못을 박는 유서 깊은 대사를 날렸다.

"아빠 아무것도 모르면서 그래요!"

파커는 아들 녀석의 정수리를 콱 쥐어박고 싶었지만, 순순히 덜미를 놔주었다. 내 월급으로 사준 컴퓨터로 게임이나 즐기는 주제에 거기서 파생된 돈놀이로 산 물건을 제깟 놈의 소유 자산이라 주장하다니. 괘씸함에 화가 치밀어 올랐으나 물리적인 폭력을 행사하는 건 그의 방식이 아니었다. 대신 파커는 더 악의적인 훈계를 준비했다.

다음 날 아침. 그는 출근하자마자 정보부의 해킹전담반에게 KOH 게임 서버를 해킹해서 제레미 파커란 여덟 살 소년의 캐릭터가 두른 아이템들을 모두 소멸시켜 버리라는, 무척이나 악독한 지령을 내렸다. 망아지 같은 아들에게 아버지의 지위와 능력을 똑똑히 각인시켜 줄 생각이었다. 그런데 2시간 뒤 해킹전담반장으로부터 돌아온 답은 그를 혼란스럽게 만들었다.

"실패했습니다, 차장님. 서버 방화벽 수준이 말도 안 될 정돈데요?"

믿기 힘든 이야기였다. CIA 최고의 창이 고작 게임 서버를 지키고 있는 방화벽을 뚫지 못하다니. 그러나 진실이었다. 정보부의 그 누구도 방화벽의 우회로를 찾지 못했다. 풀이 죽은 채 추궁을 기다리는 해킹전담반 요원들 앞에서 파커는 고개를 갸웃했다.

"왜지. 한낱 게임 아닌가?"

아니었다. 세계 최고의 게임이었으며 그 내부 경제 규모가 이미 아이슬란드와 짐바브웨급 나라의 국고 여섯 개를 합친 것보다도 더 컸다. 수천만 원을 호가하는 게임 아이템들이 자동 해킹 툴 때문에 도난당하는 일이 비일비재해지자 킹덤사는 세계 최고 수준 해커들을 영입해 창의적이고 독보적인 방화벽 아이기스를 구축한 것이다. KOH라는 걸출한 게임에 이미 중독돼 있는 세계 각지의 해커들이 거의 자발적으로 아이기스의 코딩에 참여했기 때문에 해킹 툴 역사에 두 번 다시없을 최강의 금고가 탄생해 버렸다는 것이 파커가 들은 설명이었다.

'최강의 금고?'

그 순간 파커에게 있어 아들 녀석의 훈계 문제는 컵 홀더에 달라붙은 날파리와 동급의 취급을 받게 되었다. 그의 시크릿 파일을 완벽히 숨기고 지켜낼 수 있는 보안망. 그토록 찾아 헤맸던 강철의 금고.

이튿날 파커는 킹덤사의 기획개발팀원인 왈드버거를 호출해 그가 인터넷 불법 도박을 즐긴다는 증거자료 묶음을 툭 던졌다. 그러곤 안색이 창백해진 왈드버거에게 게임 내에 단 한 명을 위한 저장 공간을 따로 만들어달라고 의뢰하며 이번엔 백지수표를 던졌다. 당근과 채찍을 함께 선사한 것이다.

파커는 캐릭터가 접속하면 오직 그 주인만 열람할 수 있도록 게임 속에서 시크릿 파일을 형상화시킨 '무언가'를 제작해 달라고 말했다. 왈드버거는 스리슬쩍 백지수표를 자신의 소매에 감추고는, 커스터마이징이 가능한 캐릭터보다 조형 틀이 변할 일이 없는 몬스터가 좋겠다고 의견을 내놓았다.

"앗, 잠깐. 생각해 보니 시크릿 파일을 몬스터 한 마리에 넣어놨다가 애꿎은 게이머가 처치하기라도 하면 데이터 코딩이 지저분해질 수도 있겠는데요."

온라인 게임엔 전혀 관심이 없었지만 CIA 정보부 차장이었기에 파커는 그 말의 진의를 대충 짐작할 수 있었다. 즉, 시크릿 파일을 게임 속 몬스터로 위장시켜 놓았다가는 전혀 엉뚱한 놈에게 파일이 손상되는 날벼락을 맞을 수도 있다는 얘기였다. 그런 일말의 가능성을 용납할 파커가 아니었다. 왈드버거는 고심하더니 나무 모양의 요상한 녀석을 보여줬다.

"블랙엔트라는 놈입니다. 몬스터처럼 생겼지만 사실 NPC로 분류돼서 고급 코딩 작업을 했죠. 맨손으로만 때릴 수 있어서 그 어떤 게이머도 죽일 수가 없어요."

파커의 입술에 슬며시 미소가 지어졌다. 왈드버거가 보여준 모니터 안에는 시커먼 나무 몬스터 블랙엔트들이 느릿느릿 돌아다니고 있었다. 그야말로 나무는 숲속에 숨겨야 된다는 격언에 딱 맞는 광경이었다.

일주일의 작업 기간 이후, 왈드버거에게 연락이 왔다. 그는 시크릿 파일을 블랙엔트 중 한 마리로 위장시키는 데 성공했으며 그 엔트에게는 파커만이 알아볼 수 있는 표식을 해주겠다고 말했다.

자신의 콧수염을 더듬던 파커는 주저 없이 요구 사항을 정했다.

"콧수염으로 하지."

그리고 악마처럼 속삭였다.

"이건 왈드버거, 자네와 나만 아는 극비 프로젝트야. 만약 누설되면 그다지 쾌적하지 않은 선물을 받게 될 거라고 장담하지. 흠. 프로젝트의 이름은…… 그래, 블랙엔트. 블랙엔트 프로젝트가 좋겠어."

알로에 피시방의 신입 교육 녹취록 04
———

그날은 새벽이 되어 난 퇴근했지. 쪼꼬♡야미 님에게 이런저런 게임 요령을 알려줬더니 좀 피곤하더라고. 그리고 다음 날. 난 출근하자마자 황급히 쪼꼬♡야미의 자리를 살펴봤어. 정말로 천 시간 정액제를 다 쓸 생각인지 궁금했거든. 쪼꼬♡야미는 옷차림도 흐트러지지 않은 채 모니터에 집중하고 있었어.

그런데 사장님은 그를 가리킨 다음 오른쪽 귀에 동그라미를 막 그리시더라고.

"블랙엔트만 주야장천 패고 있다고요?"

내가 퇴근한 이후 쪼꼬♡야미가 블랙엔트만 계속 패고 있더라는 거야. 그래서 돈을 벌려는 집착이 굉장한 분이구나, 생각했지. 그런데 웬걸? 게임 화면을 잠자코 지켜보는데 블랙엔트가 열매를 뱉질 않는 거야. 오히려 계속 "용사여. 이제 너에게 줄 것은 없도다. 떠나거라"라고 피를 토하듯 외치기만 하고.

"설마…… 한 놈만 계속 패는 거예요?"

내 질문에 사장님은 열렬히 고개를 끄덕이더니 "저 새끼, 사이코패슨가 봐. 쫓아낼까?"라고 하셨지만 난 황급히 말린 다음 대화를 시도해 보겠다고 설득했어. 왜 그랬던 걸까. 아마도 전날 그와 대화를 나누면서 제법 가까워졌다고 생각했던 모양이지?

그의 옆 자리로 다가가 키보드 사이의 먼지를 터는 척하면서 자연스럽게 물었지.

"돈은 많이 버셨어요?"

"아뇨. 더 재밌는 걸 찾았거든요. 이놈을 죽을 때까지 때리는 거요."

그는 공격을 받아 허리가 계속 뒤로 꺾이는 블랙엔트를 바라보며 계속 클릭질을 하고 있었어. 나는 살짝 섬뜩했지만 대답을 듣고 싶었어.

"어, 그런데 손님. 이 블랙엔트란 놈은 죽질 않아요. 몬스터가 아니라 NPC라니깐요? 애초에 그렇게 설계가 됐어요. 게이머가 아무리 노력해도 바뀌지 않는 게 있거든요, 게임 속 세상에선."

"알고 있습니다. 죽지도 않는 놈을 계속 때리는 건 무척 무의미한 짓이겠죠? 천 시간 정액제나 끊어놓고 이러고 있으니. 제가 한심해 보이는 것도 잘 압니다."

"네? 어, 꼭 그런 건 아닌데…….'

정곡을 찔린 기분이었지. 남자는 그제야 처음으로 내 쪽을 돌아보고 웃었어.

"무의미하고 한심하고 답답한 돈지랄. 그래서 전 이걸 하고 있는 겁니다."

난 말야. 당시엔 그 말을 전혀 이해하지 못했어. 다만 오싹하더라고. 뭔가 사연이 있다는 건 알겠는데 자초지종을 알아야 말이지. '자세한 건 말하고 싶지 않다'는 느낌을 그렇게 팍팍 풍겨대니. 그 뒤로 손님이 들이닥쳐서 쪼꼬♡야미와의 대화는 끊겼어.

그리고 그날 저녁에 일어난 일이야. 우리 알로에 피시방 1층의 집권자이자 110킬로그램의 거구 메텔님이보고계셔 형님이 쪼꼬♡야미에게 흥미를 보이신 거야. 하루 종일 블랙엔트 한 마리의 배때기만 계속 때리고 있는 광경을 보더니 호탕하게 한번 웃으시곤 영입을 제안했지.

"근래 보기 드문 또라이로군. 우리 패거리에 들지 않겠나?"

쪼꼬♡야미 님은 한국 최강의 길드 '그레벨에잠이오냐'에 영입 제안을 받았음에도 겸손한 얼굴로 고개를 저었어. 그리고 묵묵히 블랙엔트를 괴롭혔지. 하지만 메텔님이보고계셔 형님은 괘념치 않고 그의 어깨를 툭툭 치며 격려하더군.

"세상에 NPC를 죽을 때까지 두들겨 패는 놈이 있다니. 난 이렇게 대책 없이 무모한 녀석들이 참 좋더라. 이 피시방에서 누가 널 괴롭히면 즉각 말하라고. 알았지? 크하하하."

무슨 상황인지 알겠어? 쪼꼬♡야미 님은 그 순간 간택을 받은 거야. 두 층으로 나뉘어진 알로에 피시방의 절반을 쥐락펴락하고 있는 거물 메텔님이보고계셔의 간택을.

더욱 흥미로운 상황은 다음 날 일어났어. 어느새 피시방에 쫙 퍼진 소문을 듣고 2층의 대권 주자 플란다스의개차반 님이 움직인 거지. 누가 보면 해골에 털 무더기를 뒤집어 씌운 것 같은 앙상한 몰골이지만 눈빛만은 매처럼 흉흉한 사내. 메텔님이보고계셔 형님이 우리 피시방의 김두한이라면 그는 스라소니랄까.

던전에서 마주치면 누구나 오줌을 지린다는 플란다스의개차반이 몸소 2층에서 내려와 쪼꼬♡야미에게 향했어. 그러곤 3천 와트쯤 돼 보이는 강렬한 눈빛으로 레벨 1 쪼렙 게이머의 뒤통수를 한참 노려보더군. 이윽고 시비 걸듯,

"어이. 정말로 블랙엔트를 조질 셈이야? ……지금 3일째 로그

아웃도 안 하고 있다면서?"

"그러게 말예요. 누가 이기나 한번 해보는 거죠."

플란다스의개차반 님의 눈썹이 꿈틀거렸어. 나를 비롯해 많은 피시방 게이머들은 그의 아이디가 소유주의 성질머리를 정확히 반영하고 있다는 걸 잘 알기 때문에 숨죽인 채 그 광경을 지켜보고 있었지. 옆자리에 있던 담탱이에게파이어볼 녀석은 플란다스의개차반 님이 신성한 게임을 우습게 보는 거냐며 그의 멱살을 붙잡을까 봐 조마조마했던 모양이야. 하지만 일어난 일은 예상과 전혀 달랐지.

"컨트롤 키랑 A를 꾹 누르고 있어. 그럼 자동으로 타깃을 고정해 주먹질을 할 거야. 요새 누가 무식하게 계속 클릭질을 하나?"

그러고선 휙 2층으로 올라가 버렸지. 아아. 그건 몹시 드문 일이었어. 다굴 플레이의 권위자이자 거대 몬스터를 사냥할 때 비겁한 후방 습격이 특기인 플란다스의개차반의 다정한 조언이라니.

뭐 이런 거 아니겠어? 비가 무척 많이 오는 날 고수들이 득시글대는 강호에 비쩍 골은 무사가 등장해서는 '소협, 빗물을 둘로 갈라보겠소' 하며 계속 칼질을 하는 거야. 빗물에 대고 막 그냥! 처음 1시간은 모두 비웃겠지. 그게 한 나절이 되면 몇몇은 휘파람을 불 거고. 하지만 말야…… 그 광경이 하루를 넘어가고 이틀이 되면? 그때부턴 뭔가 숭고함이 생긴다고. 인간의 오묘하고도 원초적인 응원 욕구를 불러일으키는 광경이란 게 있다는 소리야.

누군가는 의아해 했고, 누군가는 조롱했으며, 또 다른 누군가는 유심히 지켜보는 가운데 시간은 흘러갔어. 누가 봐도 쪼꼬♡야미의 클릭질은 아무도 시도하지 않는 미치광이의 짓처럼 보였지. 용의 피를 빨겠다며 주둥이를 계속 박아 넣는 모기처럼 말야.

그렇게 그 남자의 전설은 조금씩 진행되고 있었던 거야.

미 중앙정보국(CIA) 차장의 블랙엔트 프로젝트 04

모기가 아무리 발버둥 쳐도 용의 두꺼운 비늘을 뚫을 수는 없다. 그것이 토미 파커의 철학이었다. 그래서 기본적으로 그는 거물들을 상대로만 비밀공작을 설계해 왔고, 또 실행했다. 산맥을 뒤집는 것이 파커의 일이었지, 나뭇잎의 결을 신경 쓰는 것은 아랫것들의 일이라고 생각했던 것이다.

그래서 처음엔 무시했다. KOH 내부에 그만의 비밀 금고를 만들고 블랙엔트라는 NPC로 위장시킨 지 다섯 달이 흘렀을 때쯤, 왈드버거는 뭔가 이상한 일이 벌어지고 있다는 보고를 해 왔다.

"차장님. 한국 서버의 웬 녀석이 차장님의 블랙엔트를 계속 깔짝거리고 있습니다."

"기간은?"

"벌써 17시간쨉니다. 여태 이런 적은 없었기 때문에 알려드려야 할 것 같아서."

게임 세상엔 정말 한심한 놈들이 많군. 죽지도 않는 NPC를 한나절 넘게 두드리고 있다니.

"신경 꺼. 저러다 말겠지."

그런데 이튿날 또다시 왈드버거로부터 연락이 왔다.

"이제 40시간을 돌파했습니다. 저 수많은 블랙엔트 중에서 차장님의 금고만 냅다 때리고 있어요. 느낌이 싸합니다."

그제야 파커 또한 뭔가 심상치 않음을 느꼈다.

'하긴. 지렁이가 내 등 뒤를 꿈틀거리며 따라올 때엔 혹시 내가 밟았던 녀석인지 잘 살펴봐야지.'

그는 왈드버거에게 그 한국 놈팡이의 신상 정보를 전달하라고 명했다. 왈드버거는 게이머의 개인 정보를 열람하는 것은 정부의 공식 승인이 있어야 한다며, 일개 개발팀원인 자기에겐 불가능한 일이라고 난색을 표했다. 이럴 땐 좀 더 윗선을 압박하는 것이 순리. 그러나 별것 아닌 일에 심력을 낭비하고 싶지 않았던 파커는 자신의 품 안에 있는 센테니얼 리볼버가 곧 '공식 승인'이라며, 이마에 총알로 승인을 해주기 전에 전달하라고 협박했다.

17분 만에 아이디 쪼꼬♡야미를 사용하는 26세 한국인 황척호의 신상 정보가 CIA 정보부 차장 컴퓨터로 날아들었다. 파커는 CIA 내부 인력을 사용할 경우 사소한 문책을 당할 수도 있다고 생각해 외부의 인맥을 동원했다. 미 국가안보국 NSA를 통해 잠재적 테러리스트라며, 황척호란 사내의 모든 과거 행적과 관련 기록을 조사해 오라고 시켰다. 이미 토미 파커란 남자가 얼마나 악독한 자인지 잘 알고 있던 NSA 측은 이를 부득부득 갈며 황척호에 대해 파고들었다.

몇 시간 뒤, 파커는 자신의 업무 책상에서 황척호의 생애를 살살이 훑고 있었다. 그런데 드러난 황척호의 정보를 훑고 있자니 하품이 나올 지경이었다. 그는 교통 위반 딱지 한 번 뗀 적이 없는 모범 시민이었다. 4년제 대학교의 영어영문학과 재학 중으로 학점도 준수한 편이었고, SNS 계정에 올라오는 타임라인 양상도 여느 평범한 대학생과 다르지 않았다. 2년 1개월 동안 교제한 걸프렌드 송양희와 최근 결별했다는 점 외엔 보고서에서 꼽아낼 특이 사항도 없었다.

특수 비밀 요원이나 범죄 조직의 의뢰를 받은 킬러, 하다못해 불법 P2P 업로더라도 되길 기대했던 파커의 관자놀이가 지끈거렸다. 황척호가 지난 3년간 단편 영화 시나리오 공모전에서 한 번의 최우수상과 두 번의 우수상을 수상했다고 기록된 문장에서 파커는 참지 못하고 보고서를 구겨버렸다.

"이게 뭐야! 고작 작가 지망생이라고!"

알로에 피시방의 신입 교육 녹취록 05

———

아주 오랜만의 정전이었지. 우리 건물의 전기 사용량이 꽤나 넘쳤는지 2시간 동안 건물 자체의 전기가 완전히 나가버린 날이었어. 희한하게도 예고가 없었던 정전이라 손님들은 갑자기 꺼진 컴퓨터에 격분했어. 그들은 옆 건물의 레드카펫 피시방으로 썰물처럼 빠져나갔고, 우리 알로에 피시방은 텅텅 비었지. 정전이 된 상태에서 손님이 새로 올 리도 만무했고. 그때 알로에 피시방엔 나를 포함해 불과 여섯 명의 오갈 데 없는 게임 폐인들이 촛불 하나를 켜놓고, 연두색 대기 테이블에 옹기종기 모여 앉아 있었어.

모든 컴퓨터가 셧다운된 피시방은 음산했지. 에어컨 뒤나 공기청정기 옆에서 좀비나 스켈레톤 한두 마리쯤 튀어나와도 크게 놀라진 않을 정도. 피시방에서 거의 살다시피 하는 골수 폐인들이 왕정 전복을 꿈꾸는 원탁의 기사들처럼 퀭한 얼굴로 마주 보고 있었어.

그 분위기 탓이었을까. 호기심으로 먹고사는 '형이다말로하자'의 길드장 카드값줘체리 녀석이 조용히 촛불을 쳐다보고 있던 쪼꼬♡야미 님께 거침없이 질문을 던졌지.

"저기, 그런데요 형. 대체 뭐 하시는 분이세요?"

그러자 플란다스의개차반 형님의 어깨가 살짝 흠칫하는 것이 느껴졌어. 사실 그 형님도 이게 무척 궁금했던 거야. 다만 라이벌 길드 '그레벨에잠이오냐'의 길드원들 앞이라 가오만 잡고 있었던 거지. 모두의 시선이 쪼꼬♡야미 님의 입술에 꽂혔어.

"전…… 시나리오 쓰는 나부랭이입니다."

조금씩 천천히 그의 이야기가 시작됐지. 정말이지 눈물 없인 들을 수 없는 비극적인 이야기였어.

쪼꼬♡야미 님의 꿈은 영화 시나리오 작가였지 뭐야. 그래서 영화 제작 동아리에서 단편 영화의 시나리오를 쓰며 내공을 키워가셨다더군. 대학을 졸업하면 세상에 던질 비장의 시나리오를 계속 쌓아두면서. 데스나이트의 목을 베기 위해 차근차근 지하던전을 돌파하는 야만전사처럼 전략적으로 나아가셨던 거지.

그러던 어느 날 신입생으로 일명 야미라는 미모의 여인네가 등장을 해. 영화배우가 꿈인 그녀는 쪼꼬에게 한눈에 반해버렸어.

쪼꼬 역시 당차게 들이대는 야미가 싫지 않았던 모양이야. 어쩌겠어? 큐피드의 화살은 그 어떤 방어구 세트로도 튕겨낼 수 없는 필중 판정의 무기인걸! 서로를 쪼꼬와 야미라는 애칭으로 부르다 둘은 자연스레 캠퍼스 커플이 됐고, 아무도 그들의 어두운 미래를 상상하지 않았지. 야미를 만나고서부터 쪼꼬의 창작력은 사제의 무적 버프를 받은 전사처럼 쑥쑥 올라갔대. 야미가 호주로 어학연수를 다녀온 뒤에도 둘의 사랑은 변함이 없었다더군. 국제전화를 할 돈이 없던 쪼꼬는 해외에 나가 있는 그녀와 KOH에서 채팅을 나누며 사랑을 지켰던 거야. 크으. 그녀가 돌아온 이후 쪼꼬가 연인을 생각하면서 써 내려간 야심작이 몇 편 있었는데, 그게 결국 그녈 주인공으로 한 아마추어 영화로 만들어지기에 이르렀지.

제법 완성도가 좋았던 모양이야. 제목은 '추리닝 소녀 킬러 Y'. 불우한 소녀 Y가 킬러 수업을 받고 자라나 부모의 원수를 찾아내 도륙하는 내용이었어. 그리고 충격적인 반전 또한 있었다더군.

그들에게 경사가 찾아왔어. 내로라하는 C 영화사에서 관심이 있다며 장편용 시나리오로 각색을 해보지 않겠냐고 제안을 한 거야. 쪼꼬와 야미는 감격의 눈물을 좍좍 흘리며 얼싸안았다고 해. 그렇게 공방에서 렙 업하듯 쪼꼬는 피를 짜내 시나리오를 완성했고 C 영화사는 엄지를 내밀곤 계약을 체결했대. 하지만 그건 비극의 전초였어.

콧수염이 재수 없게 자라난 C 영화사의 피디와 첫 미팅을 가졌을 때 쪼꼬는 뭔가 크게 잘못됐다는 사실을 알았어. 시나리오의 원작자가 쪼꼬가 아닌 야미로 돼 있었던 거야. 원작료를 떼먹기 위해 C 영화사의 제작부장 자식이 야미를 꼬드겨 계약서의 '을' 이름을 바꿔버렸던 거지. 쪼꼬는 차마 연인에게 법적인 고소미를 먹일 수 없어 물러섰대.

그런데 말야. 더 놀라운 건 모든 흑막이 야미였어. 그녀는 자길 꼭 주인공으로 써달라는 조건하에 쪼꼬의 USB를 훔쳐 그 안에 있는 열두 편의 시나리오를 모두 C 영화사에 넘겨버렸던 거야. 쪼꼬는 한순간에 모든 걸 잃고 나락으로 떨어진 거지.

싸늘하게 돌변해 이별을 통보하는 야미는 원고료를 가장한 위로비 명목으로 쪼꼬에게 50만 원을 계좌 이체시켜 줬대. 원래 그가 받았어야 하는 돈의 20분의 1밖에 되지 않는 돈이었지.

며칠 밤을 술로 지새운 쪼꼬는 겨우 정신을 차렸어. 그리고 야미가 보낸 위로비 50만 원을 모두 만 원짜리로 인출해 자취방 옥상에서 화형식을 거행할 생각이었어. 그런데 마침 라이터의 기름이 다 떨어졌지 뭐야. 그래서 새 라이터를 사기 위해 편의점에 가는 길에 떡하니 그만!

"······이 알로에 피시방의 홍보 전단지를 보고 만 거죠. 천 시간 정액제 50만 원."

그렇게 된 거야. 그 순간, 우리의 쪼꼬♡야미 님은 은근하면서도 무척 소심한 복수를 실행하기로 마음먹은 거지. 무척이나 무의미한, 마치 밑 빠진 독에 호스를 틀어버리는 부질없는 짓으로 50만 원을 낭비하는 것.

"그럼 왜 하필 저 블랙엔트를?"

담탱이에게파이어볼의 질문에 그는 '콧수염' 때문이라고 대답했어. 디자인이 다양한 블랙엔트들 중에서 딱 하나 콧수염이 그려진 녀석이 있었는데, 그걸 보는 순간 때려죽여도 모자랄 C 영화사 피디 녀석의 콧수염이 생각났다는 거야.

모두들 아미란 여자의 악독함에 질려 쌍욕을 퍼붓고 싶었지만, 마법물약처럼 속으로 꿀꺽 삼킬 수밖에 없었어. 그의 물기 어린 눈망울에 남은 씁쓸한 사랑의 미련을 발견했기 때문이겠지.

그 순간 평생을 모태 솔로로 살아온 백설공주와일곱호구 님이 그의 손을 꼭 잡으며 남긴 명언을 아직 잊을 수가 없군.

"한쪽은 마녀 전직, 한쪽은 호구 전락."

미 중앙정보국(CIA) 차장의 블랙엔트 프로젝트 05
———

결국 토미 파커는 잿빛 머리카락의 마녀에게 도움을 청하기로 했다. 사우스코리아의 한 피시방에서 그를 신경 쓰이게 하는 황척호란 남자를 가까운 곳에서 감시할 요원이 필요했기에. 그러나 정적들이 가득한 CIA 내부에 블랙엔트 프로젝트의 존재를 들킬 빌미를 줄 순 없었다. 파커의 내연녀이자 업계에서 다섯 손가락 안에 꼽히는 킬러가 나설 때였다.

버지니아의 인적 드문 골목길에서 만난 암살 자판기, 바로 옐레나 이바노프였다.

"그럼, 부탁할게. 옐레나."

"날 믿어요, 파커. 전 이미 그 나라에서 몇 번 공작 임무를 수행한 적도 있으니까요. 한국말도 원어민 수준으로 익혀놨어요."

파커는 '거긴 노스코리아고 네가 갈 곳은 사우스코리아야'라고 지적하는 대신 말없이 포옥 안아줬다. 그녀는 마주 안아주면서도 한마디 하는 걸 잊지 않았다.

"그런데 정말로 그 변방 나라에 당신이 신경 쓸 만큼의 위험인물이 있는 거예요?"

파커는 잠시 기억을 더듬었다. 그는 시험 삼아 조선족 심부름꾼들을 동원해 황척호가 주둔하고 있는 피시방 건물의 전원을 강제로 내려버렸다. 녀석이 자신의 금고를 두드리는 것이 우연인지, 아니면 필연인지를 확인하고 싶었던 것이다. 그런데 황척호는 게임에 재접속한 이후 블랙엔트의 숲을 쓰윽 살펴보더니 신묘하게도 자신의 블랙엔트를 다시 찾아내 두들겨 패기 시작했다. 그건 결코 좌시할 수 있는 문제가 아니었다.

하지만 그의 행적을 파헤치면 칠수록 파커와의 접점을 도무지 찾을 수가 없었다. 파커는 황척호가 마지막으로 한 전화 통화의 음성 파일을 입수해 들어보기까지 했다. 웬 여인과의 통화였는데 이런 내용이었다.

"정말 잘못한 게 없다고 생각해? 내 시나리오 훔쳐간 거 부인하는 거야?"

"글쎄. 난 잘 모르겠어. 정말로 그렇게 소중한 거였다면 간수를 잘했어야 하는 거 아냐?"

"……다시 돌아올 순 없는 거니. 그러기만 하면 다 잊어줄게. 새로 시작하자."

"우린 이제 사는 세상이 다른걸. 아무리 애써도 절대 바꿀 수 없는 게 있잖아, 오빠."

이게 도대체 뭐란 말인가. 변심한 여인의 다리에 매달려 애원하는 보잘 것 없는 수컷 아닌가? 그러나 파커에게는 확신이 필요했다. 찜찜한 마음을 없애줄 확신이.

"녀석은 분명 내 금고를 노리고 있어. 이유는 모르겠지만 주변을 잘 감시하면서 배후를 파악해 봐."

이바노프는 자신감 넘치는 미소를 날리며 대꾸했다.

"알겠어요. 비밀공작은 내 전문이잖아요. 흠. 만약 그자가 당신이 걱정하는 만큼 위험인물이라면?"

파커는 뭐 그런 당연한 걸 묻느냐는 듯 짧게 대답했다.

"처치해. 쥐도 새도 모르게."

알로에 피시방의 신입 교육 녹취록 06

소문은 쥐도 새도 모르는 사이 널리 퍼져버렸어. 심지어는 레드 카펫 피시방 단골인 '던전돌다마주친그대' 길드원들까지 우리 알로에 피시방에 구경을 오는 지경에 이르렀지. 다들 죽지 않는 NPC의 숨통을 끊기 위해 며칠째 어리석은 짓을 계속하고 있는 명물을 확인하러 모여든 거야.

신기했겠다고? 이런, 젠장. 난 사실 그럴 틈도 없었어. 평소보다 손님이 두세 배로 늘어나 버려서 쉴 틈이 없었다고. 결국 사장님께 윽박질렀지. 알바 한 명을 더 뽑아주지 않으면 관두겠다고. 훗. 뭘 그런 눈으로 쳐다보고 그래. 얘기했잖아? 난 실세라고.

그런데 말야. 사장님은 속으로 내가 괘씸했던 모양이야. 아니, 그게 아니면 왜 생뚱맞은 외국인 여자를 카운터 알바로 뽑았겠냐고. 옐레난지 옐로운지 하는 그 누님이 새 알바로 들어왔었을 땐 어찌나 황당했던지. 아니, 조선족도 아니고 눈빛 매서운 러시아 누님이라니? 이국에서 온 여인에 대한 로망을 가진 손님들도 그녀의 살얼음 같은 눈빛을 마주하고서는 모두 불알을 걷어차인 것처럼 힘을 잃고 돌아가야 했어. 이상하게 정면으로 못 쳐다보겠다네. 말? 희한하게 그건 문제가 없었어. 대화가 제법 되더라고. 뭐, 좀 이상하긴 했지. "내래 콤푸타를 세척하갔시요", "컵라면 재고는 일없습네다"라며 이북 말을 쓰더라니까? 대체 어디 어학당을 다닌 건지 물어보면 말을 슬쩍 흐리더라고.

아 참. 내 정신 좀 봐. 그 살벌한 누님 얘길 할 때가 아닌데. 어디까지 얘기했더라? 아 맞아. 명물. 명물.

그런데 그 명물이 말야. 의외로 사람들의 구미를 당기기 시작했어. 한때 유행했던 플래시 몹처럼 뭔가 재밌는 놀이거리로 보였던 거야. 톰 소여의 울타리 칠하기처럼. 쪼꼬♡야미가 화장실에 세수를 하러 가면 여기저기서 '내가 엔트를 대신 패주겠다'라며 나서는 손님들이 워낙 많았어. 어쩔 땐 일종의 올림픽 성화 봉송 같은 느낌마저 들더라니까(음. 생각해 보니까 그 러시아 누님마저 쪼꼬♡야미가 화장실에 갈 때면 날카로운 눈으로 훔쳐봤던 것 같기도. 은근 취향이었던 걸까).

결국 그 괴상한 열기는 KOH 게이머들의 성지인 공식 카페의 '베스트 게시물'까지 올라가는 지경에 이르렀어. 호기심

많다던 카드값줘체리가 쪼꼬♡야미의 게임 화면을 촬영해서 유튜브에 올리고 그 링크를 KOH 자유 게시판에도 공유한 거지. 어설픈 영어 자막까지 달아서.

흐흐흐. 들어봐. 상황은 여기서부터 갑자기 엉뚱한 국면으로 접어들어. 그 게시판 글이 KOH의 여러 국가 서버로 번역돼 돌아다닌 모양인데, 그중 핀란드 서버에서 이런 응답이 돌아온 거야. 요약하자면 대충 이래.

'위대한 도전을 하고 있는 한국의 게이머 쪼꼬에게. 난 KOH 게임 개발에 참여했던 오브젝트 디자이너였음. 사실 NPC는 불사가 아님. 모든 NPC들도 다 HP 설정값이 있는데 그게 9999만 9999라는 무지막지한 수치라 불사라고 착각하는 거임. 한 명의 고정 캐릭터가 퀘스트 변경이나 갱신 없이 블랙엔트를 계속 때린다고 가정했을 때, 대미지가 1씩 다니까 1157일 동안 쉬지 않고 때리면 블랙엔트도 뒈질 수밖에 없음.'

이해를 못 했냐? 불사라고 생각했던 NPC 블랙엔트가 때리면 죽는 몸이라는 게 밝혀진 거야. 그것도 직접 게임을 만들었던 놈의 증언이었다고. 다들 흥미로워했지. 그런데 1157일이라니. 너무 말도 안 되는 기간 아니겠어? 쪼꼬♡야미는 분명 천 시간 정액제가 끝난 후엔 게임에 접속하지 않을 텐데 말야.

다른 손님들도 뭔가 아쉬워하는 분위기였지. 알로에 피시방의 이 기묘한 일탈이 어떤 결말을 가져다줄지 몰랐을 때는 병맛 특유의 묘한 설렘이라도 있었는데 말야. 그 결말을 스포일러 당한 느낌이랄까.

그런데 그때 '그레벨에잠이오냐' 길드의 위대한 성직자이자 든든한 후방 지원자 너는내물약 님이 기막힌 아이디어를 제시했어. 맨주먹에 공격력 증가 버프를 걸 수 있는 유일한 마법인 '불꽃싸다구' 스킬을 캐릭터에 영구화시켜 공격력을 제곱하면 되지 않겠느냐고.

거기에 '미안하다다굴한다' 길드의 도적이자 냉철한 현실주의자 티끌모아왕성이 반기를 들었어. 영구화시킬 스킬은 만렙이 되어도 단 하나밖에 지정할 수 없는데, 그걸 이벤트용 스킬인 불꽃싸다구로 설정할 또라이가 어딨냐고. 근데 말야. 정작 논쟁의 중심에 선 주인공은 그 아이디어를 꽤 맘에 들어 했어.

"한번 해보고 싶은데요. 그 불꽃싸다구."

너는내물약 님의 얼굴엔 화색이 돌았고, 곧 일은 일사천리로 진행됐어. 늑대인간의 꽁지털 다섯 개와 대왕거미 눈알 두 개, 그리고 오크 속눈썹 열 개가 단 몇 분 만에 모였지. 그리고 너는내물약 님은 쪼꼬♡야미에게 불꽃싸다구 버프를 걸었고 이어서 영구화 스킬로 지정했어. 제곱의 효과가 나게 된 거야.

게임 속 쪼꼬♡야미가 다시 블랙엔트의 복부를 가격하기 시작했을 때, 아무런 효과도 변하지 않았지만 왠지 구경하던 피시방의 분위기가 뜨거워지는 듯했지. 이렇게 8일만 더 때리면 블랙엔트를 죽일 수 있다는 계산이 나왔거든.

그리고 바로 그 순간, 아무도 예상치 못했던 일이 벌어졌어. 언제나 맞으면서 "용사여. 더는 줄 것이 없다"는 대사만 내뱉었던 블랙엔트가 새로운 대사를 출력하기 시작한 거야.

"용사여. 진정 나를 죽이려는가?"

"어라? 여러분. 얘가 좀 이상해졌는데요. 다른 대사를 말하네요?"

쪼꼬♡야미가 고개를 갸웃했어. 그러자 지켜보고 있던 담탱이에게파이어볼이 장난스럽게 말했지.

"대답해 봐요. NPC 주제에 살고 싶으냐고. 크크크."

남자는 순순히 그 말을 채팅 창에 썼어. 모두들 실없는 장난을 구경하듯 키득거리고 있었지. 그런데,

"나는 살고 싶다. 어떻게 하면 나를 살려주겠는가, 용사여?"

모니터를 지켜보고 있던 모든 손님들이 눈이 튀어나올 듯 놀랐어. 하수구에 담배꽁초를 버렸더니 산신령이 튀어나와 '이 황금 담배꽁초가 네 것이냐?'라고 물어도 그 정도로 놀라진 않았을걸. 넌 잘 모르나 본데 NPC가 입력되지 않은 대사를 내뱉고, 게이머의 채팅에 다시 채팅으로 응답한다는 건 절대 있을 수가 없는 일이란 말야. 아예 전례가 없는 일이라고.

"헐. 완전 신기하네? 운영진이 이벤트라도 해주는 건가?"

담탱이에게파이어볼이 방방 뛰자 쪼꼬♡야미도 이 상황이 즐거운 듯 보였어. 확실히 콧수염 난 블랙엔트는 그에게 쩔쩔매고 있었거든. 그가 이번엔 뭐라고 대꾸할까 묻자 거침없는 어그로로 많은 추종자를 거느리고 있는 야만전사 여섯시내고환 님이 나섰어. 그는 아예 직접 쪼꼬♡야미의 키보드를 빼앗아 채팅 창에 글을 입력했지.

"KOH 공식 모델 세라 쿠니스의 본캐를 여기 서버로 대령해 와. 특제 방어구가 보고 싶다구!"

어느새 구름처럼 몰려든 피시방의 손님들이 배를 붙잡고 웃어댔어. 웃지 않은 사람은 딱 한 명, 컵라면과 부러진 나무젓가

락을 치우고 있던 러시아 누님뿐이었어.

셀럽 중의 셀럽인 세라 쿠니스의 캐릭터를 데려오라니. 그것도 미국 서버에 있는 캐릭터를 한국 서버로 옮겨서. 상식적으로도 절대 불가능한 요구였어. 그러니까 농담이 되는 거지. 하지만 잠시 후 블랙엔트가 이렇게 대답했을 때 계속 웃는 이는 아무도 없었어.

"20분만 기다려라, 용사여. 세라 쿠니스를 데려와 음성 채팅을 연결하겠다."

미 중앙정보국(CIA) 차장의 블랙엔트 프로젝트 06

"저, 정말 이 요구를 들어주실 겁니까?"

KOH 본사의 기획개발팀원 왈드버거는 자리에서 펄쩍 뛸 뻔했다. 만약 그랬다면 뒤에 서서 모니터를 노려보고 있던 토미 파커의 턱을 깨부술 수 있었겠으나 그런 일은 일어나지 않았다. 파커는 그에게 대꾸하는 대신 밀라노에서 란제리 패션쇼 중인 세라 쿠니스의 매니저에게 전화를 걸어 '당장 세라에게 헤드셋을 씌워 게임에 접속시키라'는 명령을 내렸다. 패션쇼 중에 말도 안 되는 일이라며 쿠니스의 매니저는 손사래를 쳤다. 하지만 쿠니스는 이 자리까지 올라오면서 파커에게 온갖 신세를 진 터라 결국 굴복할 수밖에 없었다. 파커가 옐레나 이바노프를 빼오는 작전에서 늦다리 변태 파블류첸코의 미끼 역할을 했던 주근깨 소녀 세라가 바로 지금의 쿠니스였다.

"씹어 먹을 코레안. 진정 해보겠다 이거지?"

파커는 모니터 안에서 블랙엔트 앞에 서 있는 쪼렙 엘프를 맹렬하게 노려봤다. 그리고 최근 며칠 동안 일어난 일들을 되짚어 봤다.

어쩌다 일이 여기까지 틀어진 걸까. 파커의 수족 이바노프는 한국에 도착하자마자 '아무리 밀착 마크로 관찰해 봐도 타깃은 그저 20대의 운동 부족 찌질이'라고 황척호를 진단 내렸다. 그래서 파커 또한 완전히 안심하고 신경을 끊으려 했다. 1157일이나 무의미한 클릭질을 할 수 있는 인간은 없다고 생각했기 때문이다. 그러나 녀석의 동료들이 '불꽃싸다구'라는 편법을 찾아내 황척호의 맨손 공격력을 높여줬을 때 파커는 아찔한 현기증을 느꼈다. 그건 숱한 아수라장을 헤쳐서 살아남은 맹수만이 느낄 수 있는 일종의 직감과도 같았다. 이놈은 멈추지 않을 거다. 결판이 날 때까지 절대로.

"이바노프. 어쩔 수 없다. 놈을 죽여."

결국 파커는 극단적인 선택을 내렸다. 불필요한 살생은 최대한 자제한다는 것이 그의 철학이었지만 황척호는 넘어서는 안 될 선을 넘었다. 화근이 될 싹은 미리 제거하는 것이 훗날을 위하는 길. 그러나 이바노프는 당장은 곤란하다는 내용의 SMS 메시지를 보내왔다.

'우드 참스틱을 흉기로 깎아 녀석의 목을 딸 계획을 다 세워 놨는데, 지금 당장은 곤란하게 됐어요. 코레안 중 한 녀석이 몇 시간 전부터 유튜브에 이 장면을 생중계하고 있어요. 시청자가 전 세계에 4만 3천 명이나 된다고요.'

생중계? 파커는 혈관이 뒤틀리는 기분을 느꼈다. 유튜브 뒤에 있는 구글의 심기를 건드리는 건 그리고 해도 여간 골치 아픈 것이 아니었다. 이바노프라면 저 피시방 안에 있는 수십 명의 가증스러운 코레안들의 숨통을 마실 나가듯 손쉽게 끊을 수 있었다. 그 점은 추호도 의심하지 않았지만 생중계는 다른 문제였다. 4만 3천 명이나 되는 살인 목격자를 양산해 낼 수야 없는 노릇 아닌가.

"대체 왜 하고 많은 서버 중에서 사우스코리아를 고른 거야!"

답답한 마음에 왈드버거를 다그쳤지만 돌아온 답변은 더욱 그를 속 터지게 했다.

"어, 가장 수준 높은 방화벽을 가진 서버를 원하셨잖습니까. 한국은 온라인 게임의 종주국이라고 불릴 만큼 게이머들이 밀집한 국가예요. 아이템 현금 거래도 왕성한 데다 실력 좋은 해커들도 많아 애초부터 특별히 신경 써서 구축한 서버거든요."

"제기랄. 바둑이랑 컬링만 잘하는 줄 알았지."

결국 파커는 체스에서 주도권을 빼앗긴 플레이어의 심정으로 굴욕을 삼키고 접근하기로 했다. 황척호란 녀석의 목적이 뭔지 그걸 들어보고 관심을 딴 데로 돌리는 작전을 펼치기로 한 것이다. 다행히도 놈은 걸프렌드와 이별 직후여서인지 어두운 음심을 드러내고 있었다.

곧 밀라노에서 세라 쿠니스가 게임에 접속했고, 왈드버거는 '이건 불문율을 어기는 건데'라고 작게 중얼거리며 미국 서버의 쿠니스 캐릭터를 한국 서버로 이동시켰다. 곧이어 황척호의 캐릭터 옆에 포탈이 만들어졌다. 그리고 전 세계에 단 한 벌만 있다는 황금갑주의 주인, 쿠니스의 캐릭터 블러드엘프가 걸어 나왔다.

"Hello. Korean. This is Kunis."

쿠니스는 특유의 끈적끈적한 음성으로 말을 걸었다. 그러곤 거부하기 힘든 제안을 해 왔다. 블랙엔트를 살려주면 자신의 친필 사인이 담긴 화보를 국제 택배로 보내주겠다는 파격적인 제안이었다.

아니나 다를까. 파커의 예상대로 놈은 할 말을 잃은 듯 반응하지 못했다. 겉은 무표정했지만 파커는 내심 실소를 머금었다. 훗. 당연하지. 동서고금을 막론하고 어두운 첩보계를 좌지우지했던 건 미인계야. 독일의 마타 하리나 영국의 독장미 신시아가 그랬듯이. 철벽 아돌프 히틀러 또한 끝내 떨쳐내지 못했던 치마폭 전략을 네깟 놈이 거절할 수 있겠나?

한참의 시간이 흐른 후, 답변이 입력됐다. 파커는 왈드버거를 재촉했고, 왈드버거는 구글 번역기에 황척호의 말을 입력했다. 그러자 이런 문구가 튀어나왔다.

'Sorry, girl. You are not my type. :P'

알로에 피시방의 신입 교육 녹취록 07

믿어져? 헐리웃 최고 주가의 섹시 모델 세라 쿠니스의 친필 화보를! 뺑! 걷어차 버린 거야. 쪼꼬♡야미 님은 아무런 망설임 없이 거절의 메시지를 보냈어. 그리고 묵묵히 다시 작업을 수행했지. 블랙엔트의 복부를 괴롭히는 일. 차근차근 놈의 수명을 깎아먹는 일 말야.

물론 뒤의 구경꾼들은 난리가 났어! 음성으로 미뤄 봐 진짜 세라 쿠니스였는데, 그녀의 친필 사인을 가질 기회를 냅다 휴지통에 쑤셔 넣어버린 거라고. 이 형은 고자가 분명하거나, 그도 아니면 외계인일 거라고. 밀라노 패션쇼에서 갑자기 숙소로 돌아가 버린 세라 쿠니스의 뉴스가 실시간으로 뜨자 저질 농담을 처음 던졌던 여섯시내고환 님은 머리를 쥐어뜯으며 거의 게거품을 물었지.

"아악! 게임 속이 아니라 여기 알로에 피시방으로 와달라고 할걸!"

그러나 정전이 되었던 그날, 쪼꼬♡야미 님의 처절한 연애사를 주워들었던 이들은 조용히 고개를 끄덕일 수밖에 없었어. 당시의 그는 쿠니스뿐만 아니라 모든 여자들에 대한 맹렬한 적개심으로 불타고 있었으니까. 사슴 앞에 내놓은 스테이크 꼴이 난 거지.

몇몇 생각 깊은 만렙 게이머들은 이 현상에 대해 흥미로운 해석을 내놓았어. 그건 바로 이 상황이 KOH 게임 역사상 가장 거대한 이스터에그[1]일 수 있다는 것. 그러자 지금껏 단순한 오류나 운영자의 장난이라고 생각했던 이들마저 정신이 번쩍 든다는 표정을 지었지.

보통 이스터에그를 찾은 게이머들에겐 그 노고에 대한 보답

---

[1] 개발자가 게이머에게 재미를 주기 위해서 발견하기 무척 어렵게 숨겨놓은 퍼즐.

으로 어마어마한 보상이 주어지곤 했거든. 고작 레벨 1짜리의 쪼렙 엘프가 어쩌면 역대 최고의 노다지를 캐낸 걸 수도 있었던 거야.

아니나 다를까. 블랙엔트는 이렇게 말을 내뱉었어.

"좋아. 그럼 원하는 것이 무엇인가, 용사여? 내가 만들어낼 수 있는 것은 다 주겠다."

좌중이 술렁였어. 그 냉철한 티끌모아왕성 녀석의 동공마저 불안한 듯 흔들리기 시작했고.

"이, 이거. 어쩌면…… 말도 안 되는 레어템을 뱉어내는 이스터에그인 거 아닐까?"

세계적인 셀럽 세라 쿠니스의 소환. 과연 그다음엔 이 블랙엔트가 어떤 걸 뱉어낼 수 있을까. 날 비롯한 모든 사람들이 쪼꼬♡야미 님의 손가락 끝을 주목했지.

어느덧 알로에 피시방의 모든 손님이 쪼꼬♡야미의 모니터를 보기 위해 까치발을 세우는 기현상이 벌어졌어. 그리고 난 우리 사장님이 어떻게 이곳을 구역 최고의 피시방으로 만들었는지 그 비결을 알게 됐지. 사장님이 말야, 위층 삼겹살집 '주경야돈'에서 75인치 대형 티브이를 빌려 온 거야! 그리고 쪼꼬♡야미 님의 자리에 모니터 동기화를 시전한 다음 모두가 편히 자리에서 볼 수 있게 티브이를 카운터 위에 떡! 올려놓으셨어. 그러곤 잽싸게 팝콘과 웰치스를 팔기 위해 돌아다니셨지.

알겠니? 시시각각 변하는 손님들의 유행을 읽는 매의 눈. 티브이를 빌려 온다는 신선한 발상과 강철 같은 결단력. 그리고 폭넓은 인맥까지. 그게 바로 우리 사장님이 알로에 피시방을 인기 피시방으로 이끌어온 원동력이었던 거지.

미 중앙정보국(CIA) 차장의 블랙엔트 프로젝트 07

토미 파커는 CIA의 정보부 차장으로서 허투루 부하 직원들을 이끌어온 것이 아니었다. 풍부한 경험으로 다져진 침착함과 냉철함이 그의 원동력이었다. 예상치 못했던 불확정 요소들이 작전 도중에 튀어나오는 일은 비일비재했다. 진정 엘리트 요원이라면 재빨리 그런 상황을 받아들이고 발 빠른 임기응변으로 대처해야 했다. 그래서 파커는 지금껏 실전 현장에서 쌓아온 그만의 대처 방법으로 황척호를 상대해 주기로 했다.

"좋아. 그럼 원하는 것이 무엇인가, 용사여?"

놈의 목적이 불분명한 이상, 파커가 먼저 자신의 조커를 꺼내 보일 순 없었다. 블랙엔트 속에 세계 최정상급 인사들의 비리와 악행의 증거자료가 들어 있다는 사실이 조금이라도 유출되면 곤란하니까.

한참 뒤 대답이 돌아왔다.

"Your Death."

그런가. 회유는 결렬됐군. 왈드버거는 믿을 수 없는 광경이라며 고개를 설레설레 저었다. 게임에서 운영자가 '원하는 레어템'을 주겠다고 제안하는 것을 거부할 수 있는 자가 있다니. 얼마나 간이 큰 건가. 이 남자는 눈을 제외한 온몸이 간이기라도 한 건가.

"저 녀석의 계정 자체를 삭제해 버리는 건 어때. 간단한 일 아 닌가."

파커의 요구에 왈드버거는 난색을 표했다.

"물론 그건 어려운 일이 아닙니다. 어, 저, 그런데 지금 한국뿐 아니라 전 세계 KOH 게이머들이 정말로 NPC 블랙엔트를 맨 손으로 때려죽이는 게 가능한지, 가능하다면 이게 어떤 이스터 에그로 밝혀질지 궁금해 하고 있습니다. 지금 KOH 속에서 쪼 꼬♡야미를 제거하면 유튜브 중계로 지켜보고 있는 게이머들은 오히려 쌍수를 벌려 환영할 겁니다. 그리고 너나 할 것 없이 때 리는 사람이 없어진 블랙엔트를 공격하려 하겠죠."

파커는 그 말을 이해 못 할 만큼 멍청하진 않았다. 미 육군 특 수 공작 부대 시절 저질렀던 실수가 떠올랐다. 이스라엘에서 아 직 아군의 매복 사실조차 모르는 상대편 침투조에게 선제 사격 을 했다가 전멸당할 뻔했던 악몽. 당시의 실수는 뼈에 박혀 있 다. 황척호를 어떻게 쫓아낼까 고민하던 파커는, 매복 사실을 들키지 않으려면 양동작전이 최고라는 것을 생각해 냈다.

그러니까, 게임 속에서 자연스럽게 저놈을 없애면 되는 거 아 닌가?

"진짜 전쟁이 뭔지 보여주지. 황척호."

파커는 자신과 왈드버거만 오갔던 CIA 제6 심문실에 열 대 의 슈퍼컴퓨터와 미국 최첨단 기술의 자존심인 괴물 서버 시스 템 타이탄을 배치하라 명령했다. 그리고 그가 내린 기상천외한 소집령은 왈드버거에게 현기증을 불러일으켰다. CIA의 최고 권 력자 중 한 명의 명령이라기엔 괴상하고 엽기적일 정도였다. 그러나 한편으로 왈드버거는 한 명의 프로그래머로서 은근한 기대감이 부풀어 오르는 것 또한 어쩔 수 없었다.

'전례가 없었던 피바람이 불 거야. 이 KOH의 세계에.'

알로에 피시방의 신입 교육 녹취록 08
———

그건 말야. 고가의 레어템에 침을 줄줄 흘리던 우리 KOH 게이머들에 대한 명징한 철퇴 같은 거였어. 대에에엥. 금도끼와 은도끼 중에서 갖고 싶은 것을 고르라는 산신령의 호수에 청산가리를 푼 거나 다름없었지. 금도끼 따윈 필요 없다. 난 그냥 패고 싶어서 팰 뿐이다.

대부분의 손님들은 쪼렙 게이머가 안목이 없어 굴러 들어온 호박을 걷어찼다고 안타까워했고, 몇몇 게이머들은 그 호방함에 감탄했지. 그리고 메텔님이보고계셔, 플란다스의개차반 같은 최강자들은 자신의 자리에서 조용히 상황을 지켜보고 있었어.

쪼꼬♡야미가 운영자(로 짐작되는)에게 먹여버린 빅 엿 때문에 싱싱했던 이벤트는 김이 빠져버렸고, 사장님은 고깃집 사장님의 독촉에 75인치 대형 티브이를 낑낑 옮겨서 돌려드려야 했지. 그렇게 알로에 피시방은 다시 한산해졌어. 알바생인 나 또한 러시아 누님을 퇴근시키고 나니 긴장이 탁 풀렸어. 하지만 그건 태풍전야의 고요함이었던 거야.

피바람은 아무도 예상하지 못했던 새벽에 불어왔어. 트로이목마에 잠입했던 그리스 병사들처럼 은밀하게. 그리고 선죽교에서 정몽주의 앞을 막아섰던 이방원처럼 대담하게.

새벽의 피시방은 조용할 것 같지만 절대 그렇지 않아. 밤새 게임을 하는 게이머들은 귀가 아파 어지간해선 헤드셋을 끼지 않거든. 배틀그라운드나 오버워치 같은 총질 게임에서 흘러나오는 수류탄 소리, FIFA 온라인 대전 중 해트트릭 골을 알리는 해설자의 흥분된 음성, 오디션 같은 댄싱 게임의 현란한 배경음악까지. 물론 나처럼 숙련된 알바생은 이런 혼돈의 도가니탕 가운데서도 꿀잠을 취할 수 있지. 총탄을 맞아 쓰러지는 병사의 신음 소리가 자장가처럼 들릴 정도랄까.

그런데 그날 새벽에 나는 퍼뜩하고 잠에서 깨어났어. 그러곤 날 깨운 것이 무엇인지 주변을 둘러보았지. 피시방의 풍경은 평온했어. 누군가 컵라면이나 핫바를 주문한 것인가 하고 모니터를 살펴봤지만 깨끗했고. 곧 한 박자 늦은 자각이 찾아왔어. 난 어떤 소리가 들려 깨어난 게 아니었어. 오히려 그 반대였지.

'블랙엔트를 때리는 주먹질 소리가 그쳤다?'

그래. 어느덧 알로에 피시방에서는 초침 도는 소리처럼 자연스레 배경에 파묻혀 있던 '뚜쉬뚜쉬' 하는 소리. 쪼꼬♡야미 님이 블랙엔트를 성실하게 패는 소리. 바로 그게 들리지 않았던 거야.

졸린 눈을 비비며 일어나 그의 곁으로 갔지. 뭔가 잘못되었다는 것은 모니터에 뜬 피 칠갑 광경만 봐도 알겠더군. 쪼렙 엘프는 거의 해체되다시피 한 모습으로 바닥에 널브러져 있었고, 화면엔 '부활하시겠습니까? Y/N'이란 메시지가 둥둥 떠 있었어.

내가 빈 옆자리에 앉자 피곤에 찌든 쪼꼬♡야미 님이 충혈된

눈으로 대꾸하더군.

"벌써 다섯 번째인데. 이 사람들 제게 왜 이러는 거죠?"

도륙된 그의 시체 옆으로 보이는 것은 다섯 캐릭터의 실루엣이었어. 플레이어가 사망 상태일 땐 명도가 낮아져서 자세한 형태는 확인할 수 없었지만 무장의 골격을 보아하니 보통내기들은 아닌 것 같았지.

"부활시켜서 다시 한번 가보세요. 블랙엔트의 숲으로."

2분 뒤에 부활한 쪼꼬♡야미는 역시 추워 보이는 맨몸으로 터벅터벅 블랙엔트의 숲으로 들어갔어. 그러고는 자신의 목표물인 콧수염 엔트를 찾아내었지. 그런데 그 앞에는 인간전사, 오크마법사 등 다양한 종족으로 이뤄진 다섯 명의 캐릭터들이 둥그렇게 진을 치고 있었어. 그들을 뚫고 가지 않으면 콧수염 블랙엔트에 접근하는 것은 불가능했지.

쪼꼬♡야미가 채팅 창에 '저기요. 비켜주지 않'까지 글을 입력했을 때 황금암각갑옷 세트를 입은 털보 전사의 팔 근육이 불끈 팽창하더니, 거대도끼를 휘둘러 쪼렙 엘프의 어깻죽지를 찍어버렸어. 불쌍한 엘프는 포클레인에 치인 사슴벌레처럼 즉사하고 말았지.

"뭡니까, 이게?" 하고 내가 물었어.

"그러게 말예요. 대꾸도 없고 반응도 없이 공격만 하네요."

PK(Player Kill)였어. 게이머들이 서로를 공격해 아이템을 빼앗거나 강함을 과시하는 행위. 사실 게이머라면 누구나 한 번쯤은 겪는 날벼락 같은 거였지. 그런데 뭔가 이상했어. KOH가 여러 번의 확장팩을 출시하면서 서버마다 하나씩 투기장이 생긴

뒤론 PK는 완전히 사라지는 추세였거든. 살인을 하면 신전에서 회복을 못 받거나 던전에서 귀환이 되지 않는 등 이득보다 불이익이 훨씬 많아져서 더더욱 그랬지.

게다가 가진 거라곤 블랙엔트의 열매 세 개가 고작인 쪼꼬♡야미를 킬해서 뭘 얻을 수 있냐는 말이야. 안 그래? KOH 게임 내에서 레벨 1 상태로 음성 채팅 말곤 한 적이 없던 그가 피로 씻어야 하는 원한을 산 적도 없을 텐데.

그때 등 뒤에서 익숙하고도 묵직한 저음이 들려왔어.

"무슨 일이야, 쪼꼬 아우. 계산상으로 아직 블랙엔트가 뒈질 때는 안 된 것 같은데."

출근하는 길에 잠깐 상태를 보러 들른 메텔님이보고계셔 형님이었어. 자초지종을 들은 그의 얼굴은 마치 치우천황이 재림한 것 마냥 붉으락푸르락해졌지.

"뭐시라! 이놈들이 아우에게 다구리를 먹이고 있다고! …… 음? 양키들이잖아. 왜 미국 서버 놈들이 한국 서버에 들어와 깽판을 치는 거지?"

흥분했지만 역시 메텔님이보고계셔 형님의 스캔하는 능력은 훌륭했어. 블랙엔트를 지키고 있는 게이머들의 아이디는 Irondevil@, bloodtiger32 등 영문이었어. 대체 무슨 수로 한국 서버에 전송될 수 있었는지는 모르겠지만 말야. 그런데 놀라기는 아직 일렀어. 메텔님이보고계셔 형님은 세계에서 알아주는 게이머답게 그들의 아이디만 보고 정체를 파악한 거야.

"어찌 된 일이지? 이거…… 미국에서도 가장 잘나가는 다섯 서버의 투기장 챔피언들이잖아."

그랬어. 블랙엔트 뒤에 누가 있는지는 이제 아리송해졌지만 대충 미국 양키로 보이는 그자는 최강의 자객 다섯 명을 추려 무척 비싼 바리케이드를 세운 거야. 고작 쪼렙 엘프가 NPC 블랙엔트를 건들지 못하게 하려고 말야.

"이거, 나 혼자서는 상대할 수 없겠는걸."

진지해진 메텔님이보고계셔 형님은 이른 새벽이었음에도 불구하고 휴대폰을 켜 어딘가로 전화를 돌리기 시작했어. 길드원 소집령이었지.

"궁둥짝 들고 당장 터 와라. 칼춤 좀 춰야 쓰겠다."

아아아아. 아침 햇살과 함께 그들은 등장했어. 피시방 문이 열리는 소리. 고향이 짓밟혔다는 소식을 듣고 더블배럴샷건을 꺼내 분연히 일어선 카우보이들처럼 들어선 네 명. 그들은 1년에 한 번 열리는 '게이머 배틀 최강자전'에서 우승을 거둔 전설의 게이머들이었던 거야! 태양을 쏘아 떨어트릴 수 있지만 야맹증이라 그것을 자제한다는 드워프궁사 쏜데또쒀 님은 자그마치 의정부에서 인천까지 장장 2시간을 건너오셨다더군. 그들의 위용에 놀란 난 그만 유치원 때 선생님 앞에서 참았던 방귀를 뀔 뻔했지만 전설의 형님들에게 로그인 카드를 돌리면서 가까스로 참아냈지.

잠시 후. 미국 서버의 다섯 자객들 앞에 나란히 선 '그레벨에 잠이오냐'의 전설급 게이머들이 무기를 뽑아 들었어. 상대편도 바짝 긴장했는지 포지션을 바로잡더군. 쪼렙 게이머들의 놀이터에 순간 투기장 결승전에나 어울릴 법한 전운이 감돌았어.

다른 캐릭터들은 낑낑거리며 들고 다니는 클레이모어대검을

양 어깨에 척! 올린 메텔님이보고계셔 형님이 앞으로 나섰지. 그러자 미국 서버 측에선 좀 전에 거대도끼로 쪼꼬♡야미를 도륙한 주인공 털보 전사가 스윽 나와 앞을 가로막더군. 메텔님이 보고계셔 형님은 콧방귀 한 번을 뀐 다음 사자후와 함께 클레이모어를 맹렬하게 휘둘렀어. 까가각! 하는 소리와 함께 털보 전사는 자기 일행이 있는 뒤편으로 주르륵 밀려났지. 실로 통쾌한 일격이자 선전포고였어.

"Yanky. Go Home!!!"

형님은 일부러 양키의 철자를 틀리게 씀으로서 녀석들의 멘탈에 도트 대미지를 준 다음 거침없이 진격했어. 그가 양손에 든 대검을 휘두르며 적들에게 맹공을 퍼붓자 그 뒤로 전설의 네 게이머가 따라붙었지.

그리고 블랙엔트의 숲은 그들의 전투 때문에 핵폭탄이 떨어진 것처럼 초토화가 됐어.

미 중앙정보국(CIA) 차장의 블랙엔트 프로젝트 08

확 그냥 인천에 핵폭탄을 떨어트려 버릴까.

장장 1시간 23분에 걸친 치열한 전투에서 미국 서버 용병들이 몰살당하자 토미 파커의 머릿속을 채운 생각이었다. 대체 어디서 얻은 동료들인지 모르나 황척호는 세계 랭킹 상위권의 전투원들을 고용해 자신의 앞길을 방해했다. 왈드버거는 패배의 충격에서 헤어나지 못하고 있는 다섯 게이머들을 다독이며 낮선 마우스와 키보드 때문이다. 조직력의 근소한 차이였다며 위로했지만 파커의 귀엔 아무 소리도 들리지 않았다.

'코레안. 감히 나와 파워 게임을 해보시겠다?'

암습과 비밀공작이 파커의 전공. 다만 그는 필요하면 상대가 다시는 덤빌 생각도 하지 못하도록 정면에서 자근자근 밟아줄 때도 있어야 한다는 걸 모르지 않았다. 지금이 바로 그런 때였다. 블랙엔트에 쌓인 대미지는 어느덧 위험 수치를 훌쩍 넘겼고, 파커에게 남은 시간은 고작 7시간 32분에 불과했다. 정규 업무에서 짬을 내 시간을 비우는 데에도 한계가 있었다. 정적들이 그의 행보에 위화감을 느끼기 전에 일을 마무리해야 했다.

"왈드버거. 저기에 핵폭탄을 떨어트려야겠다."

어느덧 파커와 보름 동안이나 손발을 맞춰온 프로그래머 왈드버거는 그 말의 속뜻을 대충 눈치챘다. 코레안들이 점령하고 있는 블랙엔트의 숲에 핵폭탄급 재앙을 떨어트리라는 얘기였다. 중세 시대를 기본으로 디자인된 KOH의 세계관에서 핵폭탄에 비견될 만한 파괴의 신이라고 한다면 단 하나밖에 없었다.

"레벨 399의 마룡 티아매트를 소환하죠."

태곳적 악마의 피에서 부활한 티아매트는 아직 베타테스트도 거치지 않은 KOH의 새로운 확장판 '시련의 티아매트'에 등장하는 최종 보스였다. 기본 스탯 수치가 말도 안 될 만큼 강력하게 설계돼 있었다. 보통은 확장판이 출시되고 두세 달이 흐르면 확장된 레벨과 새로운 레어 아이템으로 무장한 고렙 유저들이 생겨난다. 그런 고렙 유저가 스무 명 정도는 있어야 도전해 볼 법한 괴수가 바로 티아매트였다.

물론 파커는 왈드버거가 시시콜콜 늘어놓는 티아매트의 괴력엔 전혀 관심이 없었다. 단지 몬스터 맵핑과 시뮬레이션 구축에 5시간이 걸린다는 왈드버거의 말을 탁 자르며 '무조건 3시간 내로 완료하라'는 말만 남기고 제6 심문실을 떠나버렸다.

심문실을 나서며 파커는 황척호의 바로 옆에 붙여둔 심복 엘레나 이바노프에게 전화를 걸었다. 그러나 응답이 없었다. 특별한 이유 없이 1시간이 넘도록 보고를 갱신하지 않을 그녀가 아니었기에 파커의 가슴속에는 스멀스멀 불안감이 솟아올랐다.

그때 이바노프는 인천의 알로에 피시방 여자 화장실에서 대걸레를 빨고 있었다. 그러면서 황척호의 먹을 따버릴 수 있는 다양한 시나리오를 머릿속에서 굴리고 있었다. 그녀가 아직 이 피시방에 알바로 위장해 있는 이유는 단 하나. 파커가 여전히 최후의 방법으로 황척호 사살을 염두에 두고 있었기 때문이다. 교살, 독살, 폭살 등등. 타깃의 전투력이 워낙 볼품이 없어, 살해 방법은 입맛 따라 골라잡으면 그만이었다. 암살 자판기가 누르고 싶은 버튼은 때려죽이는 박살이었다. 그동안 황척호란 코레안 때문에 쌓인 스트레스가 이만저만이 아니었기 때문이다. 하지만 뒤처리가 지저분해지므로 그건 곤란했다. 이바노프는 마우스 줄을 풀어 경동맥을 조르는 것으로 대충 합의를 봤다.

그때 여자 화장실 문을 열고 한 여대생이 들어왔고, 이바노프는 신속히 눈가의 살기를 지웠다. 그리고 여대생이 칸 안으로 들어가 문을 잠그는 동안 기계적인 움직임으로 걸레의 물기를 짰다. 걸레에서 짜낸 마지막 물방울이 화장실 타일 위로 떨어졌을 때, 이바노프는 굉장한 속도로 상체를 숙여 변기 칸 문틈에서 날아온 단검을 피했다. 단검이 거울을 파직, 박살내는 것과 거의 동시에 이바노프가 학생이 들어간 칸 문짝을 매섭게 걷어찼다. 문짝이 쩍 갈라졌지만 벽에 붙어 대비하고 있던 여대생은 망설임 없이 주먹을 내질러 반격해 왔다.

좁은 화장실에서 격렬한 육탄전이 벌어졌다. 쓸데없는 욕설이나 기합 소리는 없었다. 다만 뼈와 살이 부딪히는 타격 공방음과 격렬한 숨소리만 화장실 천장에 메아리쳤다. 팔꿈치를 능수능란하게 사용하는 여대생의 격투술은 제법이었지만 백전노장 이바노프가 오른쪽 쇄골을 엄지로 찍어 누르자 균형이 붕괴됐다. 틈을 놓치지 않은 러시아산 암살 자판기는 니킥으로 복부에 정타를 먹인 다음, 대걸레 자루를 상대의 쇄골에 밀어붙여 기선을 제압했다.

"큭. ……어떻게 눈치챘지?"

이바노프를 공격한 의문의 여자가 묻자 이바노프는 한국말로 대꾸했다.

"유행 파악이 굼띠구만, 기래. 고저 남조선의 여대생 동무는 고따구 촌시런 책가방은 취급하지 않는다우."

토트백을 들거나 전공 교재를 파일 케이스에 넣고 다니지. 이바노프 또한 알로에 피시방에서 며칠간 잠복하며 관찰한 지식이 아니었다면 한국의 여대생으로 위장한 암살자에게 당했을지 모른다. 이바노프는 거울에 박힌 단검을 뽑아 그것을 주인의 목에 겨누었다.

"배후를 밝히면 내래 손가락 한 개로 끝내주갔서."

암살자는 이바노프의 눈빛에 담긴 무저갱을 보고 허세나 속

임수가 통할 상대가 아니라고 판단하고는 사실을 불었다. 그녀
는 베트남인 프리랜서 킬러였고, 고용주는 러시아 마피아였다.
의뢰 내용은 옐레나 이바노프의 사살. 유튜브 동영상 구석에서
키보드에 쌓인 담뱃재를 털던 이바노프가 잠깐 찍혔는데 그걸
놓치지 않은 모양이었다.

'빌어먹을. 파블류첸코 영감이 아직도 날 포기 안 한 건가.'

이바노프는 짜증이 났지만 드러내지 않았다. 그러곤 무표정
하게 킬러의 오른손 중지를 잘랐다. 상대는 신음 소리 하나 흘
리지 않았다. 이바노프는 적당히, 그러나 진심을 담은 협박을
몇 마디 건넨 다음 베트남 킬러를 놔주었다. 살려주는 조건은
러시아 마피아에게 자신을 놓쳤다고 거짓말로 보고하는 것. 잠
깐의 시간은 벌 수 있을 것이다. 암살자는 피가 번져 나오는 손
가락을 휴지로 싸매곤 물러났다.

휴대폰을 꺼내 들자 토미 파커로부터 부재중 전화 네 통이 와
있었다. 파커의 요구 사항은 대부분 느긋하게 들어주는 이바노
프였지만 이번은 쉽지 않을 것 같음을 인정했다. 그녀는 통화
버튼을 눌렀다.

"파커. 파블류첸코가 냄새를 맡고 킬러를 보냈어요. 상대는
제압했지만 피가 좀 많이 튀었어요. 지금 당장은 뒤처리를 하느
라 이곳 화장실에 묶여 있어야 할 것 같아요. 우리에겐 여유가
많지 않아요."

"선택지가 그렇게 좁아진 건가. 일단 신속히 증거를 지운 다
음 현장으로 복귀해."

"결정을 기다리겠어요. 전 어느 쪽이든 상관없어요."

이바노프의 통보와 동시에 왈드버거가 티아매트 출격 준비를 마쳤다고 알려 왔다. 제6 심문실로 발걸음을 옮기는 동안에도 파커는 여전히 고민하고 있었다. 황척호가 자신의 비밀금고를 노리기는커녕, 그 존재조차 모르고 있다는 건 아무래도 명확한 사실 같았다. 배후 따위 존재하지도 않았다. 그저 우연히 지나가는 길에 변을 싸질렀는데 하필 그곳이 파커가 보물을 숨겨놓은 보금자리였을 뿐이다.

'죽일까.'

황척호의 목숨을 두고 그가 주저하는 것은 알량한 도덕심 때문이 아니었다. 차라리 놈이 첩보계의 인물이었다면 진작에 처단했을 것이다. 그러나 놈은 바깥 세계의 평민이었다. 그가 결국 블랙엔트를 쓰러트려 자신의 비밀 금고를 턴다 한들 그 가치도 모를 거니와 암호 해독 프로그램이 없어 써먹을 수조차 없을 것이다.

그러니 본질적 문제는 다른 곳에서 찾아야 한다.

이바노프의 힘을 빌려 황척호를 처리하는 건 아무래도 반칙 같았다. 그것이 미묘하게 파커의 자존심을 건드리고 있었다. 녀석이 시비를 걸어온 곳은 KOH라는 게임 세계 속이 아니었던가. 스스로는 모르고 있었지만 파커는 온라인 게이머들의 숙명과도 같은 고뇌―인터넷에서 키보드 배틀로 까부는 놈을 현피로 깔 것인가 말 것인가―를 겪고 있었다.

파커는 결정을 내렸다.

'일단 게임 속에서 마지막 방법을 쓰겠어. 그래도 굴복하지 않는다면…… 죽일 수밖에.'

인마. 선배가 얘기하는 도중에 화장실로 튀어가는 건 어디서 배운 버릇이야? 급했다고? 뭐, 인정해 주지. 화장실 공사가 아직 안 끝나서 그래, 제길. 여자 화장실 변소 문짝이 툭 하면 고장나니까 남자 화장실로 사람들이 몰리잖아.

이게 다 그 러시아 누님 때문이야. 문제의 그날. 누군가가 여자 화장실을 난장판으로 만들어놨거든. 대걸레도 부숴먹고! 문짝도 쪼개놓고! 아무래도 범인은 러시아 누님 같았어. 왜냐하면 그날 피시방에 여자라곤 그 사람뿐이었거든. 왜 이렇게 성을 내냐고? 그러니까 말야. 내가 그날 여자 화장실 문짝을 고쳐놓느라 하마터면 그 '최후의 전투'를 못 볼 뻔했기 때문이지.

그날, 알로에 피시방에선 축제가 벌어졌어. 여기저기서 웰치스와 콘초코, 고향만두가 돌아다녔지. 그도 그럴 것이 미국 서버 베스트 파이브에게 토종 한국 게이머가 매운 맛을 보여준 거니까. 잠시 후면 그토록 고대하던 NPC 블랙엔트의 사망 순간이 찾아올 테고 말야. 게임에는 그다지 관심 없어 보이던 러시아 누님마저 쪼꼬♡야미 뒤의 인파에 어깨를 들이밀 정도였어(그런데 손에 마우스는 왜 감고 있었을까).

기쁨의 순간은 스피커에서 거대한 날갯짓 소리가 들려오면서부터 금이 가기 시작했어.

블랙엔트의 숲에 어두운 그림자가 드리우더니 지하세계에서 들려오는 듯한 포효가 쩌렁쩌렁 울렸지. 산꼭대기에 고고히 앉아 게이머들을 내려다보던 그것은…… 믿어져? 드워프들의 신화 속에서만 등장하던 고대룡 티아매트였어. 확장판이 제작 중이란 루머는 꾸준히 있었지만 그 흔한 도안 하나 공개된 적 없던 막강한 몬스터가 등장한 거야.

쪼꼬♡야미가 입을 열었어.

"이젠…… 용까지 나타나서 절 가로막는 건가요."

거기엔 뭔가 고용량으로 압축된 울분이 담겨 있었어. 고래와 사흘 밤낮 사투를 벌이던 어부가 결국 고래를 굴복시키고 승리를 확신한 순간 집채만 한 파도를 만난 느낌이랄까.

순간 피시방은 비장한 분위기로 넘실댔어. 그 직후 일어난 일을 과연 무엇으로 설명할 수 있을까. 알로에 피시방 1층에서 파티를 벌이던 모든 게이머가 마치 약속이나 한 듯 빛의 속도로 자기 자리로 돌아가 KOH에 접속했지. 그러곤 블랙엔트의 숲으로 모여들었어.

그 숫자는 자그마치 서른여덟! 신화에서 강제로 불려 나온 용을 때려잡으러 모두가 한마음 한뜻이 된 거야. 물론 용 사냥에 성공했을 시 놈이 떨굴 레어템을 탐내서 그런 걸 수도 있겠지. 그러나 그날 손님들의 얼굴에 서려 있던 사명감은 그런 저급한 욕망으로 설명할 수 있는 게 아니었어.

"허허. 저놈 레베루가 399여야. 잡을 수 있으려나 모르겠다."

패배란 걸 모르고 살아온 메텔님이보고계셔 형님마저 마른 침을 삼켰던 그 순간, 티아매트가 육중한 날개를 펼치며 날아올랐어. 큼직큼직한 비늘들이 챠라라락 부딪히며 소름끼치는 소리를 내더군. 그리고 그 크기만큼 거대한 벼락 덩어리가 서른여덟 전사들을 향해 내리꽂혔지.

티아매트가 불길을 뿜을 때마다 전사들의 방패와 투구가 바스라지고, 꼬리를 채찍처럼 휘두를 때마다 살점이 떨어져 나가는 통곡 소리가 가득 했어.

처참한 살육. 무모한 항전. 기적적인 회생과 쏟아지는 구호물품. 처절했던 그날의 전투는 장장 3시간에 걸쳐 이어졌어. 마법사들의 스크롤도 점차 바닥나고, 성직자들의 마법 버프에도 한계가 보이기 시작했지. 무엇보다 인간인 게이머들의 집중력은 흐트러져 가는데 인공지능인 티아매트의 공격 패턴은 여전히 물고, 깨물고, 꼬리로 쓸어버리는 등 다양했어. 가끔 궁지로 몰았다 싶으면 날개까지 동원해 요동치며 심각한 출혈 효과를 발생시켰고.

결국 여기까지인가! 하고 절망이 악성 코드처럼 번져 가기 시작했을 때였지.

알로에 피시방 2층에서 그가 뚜벅뚜벅 걸어 내려왔어. 그러곤 모두가 뜨거운 열기를 뿜으며 숨죽이고 있던 1층에 내려섰지. 맞아. 지금껏 침묵을 지키며 참전 의사를 밝히지 않았던 '미안하다다굴한다'의 행동대장 플란다스의개차반 형님이었던 거야!

그가 천천히 메텔님이보고계셔 형님의 자리를 향해 걸어갔어. 그러자 마치 모세의 기적처럼 인파가 좌우로 갈라졌지. 정신없이 최전선에서 협공을 지휘하던 메텔님이보고계셔 형님이 이상한 낌새를 눈치채고 뒤를 돌아봤어. 그러곤 탈퇴를 조건으로 내건 싸움에서 자신에게 처절히 무릎 꿇은 이후 절대 1층 안으로는 들어오지 않았던 라이벌의 얼굴을 믿기 어렵다는 듯 처다봤지. 두 사람 사이에는 이 모든 사건의 발단, 쪼꼬♡야미 님이 앉아 있었고. 실로 절묘한 구도였어.

"답도 없는 메텔빠야, 도와줄까."

한 사내가 손을 스윽 내밀자,

"1시간. 딱 1시간만 휴전이다, 개차반"이라며 맞은편의 사내가 손을 꽈악 붙잡았지. 크. 그건 기적이었어. 알로에 피시방의 앙숙인 사자와 호랑이가 용을 때려잡기 위해 전략적 제휴를 이뤄낸 거야! 배신한 여친이 준 돈을 철저히 낭비해 버리겠다는 쪼렙 엘프의 괴이쩍은 소원을 이뤄주기 위해!

'미안하다다굴한다'의 스물일곱 길드원의 전격적인 참전! 그것은 전멸의 위기에 내몰렸던 전사들을 다시 일어서게 만들었어. 부러진 칼을 버린 다음 동료가 건네주는 메이스를 붙잡고, 전우의 시체를 뛰어넘어 다시 죽음 속으로 몸을 던져 넣는 숭고한 장면.

티아매트는 새롭게 형성된 포위진의 전격적인 공세에 당황했지. 그도 그럴 것이 플란다스의개차반 형님이 이끄는 '미안하다다굴한다' 길드는 진정 일점사 다구리 세계의 무적 부대였거든.

난 뒤늦게 출근한 사장님과 부둥켜안고 목청껏 외치며 그들을 응원했어. 제발 힘을 보여달라고. 불가능을 가능케 만드는 기적을 시전해 달라고.

용은 정말 끈질기게도 죽지 않더군. 한쪽 눈을 찔리고 기가 꺾였음에도 불구하고 등에 올라탄 적들을 용트림으로 떨어트린 다음 자근자근 밟거나 깨물어 학살해 나갔어. 그러나 조금씩 대미지가 쌓여가고 있음은 부인할 수 없었지. 녀석이 불을 내뿜는 예비 동작을 파악한 고렙 게이머들이 조금씩 맞춤 방어진을 만들어 몰아붙이기도 했고.

얼마나 시간이 흘렀을까. 절대 쓰러지지 않을 것 같았던 티아매트가 쓰러졌어. 메텔님이보고계셔 형님의 대검이 놈의 오른쪽 발목을 베어내자 플란다스의개차반 님의 410만 원짜리 레어템 '아누비스의 이빨'이 시동돼 놈의 미간에 꽂힌 거야.

그리고 동시에 블랙엔트가 숨넘어가는 소리를 내며 쓰러졌어. 모두가 티아매트에 집중하는 동안, 쪼꼬♡야미 님은 내내 한 놈만 패고 있었던 거야. 아무도 보지 않지만 눈 덮인 철로에서 열심히 깃발을 휘두르는 철도원의 자세로.

쪼꼬♡야미의 인벤토리가 뭔가로 가득 채워졌어. 그러나 그는 그걸 열 생각은 없어 보였지. 좀 희한한 건 그때 러시아 누님 옐레나가 마우스 끈을 팽팽하게 붙잡고 쪼꼬♡야미의 등 뒤에 서서 모니터를 뚫어져라 처다봤다는 거야.

모두가 승리의 기쁨을 만끽하며 얼싸안았을 때, 블랙엔트가 둘로 갈라졌지. 그리고 그가 나타났어. 하얀색 로브에 괴이한 콧수염을 단 현자. 그의 머리 위엔 'Elephant Trainer'라는 글자가 떠 있었어.

그가 입을 열었어.

"용사여. 그대가 이겼도다. 이제 그대를 영웅의 전당에 올려주고 원하는 소원을 들어주도록 하겠다."

구글 번역기를 돌려 소원을 들어준다는 말을 입력한 왈드버거는 뒤를 쳐다봤다. 파커는 패배한 악귀 같은 얼굴과 뭔가 홀가분해진 목자 같은 얼굴을 동시에 하고 있었는데, 마치 희로애락을 초월한 것 같은 오싹함이 있었다. 그는 지금 생애 처음으로 패배를 겪었다. 그것도 당연히 이길 수밖에 없을 것이라 믿었던 상대에게.

왈드버거는 파커의 말을 받아 적고는 황척호의 응답을 기다렸다. 그 어떤 레어템을 요구하든 다 만들어줄 생각이었다. 이 상황을 생중계로 지켜보는 세계 각국의 게이머들에게 '이건 원래 이스터에그 이벤트'였다고 속일 수 있게. 한데 코레안의 요구 사항은 몹시 괴이했다.

왈드버거는 다시 한번 요구 조건을 확인했다.

"저, 정말 그걸로 끝인가?"

황척호는 이렇게 대답했다.

"OK."

왈드버거는 순간 깜짝 놀랐다. 토미 파커가, CIA 정보부의 차장이자 악마조차 비교를 거부한다는 냉혈한의 입꼬리에 미소가 달려 있었다. 왈드버거는 처음엔 질겁했다가 파커가 계속 웃자 영문도 모르면서 덩달아 피식피식 웃기 시작했다.

파커는 자신이 웃고 있는 줄도 몰랐다. 당했어. 완벽히 당했어. 마지막 요구 조건이 설마 저런 거였다니.

'경의를 표하지, 황척호. 자넨 내가 죽기 전까지 두 번 다시

보지 못할 종류의 인간일 거야.'

　게임 속의 Elephant Trainer는 오른쪽으로 한 바퀴 돌고 사라졌다. 동인천 알로에 피시방에서 장내의 모든 사람을 싹 말살하고 증거를 인멸할 각오까지 하고 있던 옐레나 이바노프는 순간 팽팽하게 잡고 있던 마우스 끈을 느슨하게 풀었다. 그것은 파커의 퇴각 신호였다. 영문을 알 순 없지만 그녀의 주인은 황척호를 살려주기로 한 것이다.

　이바노프는 인파에 섞여 정신없이 축하를 받고 있는 황척호를 뒤로 하고 어둠 속으로 몸을 숨겼다.

　'운이 좋군. 코레안. 다시는 보지 않기를.'

알로에 피시방의 신입 교육 녹취록 10
———

그 후, 두 번 다시 그를 보지 못했어.

　쪼꼬♡야미는 천 시간 정액제를 다 써버리곤 훌쩍 우리 피시방을 떠났지. 내가 말해줄 수 있는 건 그가 떠나기 전 몹시 홀가분한 표정으로 날 향해 웃어줬다는 거야. 그의 메말랐던 회색 얼굴에 조금이나마 채도가 생겼달까.

　자, 이제 슬슬 이야기를 마무리할 때가 됐어. 그 남자가 콧수염 현자에게 내건 요구 조건이 궁금하겠지? 바로 지금 그걸 보여줄 거야. 이렇게 긴 이야기를 들려준 이유가 바로 이 한 장면을 납득시키기 위해서거든.

　자. 화면을 봐. 보여? KOH의 신규 캐릭터가. 쪼렙 전사지. 여

긴 블랙엔트의 숲이야. 그가 남기고 간 유산이 있는 곳이자 이제는 전 세계 KOH 게이머들의 관광지가 됐지.

뭘 시킬 거냐고? 자 블랙엔트를 때려봐. 그리고 놈이 뭐라고 외치는지 잘 지켜보라고. 응? 넌 이게 걸렸구나. 내가 읽어봐 줄까?

"소녀 킬러 Y는 시체 안치소에서 눈을 떴다."

큭큭큭. 뭔 소린지 모르겠지? 컴퓨터 에러인가 싶기도 하고. 하지만 아니야. 한 번 더 때려볼까?

"Y는 일단 배를 채운 뒤, 놈의 목을 날려버리기로 마음먹었다."

앞 문장과 이어지지?

블랙엔트의 대사는 열네 가지 버전이 있는데 전부 이런 식이야. 처음엔 도통 무슨 소린지 알 수가 없지. 하지만 계속 때리다 어느새 마지막 문장 "소녀 킬러 Y를 죽이려 한 건 이모부였다"를 보고 나면 하나의 이야기였다는 걸 알게 돼. 혹시 C 영화사 기억해? 쪼꼬♡야미 형님에게 쓰라린 배신을 안겨준 그녀가 주인공으로 데뷔를 준비하고 있던 영화사. 블랙엔트가 들려주는 열네 가지의 이야기들은 모조리 그 영화사가 준비하고 있던 신작 영화 라인업의 스토리를 담고 있어. '둘째 마님은 어째서 뒷간을 불태울 수밖에 없었나'는 특히 명대사로 회자되곤 하지.

C 영화사는 기껏 제작해 놓은 영화의 스토리를 줄줄 내뱉는 게임 NPC에 격분해 저작권을 위반했다며 제소했어. 하지만 무참히 패하고 말았지. 그땐 나도 놀랐어. 게임 속에 현실의 잣대를 무리하게 들이미는 건 현피처럼 무식한 짓이라는 판결이 나

왔다나? 아마도 그 콧수염 현자의 배후엔 굉장한 백이 있었던 모양이야.

그러니까 이걸 꼭 외우고 있으라고. 가끔 쪼렙 손님들이 게임이 이상하다고, NPC가 괴상한 대사를 내뱉는다고 물어볼 때가 있을 거란 말이지. 그럼 이렇게 답해줘. 그건 보잘 것 없는 '을'이었던 한 남자가 거대한 '갑'에게 도전해 이룩해 낸 위대한 업적이라고.

그와 함께 했던 천 개의 시간 동안 우리는,

잠시나마 '잉여'에서 '영웅'이 될 수 있었다고 말이야.

6장

로봇이라서 다행이야

1
———

우리 반에는 로봇이 숨어 있다.

열두 살의 내가 그 사실을 알게 된 건 순전히 우연이었어. 어느 정도냐면, 왜 그런 거 있잖아. 학교 옥상에서 운동장을 향해 던진 농구공이 100미터 거리에 있는 농구 골대를 찰랑이며 쏙 들어갈 정도의 확률밖에 안 되는 우연.

그런데 한참 나중이 되어서 생각해 보니까 세상에 순전한 우연은 없는 것 같아. 우리가 사는 세상에선 수많은 우연들이 부품처럼 조립돼 인연이란 완성품을 만들어낸다는 걸, 단지 내가 모르고 있었을 뿐이지.

우린 그 조립 설명서를 '운명'이라고 부르는 거 아닐까.

2
———

그날은 1년에 두 번 있는 대청소 날이었어.

남자애들은 교실 바닥을 쓸고 창문을 닦으면서도 게임 이야기에 열중해 있었고, 여자애들은 뒤쪽으로 밀어둔 책상에 걸터앉아 스마트폰으로 새로 나온 아이돌의 화보를 돌려 보고 있었지.

난 뭘 하고 있었냐고? 청소는 시작도 못 하고, 안절부절못하고 있었지 뭐야. 나는 체육도구함 정리 담당이었는데 그걸 같이 할 최동필이 없어져 버렸거든.

"최동필 어디 갔는지 아는 사람?"

청소하는 애들을 붙잡고 물어봤는데 모두가 모른다고 대답했어. 영찬이도, 송빈이도 모두가 귀찮다는 표정으로 고개를 설레설레 젓더라고. 다급한 내 마음은 몰라주고 그냥 대충대충 관심 없어 하는 녀석들이 좀 원망스럽긴 했지만, 어쩌겠어.

최동필은 우리 반의 왕따였으니까.

뚱뚱하고 땀 냄새가 나며 늘 뒤뚱거리며 걷는 최동필. 말도 느리고 답답한 데다가 어딘가 모자라서 친구가 단 한 명도 없는 녀석. 이름도 그게 뭐야, 동필이라니. 대부분의 아이들은 걔를 본명으로 부르지도 않았어.

"똥피리? 걔 은찬이가 데려갔을걸."

반장이 화분에 물을 주면서 내 말에 대구했어. 그 말을 듣자마자 눈앞이 캄캄해지더라고. 은찬이 패거리가 최동필을 데려갔다는 건 결국 나 혼자 체육도구함을 정리해야 한다는 소리였으니까.

김은찬은 우리 반 일진이었어. 덩치가 크지도 않고, 주먹도 그저 그런데 개 아빠가 엄청 큰 로봇 제조사 '실버 인더스트리'의 사장님이거든. 엄마도 잘나가는 시의원에 우리 학교 학부모회장이어서 누구도 은찬이를 건드리지 못했지. 녀석은 해마다 두세 명의 똘마니들을 바꿔 데리고 다니면서 아이들을 괴롭혔어.

2035년, 그해의 당첨자는? 누구겠어. 우리의 최동필이지.

"아, 망했다. 어쩌지. 나 혼자 가면 선생님이 검사도 안 해줄 텐데."

결국 난 혼자서 최동필을 찾아 나서기로 했어. 다행히 짐작가는 곳이 한군데 있었거든. 학교 뒤 주차장. 예상대로 난 그곳에서 구석진 벽에 선 채로 은찬이 패거리한테 두들겨 맞고 있는 최동필을 발견할 수 있었지.

일단 멀찌감치 떨어진 교장선생님의 차 옆에 숨었어. 괜히 은찬이 눈에 띄면 큰일이 날 것 같아서.

"씻고 좀 다니라고, 똥피리. 아오."

은찬이의 똘마니들 셋은 옆에서 키득거리고 있었어. 은찬이는 자기가 직접 손을 대진 않아. 되게 깔끔을 떠는 애거든. 대신 뒤에서 모든 걸 명령하곤 했지. 어른들이 좋아하는 해적 영화에서 포로를 괴롭히는 악독한 선장처럼. 모든 걸 손아귀에 쥐고 병정놀이하는 걸 그 무엇보다 좋아하는 김은찬.

녀석과 같은 반이 되면 우리는 해적선 갑판에 내던져진 신세가 되고 말아. 충직한 선원이 되든가, 아니면 포로로 괴롭힘당하다가 상어 밥이 되든가.

"대청소날이잖아? 그러니까 우리가 니 몸에 쌓인 먼지 털어주는 거야. 고맙지? 응?"

은찬이의 말에 따라 다른 녀석들이 최동필의 머리와 배를 주먹으로 툭툭 치고 있더군.

"아. 아. 미, 미안해."

고통스러운지 일그러진 표정으로 최동필은 연거푸 미안하다고만 했어. 그걸 보는 난 답답하고 기분이 이상했어. 쟤는 맨날 뭐가 미안하다는 걸까. 누가 봐도 지금 못된 짓을 하는 건 은찬이랑 그 패거린데.

5학년이 된 이래로 매일 지켜보는 광경이었지만 최동필이 한 대씩 맞을 때마다 내 얼굴도 찡그러졌어. 만약 내가 저렇게 맞으면, 어디론가 사라져 버리고 싶을 것 같았어.

"어휴, 먼지 터는 거 보는 내가 지치겠네. 야, 꺼져."

"어, 그래. 고마워. 미안."

한참 뒤에 은찬이는 최동필을 보내줬어. 최동필은 뒤뚱거리며 내 쪽으로 걸어왔지. 그런데 은찬이의 손에서 뭔가가 햇빛을 받아 반짝이더라. 자세히 보지 않으면 알아챌 수 없는 소형 리모컨이었어. 저게 뭐지?

내가 궁금해 하고 있을 때 은찬이의 똘마니 녀석 하나가 들고 있던 드론이 부웅 날아올랐어. 드론에는 물풍선이 매달려 있었는데, 허겁지겁 걷던 최동필의 머리 위에서 툭 하고 떨어지는 거야. 물풍선은 출렁이며 최동필의 정수리에 냅다 꽂히더니 퍽!
소리랑 함께 터졌어.

"윽!"

곧 최동필은 온몸이 끈적끈적한 물로 젖게 됐지.

"청소 끝! 크히히히!"

은찬이 패거리는 걸레 빤 물에 흠뻑 젖은 최동필을 놀려대며
사라졌어. 우리 반 모두가 탐내는 최고급 장난감 호버보드에 올
라탄 채.

땅 위에 붕 떠서 날아다니는 호버보드.

그건 최신형 VR 게임 머신 다섯 대에 맞먹는 고가의 장난감
이었어. 실버 인더스트리에서 출시된 최신 모델. 그게 곧 은찬
이의 자존심과 명예의 상징이었고.

하지만 은찬이는 자기 말을 잘 듣는 아이들한테만 그걸 태워
줬어. 난 어땠냐고? 다른 애들 사이에 섞여 줄을 서서 타봤지만
거드름 피우는 녀석의 표정이 싫어서 다시는 부탁하지 않았어.
그냥, 일진에게 보여주는 나만의 아주 소심한 반항 같은 거야.

상어 밥이 되긴 싫었지만 그렇다고 꼭 일등 항해사가 돼서 아
부를 떨 필요는 없으니까.

어쨌든 곧 주차장에는 나와 최동필만 남았어.

'언제 나가야 되지?'

걔한테 빨리 청소하러 가자고 말해야 했지만 고민이 됐어. 물
에 빠진 생쥐 꼴이 된 최동필의 기분이 안 좋을 거란 건 뻔한
일이잖아. 지금 내가 모습을 드러내면 더 창피하지 않을까?

그렇게 생각하며 얼굴만 빠끔히 내민 채 최동필을 지켜보고

있었지.

헉! 그런데 최동필이 갑자기 머리를 홱 쳐들고, 자기 주변을 스윽 둘러보는 거야. 으악! 난 머리를 어깨에 파묻을 듯이 집어넣고 몸을 수그려야 했어. 죄를 지은 것도 아닌데 왜 이렇게 초조하고 두근거리는 걸까?

다시 고개를 살포시 내민 그때,

"아, 다 젖어버렸네."

최동필은 걸레 빤 물에 젖은 셔츠를 툭툭 털기 시작했어. 그러곤 양손을 머리 옆에 붙여 자기 귀를 꽈악 잡더라고. 응? 저게 뭐 하는 걸까? 귀를 맞은 것 같진 않았는데. 곧 녀석은 내가 상상하지도 못한 행동을 했지.

뽀옥!

최동필의 머리가 몸에서 뽑혀져 나온 거야! 그러고는 볼링공을 올려놓듯 오른 손바닥에 자기 머리를 놓고 왼손으로는 물에 젖은 머리카락을 털기 시작했어.

"흐어어어어."

눈앞이 캄캄해지더니 하늘이 빙글빙글 돌았지. 꽈당. 그렇게 난 기절했어.

3
———

"얘. 일어나 봐. 응?"

누군가 볼을 툭툭 치는 느낌에 천천히 눈을 떴어. 통통한 살집에 맹한 눈빛이 나를 쳐다보고 있었어. 바로 최동필의 어눌한 얼굴이었지.

"으아아아아악!"

난 엉덩이가 바닥에 끌리는 줄도 모르고 와다닥 물러났어. 하지만 곧 화단 철망에 부딪혀서 멀리 도망칠 수가 없더라. 뭔가 딱딱딱 하고 부딪히는 소리가 계속 들렸는데, 범인이 누군가 했더니 내 위아래 어금니였지 뭐야. 너무 무서웠어.

그런데 최동필은 아무렇지도 않은 표정으로 날 일으켜 주는 거야.

"그냥 푹 쓰러지더라. 괜찮아?"

"너, 너어…… 머리가……?"

"머리가 뭐? 얼굴이 창백해. 어디 아픈 거 아냐?"

최동필은 시침을 뚝 떼며 내 엉덩이를 툭툭 털어줬어. 그 몸짓이 너무 태연하고 자연스러워서 흥분이 가라앉는 듯했어. 정말로 내가 헛것을 본 걸까 생각할 수밖에 없었다고.

"나 때문에 기다렸지? 가자. 체육도구함으로."

최동필과 나는 서둘러 움직였어. 운동장에 돌아다니는 우리 반 소속 축구공과 농구공을 주워서 체육도구함에 집어넣는 게 우리 일이었거든. 물론 그 와중에도 나는 최동필의 뒤통수나 불룩한 배, 무릎 나온 바지 등을 유심히 살피고 있었지.

분명히 목을 뽑았어. 목을 뽑았다니까!

교실로 돌아왔을 땐 아무도 없었어. 그렇겠지. 진작 청소를 다 끝내고 선생님께 검사를 받은 뒤 집으로 갔을 테니까.

"농구공 하나가 없네. 애들이 어디다가 던져두고 왔나 봐. 어쩌지?"

최동필은 내게 등을 보이고 있었어. 양손에 농구공이 가득 담긴 바구니를 든 채로 멍청히 서 있었고. 그게 뭘 뜻하겠어. 녀석의 반격 걱정 없이 내가 덤벼들 수 있는 절호의 기회였던 거지. 나는 왠지 이때를 놓치면 계속 후회할 것 같다는 생각에 에라 모르겠다, 하고 몸을 날렸어.

"에에에잇! 정체를 밝혀라!"

최동필의 양 귀를 붙잡고 쑤욱! 뽑았어. 놀랍게도 머리통은 조금 전처럼 덜커덩! 뽑혀져 나와 내 양손에 들렸어. 다행히 이번엔 기절하지 않았지만 손에 들린 머리와 반대로 심장이 철렁 내려앉는 기분이었지.

"이, 이게 대체 뭐야?"

내 손에 들린 최동필의 머리는 깊게 한숨을 내쉬더니 나를 올려다봤어. 마치 누군가의 얼굴을 그린 스케치북을 거꾸로 들고 있는 구도였달까. 녀석은 무척이나 난감하다는 듯 말했어.

"아, 들켰네. 이러면 안 되는데."

시선을 돌려 녀석의 머리가 아니라 위를 봤지. 최동필의 양 어깨 사이에는 매끈한 금속과 나사들이 언뜻언뜻 보였어. 마치 플라잉 바이크의 차체처럼 속이 투명했고 안에는 빨갛고 노란 전선들이 비춰 보이더군.

"미안. 사실 난 로봇이야."

4

정신을 차렸을 때 난 최동필의 입에서 충격적인 이야기를 듣게 되었어.

"왕따 로봇?"

"응. 정부에서 시범적으로 운영하는 비밀 프로젝트야."

녀석은 자기 머리를 좌우로 돌리면서 뭔가를 점검하는 듯 보였어. 모르는 사람이 보았더라면 목의 근육을 풀어주는 체조같은 거라고 오해할 정도로 대수롭지 않다는 저 얼굴.

"나는 왕따를 당하기 위해서 태어난 로봇, 모델명 'PB 34호 (Prevent Bullying 34th)'라고 해."

뭐라는 거야? 느닷없이 들은 녀석답지 않은 현란한 어휘들에 당황스럽더라고.

최동필은 자기가 나라에서 만든 최첨단 인공지능 로봇이라고 했어. 갈수록 늘어나고 심각해지는 왕따 문제를 해결하기 위해서 어떤 박사가 발명한 제품이래. 스스로 왕따를 자기한테 집중되도록 유도해서 일진 아이들의 구타와 폭언을 당하되, 동시에 다른 아이들을 '왕따로부터 지켜주는 것'이 자신의 역할이라고 했어.

그랬구나. 그래서 항상 어눌한 말투로 뒤뚱뒤뚱 다닌 거였구나.

"아까 전엔 하필 물벼락을 맞아서 적외선 탐지 센서가 먹통이 됐었어. 그래서 가까이에 네가 있는 줄 몰랐지."

"지, 진짜 로봇인 거야? 하지만 은찬이한테 맞을 땐 정말 아파 보였는데?"

최동필은 씨익 웃었다. 저, 저 표정! 진짜 사람 같은 저 얼굴!

"그냥 감정을 흉내 내는 '거울 알고리즘'이야. 인간들의 표정을 따라 하는 거지. 초기 모델들은 프로토콜의 재현력이 풍부하질 못해서 반응이 약했대. 왕따를 괴롭히는 아이들이 곧 흥미를 잃고 다른 애들을 괴롭히고 말았어. 그래서 PB 12호부터는 고통에 반응하는 다양한 기능이 업데이트됐고."

"다른 반에도 왕따 로봇이 있어? 그럼 3반의 곽창수도……?"

"응. 걔도 나와 모델명이 같은 PB 34호야."

들으면 들을수록 믿을 수 없는 얘기였어. 왕따 로봇의 존재는 절대로 반 아이들에게 알려져선 안 되는 것이라고 해. 아직 나라에서 몰래 시험을 하는 거라서 들키면 큰일이라고.

"그런데 이런 걸 다 얘기해 줘도 되는 거야? 들키면 큰일이라며?"

"응. 괜찮아. 이럴 때를 대비해서 설치된 프로그램이 있으니까."

최동필이 순박한 웃음을 지으며 오른 손바닥을 쫙 펴서 내 얼굴 앞에 내밀었어. 잠시 후 손바닥 가운데가 동그랗게 열리더니 은색 빨대 같은 게 튀어나왔어.

나는 순수하게 그 모양이 기묘해서 얼굴을 가까이 들이댔어.

"이게 뭐야?"

"응. 내 정체를 본 기억을 지워주는 장치야. 안 아프니까 걱정 말고……."

"으아아아앗!"

난 화들짝 놀라서 두 팔을 교차해 재빨리 얼굴을 가렸어. 기억을 지운다니, 너무 소름끼치는 일이잖아. 저렇게 침착한 얼굴로 무시무시한 말을 내뱉다니.

그런데 최동필의 손바닥에선 아무런 일도 일어나지 않았어. 다만 푸식푸식 하며 바람 빠지는 소리만 들리더라고. 내가 팔을 내리니까 녀석은 오른팔을 허공에 빙빙 돌리다가 다시 앞으로 내밀었어. 하지만 역시나 아무런 반응이 없었지.

최동필은 난감한 목소리로,

"앗. 분사구가 고장 났나 보네. 너무 오랫동안 안 써서 그런가."

녀석은 왼팔로 오른팔의 손목을 툭툭 쳤어. 엄마가 자동 세탁기를 돌리다 먹통이 되면 발로 걷어차는 것처럼 말야. 그래도 제대로 작동이 안 되는 모양이었어.

"안 되네. 흐음."

"그, 그게 작동이 안 되면 어떻게 되는데? 나한테…… 정체가 들통 난 게 알려지면?"

"아마 전학 조치되겠지. 임무에 실패했으니까. 가장 나쁜 상황은 전쟁터에 끌려가거나 폭파 실험용 로봇이 되는 거고, 그나마 운이 좋아야 달 공사 현장에 투입되거나 할걸. 하지만 그렇게 되면 우리 반 왕따 로봇은 빈자리가 되고, 다른 애들이 은찬이의 먹잇감이 되겠지."

낙담하는 최동필의 표정은 정말로 실감 나더군. 인공지능 로봇이 만들어낸 표정이라고 믿을 수 없을 만큼. 난 나도 모르게 그 표정에 홀린 듯이 제안을 했어.

"내, 내가 비밀을 지켜줄게. 그럼 전쟁터나 달에 안 가도 되는 거지?"

최동필의 표정이 밝아졌지.

"그래 줄 거니? 그럼 정말 고맙고."

자기 스스로 로봇이라고 했지만 아무리 봐도 내 눈앞의 최동필은 우리 반 17번 최동필이었어. 공부도 못하고 미술도 엉망에 체육도 꽝이지만, 소탈한 웃음을 지을 줄 아는 녀석.

"음. 그럼 보답으로 내가 신기한 걸 보여줄게."

최동필은 잠시 눈을 감았어. 그러자 양쪽 구레나룻 주위 머리가 천장을 향해 솟구치는 거야. 정전기가 일어날 때 그러잖아? 그거랑은 비교가 안 될 정도로. 마치 안테나처럼. 녀석은 눈을 번쩍 뜨더니 나를 학교 옥상으로 데리고 갔지.

"찾았어. 가자."

옥상은 잠겨 있었는데, 최동필이 도어 록 센서에 손바닥을 툭 하고 대자 지이잉 열렸어. 옥상 구석에는 끝내 못 찾았던 농구공이 덩그러니 놓여 있었고.

난 농구공을 집어 드는 최동필한테 물었지.

"어떻게 찾았어, 그걸?"

"지금 우리 머리 위를 도는 중국 위성에 접속해서 찾아냈지. 자, 약속했던 대로 신기한 걸 보여줄게."

그리고 녀석은 100미터도 넘게 떨어진 운동장 구석을 가리켰어. 거기엔 농구대가 있었거든? 엄청나게 먼 거리에. 최동필은 팔을 붕붕 돌리더니 공중에 농구공을 휘익! 던졌어.

농구공은 시원하고 아름다운 포물선을 그렸지. 어떻게 됐게?

철써어억.

거짓말처럼 농구공은 농구 골대 안으로 쏙 하고 빨려 들어갔어!

"우와! 완전 짱이다, 너."

내 감탄에 최동필은 쑥스러운 듯이 머리를 긁적였어. 방금 초능력이나 다름없는 엄청난 솜씨를 목격했음에도 자연스러운 동작에 자꾸만 녀석이 로봇이라는 걸 잊게 되더라.

"자, 이제 주우러 가자. 강준서."

"아, 맞다. 우리가 주워야 하는구나…… 어? 잠깐. 너, 내 이름 알아?"

사실 그날까지 우린 거의 대화를 나눠본 적이 없었어. 최동필에게 말을 걸면 반 아이들 전체에게 '똥피리의 친구'로 낙인 찍혀 같이 괴롭힘을 당할 수도 있으니까. 하지만 최동필에게 그건 아무런 문제가 되지 않았나 봐.

"응. 우리 반 애들 이름과 성격, 특기까지 다 알고 있지. 친구들이니까."

녀석이 내게 건넨 '친구'란 말을 조용히 입속에서 굴려보니 포도 사탕 맛이 났어.

그래. 그렇게 우리는 친구가 된 거야.

5

그날 이후 나를 둘러싼 세상은 완전히 달라졌어.

비밀리에 우리 반에 숨어들어 있는 왕따 로봇. 우리 학교를 다니고 있는 200명 중 오직 나만 그 사실을 알고 있는 거야. 물론 약속대로 그 누구에게도 말하지 않았어. 엄마 아빠한테도 입을 꾹 다물었지. 다만 사람과 거의 분간할 수 없는 인공지능 로봇에 대한 뉴스를 틈틈이 찾아보긴 했어.

이름을 발음하기도 복잡한 해외 과학자들이 연일 굉장한 연구 성과를 내고 있다는 뉴스들은 잔뜩 있었어. 하지만 어디에도 초등학생들 사이에 숨어 왕따 임무를 수행하는 로봇에 대한 정보는 찾을 수가 없더라고.

내가 꿈을 꾸는 걸까?

최동필이 이 시대 가장 뛰어난 로봇이 맞는 걸까?

만약 그게 사실이라면 인간들에게 사랑받지는 못할망정 저렇게 괴롭힘만 당하는 게 옳은 걸까?

봄이 지나고 여름이 될 때까지도 은찬이 패거리의 악행은 멈추질 않았어. 오히려 더 다양해지고, 악독해졌지. 지나치던 다른 반 아이들도 너무 심한 게 아니냐고 했지만 나서서 말리는 아이는 없었어. 그건 남은 학교 생활 2년을 걸고 벌이는 도박 같은 거였으니까.

그리고 최동필은 자신의 임무를 다하기 위해 최선을 다했어. 그래. 그 임무란 바로 온 힘을 다해 완벽한 왕따가 되는 거야. 녀석은 은찬이가 자신을 괴롭히는 일에 질리지 않도록 은찬이의 화를 돋우는 실수를 차근차근 저질러나갔어. 미술 시간에 화통을 은찬이 가방에 엎는다던가, 빵 심부름에서 오렌지주스를 깜빡한다던가.

그러면 머리끝까지 화가 난 은찬이는 최동필을 두들겨 팬 다음 청소함에 가둬버리기까지 했어.

선생님들은 철저히 모른 척으로 일관했지. 선생님들에게나 우리들에게나 최동필은 투명인간 같은 존재였던 거야.

"선생님들은 네가 로봇이란 걸 알아?"

"응. 담임 선생님은 알아. 매달 내 왕따 실적 보고서도 교육청 서버에 직접 입력하시는걸."

최동필이 우리 반의 명실상부한 왕따로 지내면 지낼수록 담임 선생님은 만족한다고 했어. 그래야 다른 아이들이 평화롭게 공부에만 집중할 수 있다고. 최동필 또한 임무를 잘 수행하고 있다며 헝클어진 머리카락을 다듬으며 웃었지. 일부러 악취를 내는 기능이 있는 필터를 자주 교환해 주는 것도 빼먹지 않았다며 뿌듯해 하기까지 했고.

공부에 집중이 된다고? 하지만 난 도통 아무것에도 집중할 수가 없었어.

은찬이 패거리도, 담임 선생님도, 모른 척에 익숙해지는 아이들까지 다 신경이 쓰이기 시작했어. 신기하지? 예전에는 하나도 관심이 없었는데 말야.

어느 샌가 나는 학원을 빼먹고 방과 후에 옥상에서 최동필과 보내는 시간이 많아졌어. 옥상에 누워 하늘을 바라보거나, 양발을 빼서 저글링을 하는 최동필의 묘기를 감상하거나 했지.

"그런데 너 급식도 먹고, 빵도 먹고 하잖아. 로봇이 그래도 돼?"

"응. 괜찮아. 어지간한 영양소는 에너지 연료로 쓸 수 있거든. 그래도 소화할 수 없는 게 있는데, 그럼 이런 방법을 써야 해."

최동필이 티셔츠를 가슴까지 올렸어. 그러자 올챙이배처럼 톡 튀어나온 배가 보였지. 난 그쯤 되어선 녀석이 뭘 보여줘도 기겁하거나 당황하지 않을 정도가 됐어. 대신 배가 근질근질거리면서 묘한 기대감이 차올랐지. 이번엔 무슨 신기한 걸 보여줄까 하고.

최동필의 배꼽이 불룩해지더니 원통형 사출구가 튀어나왔어. 그게 단단하고 시커먼 공을 툭 내뱉었지. 테니스공만 한 느낌?

"만져볼래?"

"어어, 난 됐어."

내가 고개를 도리도리 젓자 최동필은 옥상 바닥에 공을 아무렇게나 던져놨어. 그러자 잠시 후에 비둘기들이 날아와서 그걸 나눠먹더라고. 어쩐지, 우리 학교 옥상 비둘기들이 통통한 데는 다 이유가 있었던 거야.

비둘기들 중에는 깃털이 뽑히거나 머리, 목덜미에 큰 상처가 있는 녀석들이 종종 보였어. 범인은 이번에도 김은찬. 녀석은 가끔 학교에서 소지가 금지돼 있는 BB탄 전동 건을 들고 옥상에 와서 비둘기들한테 스트레스를 풀곤 했거든. 그래서 우리 학교 주변의 비둘기들은 절대 아이들에게 가까이 다가가질 않았지.

그런데 신기하게도 사람들을 피해 달아나기 마련인 비둘기들이 어째서인지 최동필은 무서워하지 않았어. 최동필은 아무렇지 않게 자기가 토해놓은 공을 쪼아 먹는 비둘기들을 쓰다듬었지. 로봇과 동물의 우정이라니.

태양 빛이 오직 거기에만 내리쬐는 것 같았어. 보기에 나쁘지 않더라.

난 기분이 나른해져서 오랫동안 참아온 질문을 던지고 말았어.

"만날 맞으면 열받지 않아? 아무리 로봇이라고 해도, 넌 그 뭐시기, 감정 센서까지 있는 모델이라며."

"응. 괜찮아. 사람과 달리 우린 아픔을 잘 견딜 수 있거든. 난 이번 학교가 벌써 네 번째야. 그러니까 왕따 로봇으로 만들어진 지 4년째야. 망가지거나 에러가 나지 않고 이렇게 버티는 PB 34호는 드물어. 아마 내가 당한 걸 사람이 당했다면 끔찍했을 거야. 다행이지? 내가 로봇이라서."

최동필은 배시시 웃었어. 그런데 정말 로봇이라서 다행일까?

아픔을 안다는 건, 기쁨과 즐거움도 안다는 뜻인데. 최동필은 만들어지자마자 4년 동안 괴롭힘만 당해왔다고 해. 2억 개의 화소를 구분할 수 있는 특수 렌즈로 만들어진 녀석의 눈이 바라보는 세상은 어떤 모습일까. 그리고 사람들은 어떤 모습일까. 매일 떡 진 저 머릿속에 숨어 있는 최첨단 회로의 두뇌 칩 속엔 어떤 생각이 담겨져 있는 걸까.

"내년에는 또 전학을 가야 된다며?"

"응. 로봇은 키도 안 크고 살도 안 찌니까. 한창 자랄 나이인 아이들 사이에 1년 이상 있으면 이상해 보이거든."

로봇이란 건 말야, 수명이 정해져 있대. 마치 대형 마트에서 곱게 포장돼 있는 과자들처럼 유통기한이 있는 거래. 그래서 한곳에 오래 있지 않고, 그 쓰임새도 계속 바뀐다지 뭐야. 그럼 유통기한이 지난 로봇들은 사라지고, 새로운 모델의 로봇들이 그 빈자리를 채우는 거지.

그건 최동필과 내가 비밀 친구로 지내는 이 평화로운 시간도 불과 몇 개월이 안 남았다는 뜻이었어. 어깨에 비둘기를 앉혀

놓고 장난치는 최동필을 보자 마음 한구석이 성에가 낀 것처럼 답답해져 오더군.

"최동필. 넌 그럼 스마트폰도 없겠네? 휴먼넷에 접속도 못 하고?"

"아니. 다 여기에 들어 있는걸. 휴먼넷에서 계속 검색도 할 수 있고."

녀석은 오른쪽 옆통수를 두드리며 대꾸했어. 난 그걸 물어본 게 아닌데.

"음. 그럼 너한테 전화하고 싶을 땐 어떻게 해? 메신저 아이디는 있는 거야?"

"그런 건 사람만 가질 수 있어. 당연히 로봇인 나한텐 없지. 그래도 나랑 연락하고 싶으면, 잠깐만……."

최동필은 왼팔의 팔꿈치를 손가락으로 톡톡 두드리더니 뭔가 연필심 같은 걸 쑤욱 꺼냈어. 그건 뾰족한 면이 푸른색으로 번쩍번쩍하는 신기한 기계였지.

"자. 보이지? 여기를 누르면 내가 바로 알 수 있어. 그럼 바로 찾아갈게."

"나를 찾아온다고? 어디에 있든지?"

"응. 어디든. 나한텐 위치 추적 기능도 있으니까."

6

"강준서! 대체 학원을 일주일이나 빼먹고 어딜 간 거니?"

난 방문을 슬쩍 닫았어. 문 바깥에서 엄마의 화난 목소리가 들려왔지. 나는 학교에서 다른 과제를 내줬다고 둘러댔지만 믿으시는 눈치는 아니었어. 아빠는 사춘기가 조금 일찍 온 건지도 모른다며 심드렁한 반응이었고.

지금까지 잘 숨겨왔다고 생각했는데 결국 한계에 다다르고만 거야.

하지만 사실 내가 뭐 크게 나쁜 짓한 것도 아니고. 매일 최동필이랑 이것저것 하며 노느라 학원을 좀 빠졌던 건데. 밀린 공부야 나중에 하면 되는 거니까.

최동필은 학교 수업을 마치면 자기를 만든 박사님의 연구소에서 수면 상태에 들어간댔어. 그러니까 하루의 절반은 잠만 자는 거지. 그게 안타까웠던 내가 매일 옥상에서 같이 놀자고 한 거야.

그럼 심심하지 않을 테니까. 그 녀석이나 나나.

물론 학교에서 수업을 들을 때는 난 철저히 최동필을 모른 척했어. 최동필도 내게 시선 한 번 주지 않았지. 왜냐면 은찬이가 자기를 괴롭히고 왕따로 만드는 데 온 힘을 썼거든. 하지만 나는 이전보다 자주 최동필을 훔쳐보게 됐어. 스무 명이나 되는 반 아이들 사이에서 녀석은 혼자였어.

사실 나는 왕따의 마음을 아주 잘 알아. 왜냐고?

2년 전에는 내가 최동필의 역할을 맡고 있었으니까.

초등학교 3학년에 올라왔을 때였어. 나는 그때까지 친구들 사이에서 잘 끼어 노는 평범한 아이였어. 지금보다 훨씬 잘 웃었고, 다른 아이들한테 장난도 많이 쳤지. 그러다 김은찬의 눈에 띄게 된 거야.

하루는 은찬이가 자기 아빠네 회사에서 나온 신형 헬리콥터 로봇인 '헬리 7호'를 갖고 왔어. 평범한 드론보다 더욱 박력 넘치는 외양과 성능을 가진 모델이었어. 반 아이들은 모두 그걸 부러워했지. 은찬이가 스마트폰을 조작할 때마다 헬리 7호는 자유롭게 반 하늘을 날아다녔어.

반 아이들의 질투와 시기, 그러나 동시에 찬양의 대상이 되는 걸 은찬이는 몹시 즐겼거든.

그런데 그때, 화장실에 다녀와서 상황을 모르고 있던 내가 교실로 들어왔어. 그리고 헬리 7호의 날개와 내 이마가 부딪힌 거야. 그리고 하필 사물함 구석에 추락한 헬리 7호의 섬세한 날개가 콰지직 하고 부서졌어. 난 그냥 이마가 따끔하고 무슨 일이 일어난 건지 몰랐는데, 이미 박살난 로봇이 눈앞에 흩어져 있었어.

은찬이가 화를 내지 않았냐고?

아니. 걔는 오히려 나를 걱정해 줬어. 그리고 함께 양호실에 데려다주기까지 했는걸. 그래서 내가 정말 좋은 녀석이구나 생각했을 정도라니깐.

하지만 그다음 날 내 책상에 놓인 태블릿 액정에 금이 가 있었어. 누군가 발로 밟은 거야. 아무도 누가 그랬는지 알려주지 않았어.

그리고 나랑 친하게 지냈던 친구들의 태도가 싸늘해졌어. 내가 말을 걸어도, 장난을 쳐도 받아주지 않았지. 밥을 먹을 때도, 운동장에서 축구를 할 때도 나는 어느 순간부터 투명인간 취급을 받았어.

나중에 안 사실이지만 다 뒤에서 은찬이가 조종했던 거야. 그냥 자기 장난감을 고장 냈다는 이유 하나만으로.

은찬이는 그만큼 영악한 아이야. 선생님과 학부모들 앞에서는 그렇게 친구들한테 다정할 수가 없어. 어른들과 함께 있는 자리가 되면 평소에 그렇게 깔보던 아이들 사이에 끼어 모두가 마다하는 지저분한 일들을 스스로 하겠다고 나서지. 그럼 선생님은 우리 반 아이들이야말로 왕따가 없는 좋은 분위기라며 좋아해.

무섭지? 하지만 반 아이들 중 누구도 나서지 못해. 은찬이를 비롯한 아이들이 험악한 분위기를 만들어놓거든.

그래서 3학년 이후로 나는 말수가 줄었어. 뭔가 튀는 행동을 하면 은찬이 같은 일진 아이들의 표적이 될 수가 있으니까. 또 다른 평범한 아이들에게 시기와 질투를 받을 수도 있고.

5학년에 올라왔을 때 다시 은찬이와 같은 반이 됐다는 사실을 알고는 더더욱 조심했어. 보통 왕따로 지목되는 아이가 생기는 건 학기 초였으니까.

그리고 그때, 최동필이 튀어나온 거지.

은찬이 아빠 회사에서 만든 못된 발명품 중에 '전기뱀장어 장갑'이란 게 있어. 그 장갑을 끼고 툭툭 때리면, 피부는 괜찮은데 뼛속이 시큰하고 아파. 상처는 남기지 않고 애들을 괴롭히는 거야. 당한 애들 말을 들어보면, 글쎄 병원에 가도 아무런 흔적이 없대.

최동필은 거의 매일 그 전기뱀장어 장갑으로 맞았어.

생각해 보면 그렇게 무시무시한 은찬이로부터 최동필은 우리 반을 지켜주고 있는 거였어. 적어도 우리 반에서만큼은 왕따 로봇을 만든 박사님의 의도가 맞아떨어진 거지.

하지만 그걸 알아주는 사람은 없었어.

은찬이도 몰랐고, 그전에 왕따를 당하다가 벗어난 나 같은 아이들도 몰랐어.

7

그날은 일요일이었어. 엄마랑 아빠는 교회에 나가셨고, 나 혼자 침대에서 뒹굴고 있었지. 최동필은 뭘 하고 있을까. 연구소에서 여전히 수면 상태에 있을까?

난 녀석이 준 막대형 호출기를 만지작대며 이런저런 생각에 빠져 있었어.

"끼잉, 끼잉."

그때 침대 밑에서 작고 귀여운 머리가 솟아올랐지. 내가 아주 어릴 적부터 키워온 로봇 반려견 '초롱이'였어. 초롱이는 갈색 털에 눈이 큼지막했는데, 최근 들어서 응석이 너무 심해졌어. 아마 나이가 들다 보니 뭔가 문제가 생겼나 보다 하고 아빠는 짐작하고 계셨어.

"초롱아. 저리로 가. 혼자 놀아."

내가 손을 휘이휘이 하고 젓자 녀석은 침울해져서 다시 방구석으로 돌아갔어. 터덜터덜 걷는 뒷모습을 보니 가슴 한편이 시큰거리는 거야. 돌이켜 보면 내가 무척 어렸을 때는 초롱이와 자주 놀아주고, 산책도 다니고 했는데.

이 녀석을 너무 아무렇게나 방치해 둔 건 아니었을까.

사실 초롱이도 최동필처럼 감정을 느끼는 로봇인지도 모르는데.

침대에서 벌떡 일어나 녀석에게 다가갔어. 초롱이는 최근 내 시큰둥한 태도에도 아랑곳없이, 내가 다가가자 벌러덩 드러누워 애교를 피웠어.

"그래. 미안. 그동안 내가 너무 안 놀아줬지?"

배를 긁어주자 초롱이는 기분이 좋아 보였어. 그때, 휘어지고 상처가 난 초롱이의 오른쪽 뒷발이 눈에 들어오자 가슴이 아려왔어. 왜 내가 그동안 애써 초롱이를 멀리했는지 그 이유가 생각났거든.

4년 전에 나는 초롱이를 데리고 아파트 주차장에서 놀다가 그만 떼지어 하늘을 날아다니는 하이퍼 드론들의 비행 쇼에 정신이 팔려서 목줄을 놓치고 말았어. 실제 동물과 달리 로봇인 초롱이는 내가 목줄을 놓은 그 자리에서 계속 기다렸고, 달려오는 차를 발견했지만 피하지 못해 치이고 만 거야.

당시 나는 초롱이의 다리를 다치게 만들었다는 사실에 엉엉 울었는데, 아빠는 이렇게만 말했어.

"괜찮아. 로봇은 고통을 못 느끼니까. 신경 쓰지 말거라."

그래서 나도 그런 줄로만 생각하고 있었지. 하지만 속으론 모른 척하고 싶었던 거야.

"초롱아. 다리 아파?"

"멍. 멍."

녀석은 뭐라고 대꾸하는 걸까. 최동필과 함께 지낸 시간들이 내 마음속 뭔가를 바꾸었나 봐. 갑자기 초롱이의 다리를 고쳐주고 싶었어. 아빠와 엄마는 이미 초롱이에겐 관심이 없어서 고쳐주실 리가 없었지.

난 중학교에 들어가면 호버보드를 사려고 모으고 있던 저금통을 열어봤어.

쩔그럭쩔그럭. 전자코인 180만 원어치가 들어 있었어. 꽤나 많이 모은 셈이었지.

"초롱아. 우리 오랜만에 산책 나갈까?"

"왈! 왈!"

내 말을 알아들은 초롱이는 벌떡 일어나서 내 주변을 빙글빙글 돌기 시작했어.

8

초롱이를 품에 안은 채 모노레일에 올랐어. 도시 위로 떠올라 다니는 모노레일은 여러 번 타봤는데, 생각해 보니 혼자서 타본 건 처음이었어. 맞은편에 앉아 나를 힐끗힐끗 쳐다보는 아저씨, 아줌마들을 보니까 좀 기가 죽더라.

그때 주변을 살피고 있던 초롱이의 뒤통수가 눈에 들어왔어.

그래. 생각해 보니 혼자는 아니잖아. 초롱이가 있으니까.

조금만 기다려, 초롱아. 내가 다리를 고쳐줄게. 그럼 예전처럼 뛰어 놀 수 있어.

우린 여덟 정거장을 거쳐 용산역에 도착했어. 예전에 로봇 조
립 대회에 나갔을 때 친구들이랑 왔던 기억이 나서 길을 헤매
지는 않았지. 용산전자상가에는 최신형 가상현실 장치에서부터
오래된 전자동 로봇까지 셀 수 없이 많은 전자 제품과 로봇들
이 진열돼 있었어.

"우와아. 호버보드잖아?"

내 시선을 확 잡아끈 건 역시 호버보드 코너였어. 주인 아저씨
는 컬러와 충전 방식이 다양한 호버보드에 올라탄 채 제품을 홍
보하고 있었어. 용산역 광장 이곳저곳을 휘익휘익 날아다니며.

"호버보드는 아주 아주 안전합니다! 안전 테스트를 다 거친
거예요. 이런 35년형 호버보드가 단돈 500부터!"

하지만 내가 가진 180만 원으론 택도 없었지. 나는 애써 입
맛을 다시며 초롱이를 출시한 '더블엠 코퍼레이션' 서비스 센터
를 찾았어. 거기엔 반려 로봇들을 수리하기 위해서 대기하는 사
람들로 북새통을 이루고 있었지.

특히 내 앞에 앉아 있던 어떤 누나는 온몸에 문신을 하고, 목
에는 로봇 코브라를 두르고 있었어. 그 코브라가 내게 혀를 내
밀며 쉭쉭거리자 좀 무섭더라고. 내가 움찔하는 모습을 보고 그
누나는 깔깔깔 웃었어.

"애. 너 겁먹었니? 걱정 마. 안 물어."

그래. 세상엔 이렇게 다양한 로봇을 가진 사람들이 많았구나.
새삼 깨닫게 되더라.

목이 갑갑해 보이는 유니폼을 차려입은 서비스 센터 상담원

누나는 내 말을 듣고 고개를 절레절레 저었어.

"어, 꼬마야. 이 모델은 너무 오래됐는데?"

"네? 그럼 초롱이 다리 못 고쳐요?"

"응. 이 모델은 우리 회사에서 일찌감치 단종됐거든."

"단종이…… 뭔데요?"

"이제는 공장에서 만들어내지 않는다는 거야. 당연히 얘 다리를 교체할 부품도 안 만들어진 지 오래된 거고. 무료 수리 기간도 진작 끝났다고 나오는데?"

"무료 아니어도 돼요. 어, 저 이만큼 돈도 가져왔어요. 180만 원이나 되는데……"

"얘. 답답하네. 사실 다리 부품은 별로 안 비싸. 한 30만 원 정도? 그런데 구할 수가 없대도. 재고가 없는 거야."

그러고 보니 상담원 누나의 가슴에 달린 '더블엠 코퍼레이션' 마크가 눈에 들어왔어. 초롱이의 목걸이에 달려 있는 두 개의 M 자와 모양이 묘하게 달랐어. 둥글둥글한 이전 모양에 비해 날카롭고 더 세련된 알파벳 디자인으로 바뀌어 있던 걸 그제야 알아챈 거야.

난 갑자기 어쩔 줄 모르게 됐어. 초롱이의 다리를 고쳐줄 생각에 부풀어 무작정 달려온 건데 부품이 만들어지지 않는다니. 그제야 최동필이 해줬던 얘기가 실감이 났어. 로봇들은 계속 새 제품이 나와서 유통기한이 짧다고.

"끼잉, 끼잉."

내 표정을 읽었는지 초롱이가 머리를 비벼왔어. 몹시 후회가 됐어. 이럴 줄 알았다면 널 좀 더 일찍 이곳에 데려왔어야 했는데. 아니, 애초에 널 다치지 않도록 아껴쳤어야 했는데.

"얘, 그러지 말고 우리한테 넘기지 않을래? 아직 엔진이나 모터는 쓸 만해 보이니까."

"네? 넘긴다뇨?"

"초롱이라고 했지? 우리 회사 재활용 센터에서 해체하게 되는 거야."

"해체요? 무슨 소리예요? 초롱이는 내 친구라고요!"

그러자 서비스 센터 직원은 코웃음을 쳤어. 마치 나처럼 얘기하는 어린이들을 석기시대부터 봐왔다는 듯이.

"로봇 반려견은 유행이 지나도 한참 지났어. 내 말 듣는 게 좋을걸? 음. 280만 원까지는 쳐줄 수 있는데. 어때?"

나는 움찔했어. 280만 원? 그럼 내가 모은 180만 원을 합치면…… 460만 원인데. 그 정도 돈이라면 최신형은 못 사겠지만, 어쩌면 제법 쓸 만한 호버보드 한 대를 살 수 있지 않을까?

"초롱아."

아무것도 모르는 녀석은 얌전히 품에 안겨서 날 쳐다보고 있었지.

나는 곧 고개를 도리도리 젓고 그곳을 빠져나왔어. 초롱이를 조각조각 내서 용광로에 던져 버릴지도 모르는 곳에 넘길 생각을 하다니. 잠깐이나마 그런 유혹에 빠졌던 것이 초롱이한테 미안했어.

"어쩌지, 초롱아? 다리를 고쳐줄 수가 없대. 어휴."

집에 돌아갈 생각에 어깨가 축 처져 있는데, 누군가가 내 등을 툭 쳤어. 온몸에 문신을 하고 로봇 코브라를 목에 두른 그 누나였어.

"내가 아까부터 봤는데. 너 걔 다리 고치고 싶은 거지?"

"……네."

"그런데 여기선 부품이 없다고 하고?"

내가 고개를 끄덕이자 누나는 용산역 3번 출구를 손으로 가리켰어.

"저쪽으로 나가봐. 그럼 선인프라자라고 있거든? 거기서는 단종된 부품들도 잔뜩 사고파니까, 네 반려견도 고칠 수 있을지 몰라."

"저, 정말요?"

"얘는. 속고만 살았니. 나도 우리 밍키 때문에 여기 여러 번 왔거든. 그래서 남 일 같지 않아서 그래."

누나는 로봇 코브라를 사랑스럽다는 듯 쓰다듬으면서 얘기했어. 밍키가 그 코브라의 이름이었나 봐. 근데 생김새랑은 너무 다른 이름을 붙인 거 아냐? 딱 애니메이션에서 주인공을 괴롭히는 악당 보스가 애지중지할 것만 같이 생긴 아이한테. 흠흠.

어쨌든 나는 초롱이의 다리 부품을 구할 수 있을지도 모른다는 생각에 감사 인사를 하고는 3번 출구로 나왔어.

그런데 내 생각보다 선인프라자라는 곳은 훨씬 더 무시무시한 곳이었지 뭐야.

"여긴, 로봇들의 공동묘지 같아."

그래. 그게 내 솔직한 심정이었어. 선인프라자는 작고 허름한 빌딩이었는데, 상가 주변으로 온갖 로봇들이 진열돼 있었어. 그런데 멀쩡한 로봇이 하나도 없지 뭐야.

목 없이 삐걱거리는 간호 로봇. 양쪽 팔이 있어야 할 곳에 드릴과 톱을 단 축구 로봇. 그리고 원래는 무슨 용도의 로봇이었는지 알 수도 없는 희한한 로봇들이 마치 좀비들처럼 나를 노려보고 있었어.

상가를 지나다니는 사람들의 표정도 어두웠어. 뭔가 생기가 빠져나간 듯한 그런 느낌? 나는 마왕의 성에 잘못 들어선 기분이 들어서 당장이라도 뒤돌아 도망치고 싶어졌어. 하지만 내 품에 안겨 있는 초롱이를 생각해선 그럴 수가 없었지.

"저. 혹시 제 로봇의 다리 부품을 구할 수 있을까요?"

그래서 나는 '로봇 부품 사고팔아요', '국내 최저가 조립식 로봇!' 같은 문구가 쓰인 상가들의 문을 두드리기 시작했어. 그런데 온갖 잡다한 로봇을 취급하는 그곳에서도 다들 초롱이의 다리 부품은 없다고 고개를 저었어.

"진짜 오랜만에 보네. 그 녀석 말야. 별로 인기 모델은 아니었거든. 한정판도 아니었으니까 프리미엄이 붙을 리도 없고. 쯧쯧."

인기 모델이 아니면 새 부품을 낄 수도 없다는 거야. 다들 초롱이를 무시하는 눈빛이었어. 기분이 좋지 않았어. 나까지 덩달아 차별받는 기분이 들더라니까.

열 곳이 넘는 부품 상가를 돌아다니다 슬슬 지치고 말았어. 곧 엄마 아빠가 교회에서 돌아올 시간이 되기도 했고 말야. 만약 허락 없이 이런 곳을 돌아다닌 걸 알면 날 가만두시지 않을 텐데, 하고 걱정이 됐어.

그때, 수염이 덥수룩한 한 아저씨가 골목 사이에서 내게 손짓

했어.

"꼬마야. 뭘 찾고 있니? 응? 나한테 말해보렴. 다 구해줄 테니까."

"얘는 초롱이라고 하는데요. 다리를 다쳐서 고쳐주려고요. 부품을 구할 수 있을까요?"

그랬더니 아저씨가 초롱이의 다리를 유심히 살펴보더니 고개를 끄덕이지 않겠어?

"뭐 오래된 모델이긴 한데, 우리 가게 창고를 뒤져보면 있을지도 모르겠구나. 따라오려무나."

그 수염 난 아저씨의 가게는 선인프라자에서도 멀리 떨어져 있다고 했어. 좀 수상했지만 나는 너무 지쳐서 속는 셈 치고 아저씨를 따라갔어. 그런데 아저씨는 건물이 아니라 어둑어둑한 공터로 나를 데려갔어. 가게는커녕 막다른 곳이었지.

"아저씨. 여기 부품 상가가 어딨어요?"

"쯧쯧쯧. 그런 건 없다. 너 같은 꼬마가 올 곳이 아니라고, 여기는. 응?"

"그게 무슨 소리예요?"

내가 슬금슬금 뒤로 물러서자 아저씨가 손가락을 튕겨서 소리를 냈어. 그러자 내 등 뒤에서 거대한 금속 물체가 치킹, 치킹 하면서 움직이는 소리가 났지. 잔뜩 겁을 먹고 돌아서 보니, 내 키의 세 배만 한 덩치의 경비 로봇 두 대가 나를 에워싸고 있었어.

"꼬마야. 그 애완견 로봇이랑 가진 돈 다 내놓으렴."

"시, 싫어요!"

"그럼 다치게 될 텐데? 참고로 여긴 소리 질러도 아무도 못

듣는 곳이야. 너 같은 꼬마애 하나쯤은 소리 소문 없이 없어져도…… 어어어?"

나는 그 아저씨가 뭐라 말을 끝내기도 전에 두 경비 로봇의 틈으로 몸을 날렸어. 그리고 뒤도 안 돌아보고 도망치기 시작했지.

"잡아라!"

그러자 잔뜩 화가 난 목소리와 함께 두 로봇이 나를 쫓아오는 발자국 소리가 들렸어. 철컹철컹. 그 소리가 가까워 올 때마다 심장이 내려앉는 기분이었다고. 나는 정신없이 품속에 있는 호출기를 눌러댔어. 그냥 누군가 와서 날 도와주기만을 바라면서.

9
———

"잡았다!"

결국 나는 도중에 경비 로봇들에게 붙잡히고 말았어. 두 로봇이 내 앞뒤를 가로막고 섰지. 수염 아저씨는 헐레벌떡 뛰어오더니 나를 가만두지 않겠다고 윽박질렀어.

내 품에 안긴 초롱이는 쉬지 않고 경비 로봇들을 향해 짖어댔고.

"자. 얘들아. 저 꼬마한테서 로봇을 뺏어."

경비 로봇의 큼지막한 손가락들이 내게 다가왔어. 원래 로봇은 사람을 해칠 수 없는데, 저 아저씨가 뭔가 수상한 개조를 한 게 틀림없다고 생각했지.

도망쳐야 하는데 발이 굳어서 움직일 수가 없었어.

나는 눈을 질끈 감고야 말았지.

까앙!

그때, 경쾌한 소리와 함께 경비 로봇 한 대가 주춤거리며 뒤로 물러섰어. 그제야 눈을 슬며시 떴는데 어디서 뛰어내렸는지 익숙한 뒷모습이 내 앞을 막아서고 있었어.

"최, 최동필?"

"응. 늦어서 미안. 호출을 받고 바로 연구소를 뛰쳐나왔어."

녀석은 전매특허인 그 어눌한 웃음을 지었어. 나는 순간 웃음이 터져 나오려는 걸 참아야 했어. 그런데 수염 난 아저씨는 최동필을 보고 더욱 화가 난 모양이더라고.

"넌 또 뭐야!"

"전…… 준서의 같은 반 친군데요."

"까불지 말고 비켜라. 큰일 나기 전에."

"글쎄요. 아저씨야말로 이 불법 개조 로봇들을 치우지 않으면 큰일 나실 걸요?"

불법 개조라는 말에 아저씨의 얼굴이 막 붉게 달아올랐어. 기분이 되게 나쁜 모양이었지. 잔뜩 흥분한 손짓으로 경비 로봇들에게 명령을 내렸어.

"혼쭐을 내줘라!"

그러자 두 경비 로봇이 최동필을 향해 천천히 다가왔어. 나는 잔뜩 움츠러들었는데 최동필은 그렇지 않았어. 오히려 손짓으로 나를 뒤로 물러나게 한 다음 두 경비 로봇의 정면으로 나서기까지 하는 거야.

경비 로봇 한 대가 최동필을 향해 팔을 휘둘렀어. 최동필은 껑충 뛰어올라 공격을 피한 다음 다른 로봇의 다리 사이로 미끄러지듯 빠져나갔지.

경비 로봇들이 최동필을 향해 주먹을 휘둘렀지만, 덩치가 더 작고 날쌘 최동필이 아슬아슬하게 그 손아귀를 벗어났어. 그러다 한 경비 로봇의 옆구리를 최동필이 걷어찼어!

까앙!

로봇이 비틀거렸어. 대단한 힘이 실린 발차기였던 거야.

그런 다음 주춤하고 있는 경비 로봇의 다리를 붙잡은 최동필이 끙차 하고 힘을 썼어.

믿기 힘든 일이 일어났지.

최동필이 경비 로봇을 번쩍 들어 올린 다음 땅바닥에 메쳐버린 거야. 무시무시한 충격에 그 로봇은 비틀비틀대기만 할 뿐 일어나질 못했어.

"너, 너 정체가 뭐야?"

수염 아저씨는 큼지막해진 눈으로 최동필에게 소리쳤어. 나는 기세가 등등해져서는 최동필의 등 뒤에서 대신 소리를 질러 줬지.

"아까 못 들었어요? 우리 반 친구라니까요!"

아저씨는 분에 못 이긴 듯 몸을 부들부들 떨었지만 이미 로봇 한 대를 잃은 참에 다른 로봇을 덤벼들게 하지는 않았어. 아마 수준 차이를 느꼈던 모양이야.

우리를 휙 노려보더니 멀쩡한 로봇 한 대를 데리고 성큼성큼 사라졌어.

"휴. 다행이다. 만약 저 아저씨가 직접 나한테 덤볐으면 꼼짝

없이 당했을 거야."

최동필이 경비 로봇에 대항해 싸울 수 있었던 건 같은 로봇이기 때문이었어. 사람을 공격할 수 없도록 프로그램된 최동필이었으니 상대가 아무리 나쁜 사람이어도 최소한의 방어밖에 할 수 없다고 했지. 저 수염 난 아저씨는 하나 남은 로봇마저 고철이 될까 무서워 허겁지겁 도망치느라 그 생각을 못 했나 봐.

"너 은찬이한테 맞던 최동필 맞아? 정말 대단했어."

"헤헤. 이제 내가 최신형 모델이라는 걸 믿어주는 거니?"

긴장이 풀리자 나는 이곳에 왜 오게 됐는지를 설명했어. 그러자 최동필도 내 품에 안겨 벌벌 떨고 있던 초롱이를 발견했지.

"동물형 반려 로봇이구나. 저런, 다리를 다쳤네."

"응. 아주 오래전에 다친 거야. 그런데 부품을 구할 수가 없나 봐."

초롱이를 유심히 지켜보던 최동필이 팔을 내밀었어. 그런데 신기하게도 우리 가족을 제외하면 누구에게도 안기지 않던 초롱이가 최동필의 품에 쏙! 안기는 거야. 같은 로봇들끼리 쉽게 통하는 건가? 살짝 질투가 나더라니까.

최동필은 초롱이의 몸 여기저기를 유심히 살펴봤어.

"음. 다리만 그런 게 아니라 부품이 전체적으로 많이 상한 것 같아."

"그럼 어떻게 해? 초롱이는 그 상태로 계속 살아야 하는 거야?"

"더 이상 다치지 않도록 잘 대해줘야지. 로봇은 인간이 편하자고 만들어낸 거지만, 사실은 주인의 꾸준한 관심이 필요하거든."

초롱이의 이름은 내가 지어준 거야. 처음 우리 집에 도착해 박스 포장을 뜯고 전원을 켰을 때 번쩍하고 빛나던 눈빛이 생각나. 그 눈빛이 무척 초롱초롱해서 단박에 내가 지어준 이름.

주인의 관심이 부족해 초롱이가 저렇게 된 것만 같아서 속이 상했어.

그런데 최동필이 초롱이와 눈빛을 맞추고 계속 대화를 나누는 거야.

"멍멍. 멍멍멍."

"어어. 그랬니? 응응. 알겠어. 아하."

이런 대꾸를 하면서 말야.

"초롱이가 뭐라고 하는지 알아들을 수 있어?"

"응. 준서 너에 대한 이야기를 하고 있었어. 초롱이의 생각, 마음 그런 것들."

"나, 나?"

아이스크림 덩어리를 갑자기 삼킨 것처럼 말문이 막히고 가슴이 먹먹해졌어. 초롱이의 속마음이라니.

"……날 원망하고 있겠지. 다리를 다친 뒤로 내가 잘 놀아주지도 못하고, 매일 귀찮아하기만 했거든."

그런데 최동필은 진지한 표정으로 고개를 저었어.

"아니야, 강준서. 초롱이는 오히려 계속 널 걱정하고 있었어."

"걱정했다고? 나를?"

"응. 반려 로봇들은 주인의 행복한 표정에 반응해. 주인이 짓는 표정을 읽고 기분을 맞춰야 하니까. 네가 어릴 땐 표정도 밝고 활기차 보였는데, 2년 전부터 말수도 적어지고 울적한 표정을 짓기 시작했대. 이불을 덮고 훌쩍거리기도 했고. 초롱이는 그래서 매우 안타까웠대. 주인인 널 다시 웃게 해주고 싶어서 계속 너한테 놀자고 한 거야."

"뭐?"

"오늘도 초롱이는 자기 다리를 고쳐준다고 해서 따라온 게 아니야. 너와 소풍을 나온다고 생각해서, 오랜만에 주인을 즐겁게 해줄 수 있을 것 같아 따라 나온 거래."

2년 전이면 내가 은찬이한테 왕따를 당하기 시작했던 때잖아. 조금씩 웃음을 잃어가는 나를 초롱이는 계속 지켜보고 있었던 거야.

그럴 수가. 초롱이가 날 귀찮게 한다고만 생각했는데. 계속 보살펴 달라고 칭얼대는 줄 알았는데. 사실 보살핌을 받고 있던 건 나였구나.

"미안해, 초롱아. 난 그런 줄도 모르고."

초롱이를 다시 품에 안으니 아랫배가 뜨거워지고 눈물이 왈칵 나오려고 했어. 그러자 또 표정을 읽었는지 초롱이가 내 볼에 얼굴을 비벼댔지. 그 모습을 보고 최동필은 만족한다는 듯 웃었어.

"여기로 오는 길에 난 버려진 반려 로봇들을 많이 봤어. 사람들이 구입했다가 질려서 버려버린 로봇들. 하지만 초롱이는 그렇게 되지 않을 거야. 좋은 주인을 만났으니까."

"응. 초롱아. 절대 널 버리지 않을 거야."

초롱이의 눈빛이 주황색으로 물들기 시작했어. 정신을 차리고 주변을 둘러보니 해가 뉘엿뉘엿 지고, 풍경이 어둑어둑해지고 있었어. 어느덧 시간이 그렇게 흘러버린 거야.

"아. 많이 늦었다. 어떡하지? 엄마한테 혼날 텐데."

내가 침울한 표정을 짓자 최동필은 씨익 웃으며 생각지도 못한 제안을 했어.

"준서, 너 호버보드 얘기 자주 했었지. 내가 그거보다 훨씬 재밌는 거 태워줄까?"

"훨씬 재밌는 거?"

10

———

"우아아아아아아!"

믿어져? 난 지금 최동필의 등에 업혀 하늘을 날고 있다고! 녀석의 셔츠를 꽈악 붙잡은 채 아래를 내려다봤어. 전자 상가들이 빽빽이 뭉쳐 있는 모습이 발 아래로 획획 지나가고, 아파트와 백화점들도 보였어. 마치 미술 시간에 만든 찰흙 모형들처럼 작게 보이더라니까.

"어때? 호버보드보다 훨씬 굉장하지?"

최동필의 양 발바닥에서 두 줄기의 불꽃이 계속 타오르고 있었어. 방향도 자유자재로 바꾸고 속도도 무지막지하게 빨랐지. 나는 온몸이 저리게 무서우면서도, 한편으로는 몸무게가 다 날아가 버린 것 같은 짜릿함에 환호성을 질렀어. 바람소리에 가려 내 목소리는 잘 들리지도 않았지만.

"짜, 짱이야!"

초롱이의 양쪽 귀가 쉴 새 없이 펄럭였어. 우리는 꼭 태양을 향해 날아가는 독수리처럼 빠른 속도로 날고 있었고, 하늘에 조금씩 익숙해지자 무서움은 많이 줄어들더라. 이 시간이 계속되기만을, 저 태양이 땅 아래로 사라지지 않게 빨리 따라잡기만을 바랐지.

응. 로봇을 친구로 둔다는 건 정말 근사한 일이었어.

11

———

남들은 모르는 은밀한 비밀을 알고 있는 것. 그리고 그 비밀을 단 한 명의 친구와만 공유한다는 건 매일매일 선물 주머니에서 질리지 않는 장난감을 새로 꺼내는 기분과도 비슷해. 누구도 할 수 없는 특별한 경험을 하고 있는 거니까.

물론 최동필과 가까워지고, 함께하는 시간이 많아지면 질수록 힘든 점도 있었어. 은찬이 패거리가 녀석을 괴롭히려고 데려갈 때마다 막 심장이 쿵쾅거리고 주먹에 힘이 불끈 들어가고 그랬거든.

왜일까. 사실 최동필은 왕따 로봇으로서 자신의 임무를 다하고 있는 건데 말야.

최동필이 그렇게 심하게 괴롭힘당한 날 방과 후면 나는 꼭 옥상으로 찾아갔어. 그러면 녀석은 농구공을 통통 튕기면서 나를 반갑게 맞아줬지. 먼지가 잔뜩 묻은 머리카락과 벌게진 양 볼을 하고 말야.

사실은 괜찮냐고 묻고 싶었어.

걱정이 됐다고 말하고 싶었지.

그런데 내 입에서 나온 말은 전혀 다른 말이었어.

"농구공은 왜 붙잡고 있는 거야?"

"응. 다음 체육 시간에 프리 스로 시험을 보잖아. 준서 네가 제일 못하는 거."

내가 괜히 발끈해서 설치자 최동필은 나한테 농구공을 툭 던졌지.

"그럼 열 개 중에 몇 개나 넣나 해볼까?"

"여, 여기서? 농구 골대도 없잖아."

"그런 것쯤은 문제도 안 돼."

녀석은 공중으로 부웅 떠오르더니 양팔로 동그라미를 그렸어.

"정확히 링과 같은 높이야. 자. 날 농구 골대라고 생각하고 던져봐."

난 열 개 중에 두 개밖에 못 넣었어. 반 아이들의 놀림을 잔뜩 받을 것이 뻔했지. 내가 풀 죽어 있자 최동필은 힘을 내라며 아주 솔깃한 얘기를 건넸어.

"좀 전에 내가 이 공에 자력 센서를 붙여놨어."

"자력 센서?"

최동필의 손바닥 위에서 공이 두둥실 떠올랐어.

"응. 시험을 볼 때 네가 공을 던지는 순간, 내가 이 센서를 조작하면 골이 들어가게 돼 있어. 그러면 넌 NBA 선수처럼 보일걸."

"와! 정말? 끝내준다."

"그러니까 날 믿고 힘껏 던져봐."

이틀 뒤, 체육 시간이 되었어. 나는 농구공을 잡은 채 구석에서 멍한 표정을 짓고 있는 최동필을 바라보았지. 녀석이 고개를 끄덕였어. 이상하게 힘이 났어. 꼭 보이지 않는 수호신의 가호를 받는 용사처럼 뭐든 해낼 수 있을 것 같은 거야.

그날 나는 자그마치 열 개 중 여덟 개의 공을 링에 집어넣었어! 체육 선생님은 물론 반 아이들 전체가 입을 벌리며 깜짝 놀랐지.

방방 뛰며 좋아하는 내게 최동필은 전혀 예상치 못한 얘기를 했어.

"내 덕분이 아니야, 강준서. 난 그 공에 부착된 자력 센서를 건드리지 않았거든."

"안 건드렸다고? 아무것도 안 했단 말야? 그런 거 치곤 공이 엄청 잘 들어갔는데."

"그야 내가 뒤에서 도와준다고 생각해서 자신감 있게 던졌으니까. 정말로 난 아무것도 하지 않았어. 물론 할 순 있지만 수행 평가에 개입할 수 있는 권한이 나한테 있을 리 없잖아."

"너…… 로봇은 거짓말을 할 수 없다며? 나한테 뻥친 거잖아!"

"거짓말 안 했어. 난 센서의 원리만 설명해 줬지, 그걸 실제로 사용하겠다고 약속한 적은 없으니까."

맞아. 녀석은 '내가 도와주면 다 들어갈 거야'라고만 했지. '도와줄게'라고 하진 않았던 것 같아.

"그래도 뭔가 속은 기분인데, 최동필."

"그게 인간의 대단함이야. 나 같은 로봇은 만 번을 던지면 만 번 모두 골을 넣을 수 있도록 프로그램 돼 있어. 던지기 전에도 들어갈 거라는 걸 알아. 하지만 인간은 안 그래. 아주 작은 마음의 변화만으로도 불가능하다고 생각한 걸 해낼 수 있어. 넌 그런 아이야."

"가, 갑자기 그게 무슨 낯간지러운 소리냐, 너."

녀석과 보내는 시간이 영원할 거라고는 생각하지 않았어. 그러나 생각보다 더 빨리 커다란 위기가 찾아오고 말았지.

어느 날 은찬이의 똘마니들 중 한 녀석이 방과 후에 놓고 간 가방을 가지러 돌아왔다가 이상한 광경을 목격했는데, 그게 바로 내가 최동필이랑 옥상에 올라가는 모습이었던 거야.

소문은 하룻밤 새에 스마트폰 채팅 창을 타고 돌고 돌았어. 다음 날 내가 교실 문을 열고 들어섰을 때, 친구들은 다 나를 보며 술렁이고 있었지.

점심시간에 은찬이와 그 똘마니들이 내 책상을 둥그렇게 포위했어.

불길했어. 무슨 일일까. 5학년이 되고 나서 은찬이가 나한테 관심을 가진 적은 한 번도 없었는데.

"야. 강준서. 너랑 똥피리가 완전 절친이라며? 정말이냐? 큭큭."

"무, 무슨 소리야. 그런 적 없어."

나는 황급히 부인하려고 했지만 소용이 없었어. 마치 기다렸다는 듯 은찬이가 키득키득 웃더니 품에서 뭔가를 꺼냈거든.

"뻥치시네. 여기 증거도 있는데?"

은찬이가 내민 스마트폰에는 우리 둘이 학교의 중앙 계단을 함께 올라가고 있는 동영상이 찍혀 있었어. 아뿔싸. 눈앞이 캄캄해지더라고. 어쩌지? 뭐라고 둘러대야 하지? 내가 최동필의 비밀을 알고 있는 건 아직 모르겠지? 어쩌면 나 때문에 최동필이 로봇이란 게 들키는 거 아냐?

수만 가지 생각이 바늘처럼 머리를 콕콕 찔러오는데, 그때 최동필이 어기적어기적 걸어왔어.

"얘, 얘들아. 아니야. 준서는 내 친구 아니야."

"뭐?"

은찬이가 우리 반 왕따에게 고개를 돌렸어. 그리고 나도. 아니 모든 반 아이들이 그랬어. 최동필은 멍청한 웃음을 지으면서 머리를 긁적였어.

"그날, 내가 준서 연필을 부러트렸거든. 그래서 화난 준서한테 옥상에서 좀 맞았어. 그지?"

우리 둘의 눈이 마주쳤어. 최동필은 왕따 로봇이 해야 할 임무를 다하는 중이었던 거야. 괴롭힘이 다른 아이들에게 향하지 않도록 거짓말을 하고 있었어.

"야, 똥피리 말이 진짜야? 네가 똥피리 때렸다고?"

은찬이가 미심쩍다는 듯 물었어. 눈치가 무척 빠른 녀석이라 조금이라도 대꾸를 늦게 하면 안 된다는 생각이 들었지. 나는 나도 모르게 고개를 끄덕였고, 그 순간 돌아올 수 없는 강을 건넌 기분이 들었어. 뭔가를 팔아넘긴 것처럼 비참한 기분.

아니라고. 최동필은 내 친구고, 우린 매일 옥상에서 재밌게 놀았다고. 그러니까 너희들도 내 친구 그만 좀 괴롭히라고. 그렇게 말했어야 했는데.

하지 못했어.

"흐음. 못 믿겠는데? 비리비리 강준서가 누굴 때렸다는 게 말이 돼?"

은찬이의 똘마니가 최동필의 멱살을 잡고 내 눈앞으로 끌고 왔어. 나와 최동필의 사이는 더욱 가까워졌고, 아주 작은 표정까지도 읽을 수 있을 정도가 됐지. 최동필의 표정은 낯설었어. 은찬이한테만 짓는 엉성하고 비굴한 표정. 왜 그런 표정을 지어? 나한테?

"자, 그럼 때려봐. 옥상에서 그랬던 것처럼 지금 해보라고."

은찬이의 똘마니들이 키득댔어. 재밌는 구경거리라도 생겼다는 듯이. 은찬이의 심통은 자기들한테 가벼운 심심풀이라는 듯이.

그 순간 교실의 분위기와 날 쳐다보는 아이들의 따가운 눈빛. 그건 2년 전의 악몽을 되살아나게 했어. 은찬이의 발밑에서 숨죽이며 지내야 했던 지옥 같은 나날들. 2년 동안 애써 녀석의 거미줄에 걸리지 않도록 발버둥 쳤는데, 정신을 차려보니 그 거미줄이 다시 내 코앞까지 다가와 있는 거야.

최동필은 다른 애들이 눈치채지 못할 정도로 아주 작게 고개를 끄덕였어.

자, 때려. 안 그러면 너도 왕따가 돼.

최동필은 자신의 임무를 다하려고 그랬던 걸까. 아니면 친구인 나를 지켜주려고 그랬던 걸까. 그건 열두 살짜리 꼬마가 풀기엔 너무 어려운 문제였어.

"이, 이이잇!"

나는 눈을 질끈 감고 있는 힘껏 최동필의 뺨을 때렸어.

짜악.

인공지능 로봇은 볼썽사납게 나뒹굴었고 은찬이와 그 패거리는 배꼽을 잡고 웃었지. 난 그 웃음소리가 귀를 파고드는 게 너무 싫었어. 귀로 들어와 내 몸 구석구석을 파먹으며 돌아다니는 느낌이었거든.

속으론 꽉 쥔 주먹으로 은찬이의 얼굴을 한 대 때리고 싶었어. 하지만 그럴 수 없었지. 나한테 그런 용기는 없었어. 최동필이 사람을 공격할 수 없듯, 나한테도 그런 용기는 탑재돼 있지 않았던 거야.

곧 선생님이 들어오셨고, 반 아이들은 모두 제자리로 돌아갔어. 최동필도 언제 맞았냐는 듯 벌떡 일어나 자기 자리로 갔고. 하지만 난 녀석의 얼굴을 똑바로 쳐다볼 수가 없었어. 불과 어제까지만 해도 함께 놀며 지냈던 친구의 볼을, 내 손으로 때린 감촉이 손에서 지워지질 않았거든.

12
———

그 뒤로 우린 서로를 피했어. 난 최동필을 볼 때마다 죄책감과 미안함에 그랬고, 최동필은 아마도 날 은찬이 패거리의 감시망에서 피하게 해주려고 그랬을 거야.

옥상에서의 즐거웠던 나날들도 모두 불티처럼 날아가 버렸어.

그리고 여름방학을 앞둔 수련회 날. 내가 평생 잊을 수 없는 사건이 터지고 말았어.

우리 반 아이들은 대형 버스에 저마다 친한 친구들과 앉아 수다를 떨고 있었지. 엄마가 싸 준 도시락을 나눠 먹거나, 선생님 몰래 가져온 휴대용 게임기로 대전을 하며 놀기 바빴어.

그리고 내 옆자리엔 누가 앉았게? 최동필이었어. 은찬이가 그렇게 시켰기 때문이야.

수련회장으로 가는 길 내내 우리 둘은 아무 말 없이 앉아 있었어. 최동필에게선 퀴퀴한 냄새가 났고. 한동안 익숙해져서 몰랐지만 오랜만에 곁에 오니 알아챌 수 있는 냄새. 잘 씻지 않는 게 왕따 로봇의 중요한 콘셉트라고 자랑했던 녀석이었어. 지나고 나니 별 재미는 없었지만 그게 최동필식 농담이었던 것 같아.

나는 의자 위로 고개를 내밀어 앞자리를 스윽 둘러봤어.

아무도 우리에겐 눈길조차 주지 않았지.

지금이 바로 사과를 할 절호의 기회라고 생각했어. 최동필의 뺨을 때렸던 날 이후 내내 나를 괴롭혔던 답답하고 먹먹한 기분을 조금이라도 누그러뜨리고 싶었어. 하지만 두 입술이 어찌나 벌어질 생각을 안 하던지.

그리고 그 사고가 터졌어.

콰아아아아앙!

커다란 굉음과 함께 몸이 공중으로 붕 떴다가 안전벨트에 탁 걸려 내려앉았어. 하지만 충격은 한 번으로 끝이 아니었고, 모든 아이들이 이리저리 벽에 부딪히며 비명을 질러댔지. 나도 오른쪽 어깨를 창문에 들이받고 비명을 질렀어.

"아아악!"

그때 억센 손아귀가 나를 붙잡아 의자에 붙들어놓았어. 바로 최동필이었지.

"여길 꽉 잡고 있어, 준서야. 정신 바짝 차려!"

최동필의 목소리는 쩌렁쩌렁했어. 정신이 번쩍 들 정도로. 우리가 탄 대형 버스는 산골짜기를 지나다가 갑자기 맞은편에서 끼어든 트럭에 충돌해 벼랑 끝으로 굴러떨어지고 있었어.

끼이이이익!

그러다가 중턱의 큰 소나무에 걸려 멈췄지만 옆으로 넘어져 있는 데다가 겁에 질린 아이들의 울음소리로 정신이 없었어. 옆면이어야 할 유리 창문이 바닥이 돼 있었지. 그 창문에 비친 절벽 아래의 아찔한 광경이 무시무시했어.

이렇게 죽는 걸까. 엄마랑 아빠, 그리고 초롱이의 얼굴이 스쳐 지나갔어.

"눈을 감아. 곧 끝날 거야."

최동필의 목소리는 침착하고 평온했어. 그리고 녀석의 셔츠가 펄럭이더니 희뿌연 가스가 온몸에서 뿜어져 나왔지. 그걸 맡자 스르르 잠이 오고 몸이 무거워졌어. 나중에서야 알게 된 건데 그건 의료용 마취 가스였다고 해.

천천히 잠들기 전에 내가 봤던 모습들이 마치 꿈처럼 기억이 나. 낮잠을 자면서 티브이를 보면 장면들이 띄엄띄엄 떠오르는 것처럼. 몽롱하게.

최동필은 망설이지 않고 앞으로 달려가 버스 문짝을 걷어차 날려버렸어. 그리고 잠든 아이들을 두 명씩 어깨에 들쳐 메고 바깥을 향해 달려 나갔지.

그리고 은찬이 차례가 됐어.

나는 정신이 가물가물한 상황에서도 아주 못된 생각이 들었어.

걔는 냅둬도 돼, 최동필. 1년 동안이나 너를 괴롭힌 녀석이라구.

하지만 최동필은 망설이지 않았어. 왼쪽 어깨에 은찬이를 들쳐 메고, 나를 향해 다가왔지. 내 기억은 거기서 끝이야.

내가 다시 눈을 떴을 때, 우리 반 아이들은 멀쩡히 고속도로에 옮겨져 있었어. 모두 안전한 공터에 드러누워 잠들어 있었지. 주변을 둘러보니 눈을 뜬 건 오직 나뿐이었어. 왜일까. 왜 내가 가장 먼저 깨어난 걸까. 정확히는 알 수 없지만 아마도 우리 반에서 오직 나만이 최동필의 냄새에 익숙해져 있었기 때문일 거라 생각해.

절벽 아래를 내려다보니 버스는 바닥에 떨어져 완전히 폭발해 있었어. 불타오른 잔해가 버스에 남아 있었다면 어찌 됐을지 상상하게 만들었어. 서 있기 힘들 정도로 다리가 후들거렸지.

그때, 내가 털썩 쓰러지지 않았던 건 불타는 버스 사이로 '뭔가를' 봤기 때문이었어.

나를 향해 손을 흔드는 금속 로봇의 모습. 두말할 것 없이 그건 최동필이었어. 우리 반 모두의 목숨을 구해준 왕따 로봇이었다고.

나도 마주 손을 흔들어줬어. 본능적으로 알 수 있었던 것 같아.

이게 이별이라는 걸. 우리의 마지막이라는 걸. 서로 다시는 만날 수 없다는 걸.

13

수련회는 곧바로 취소됐고, 우리는 모두 집으로 돌아갔어. 몇몇 아이들은 병원에 갔지만 아무도 크게 다치지 않았대. 우린 그냥 그렇게 여름방학을 맞이하게 된 거야. 엄마와 아빠는 내가 절대 뉴스를 못 보게 했지만, 새벽에 몰래 스마트폰으로 그날의 뉴스들을 찾아보곤 했어. 단 한 명을 제외하고 전원 구출. 뉴스에는 구조대의 업적이라고 나와 있었지만 사실은 달랐어.

나만은 알고 있었어. 누가 우릴 구해줬는지.

그리고 결국 버스를 빠져나오지 못한 채 숨진 어린아이 최동필에 관한 이야기는 빠르게 잊혔어.

정말 신기한 게 뭔 줄 알아?

2학기가 시작되고 나서 은찬이와 그 무리들을 비롯한 모두가 거짓말처럼 최동필의 이름을 꺼내지 않았다는 거야. 아니, 그 사고 자체를 입 밖에 내지 않았어. 말하지 않는 것이 잊어가는 방법이라는 걸 아이들은 저절로 알고 있었던 게 아닐까.

하지만 그로부터 20년이 흐른 지금에 와서도 나는 그날을 기억하고 있어. 비밀은 충치 같은 거야. 말하지 않고 입속에 담아놓은 말들이 커지고 커지면 얼마나 커다란 통증이 되는지 누구보다 잘 알게 됐지.

14

그 후로 난 로봇 공학자가 됐어. 인공지능 로봇을 대하는 사람들의 태도에 대해 계속 목소리를 냈어. 그걸 '로봇권 옹호 운동'이라고 해. 우리가 로봇에게 느끼는 감정들에 대해 다시 생각해 보라고 꾸준히 사람들을 설득하는 거야.

우연히 무대나 강단에 설 기회가 되면 내 마지막 말은 늘 똑같았어.

"로봇의 감정을 가짜라며 무시하는 건, 그걸 마주하는 우리의 아픔까지 무시하는 겁니다."

그리고 행글라이딩 동호회에서 만난 여인과 결혼을 했고, 두 아들을 가졌어.

첫째는 날 닮아서 호버보드를 무척이나 잘 타지만, 둘째는 고소공포증이 있더군. 그래도 괜찮아. 아주 밝고 명랑한 녀석들이니까.

너도 곧 그 두 녀석을 만나게 될 거야. 네 입장에선 두 형이 될지, 두 오빠가 될지는 아직 알 수 없지만. 아, 그리고 초롱이는 내가 달아준 새로운 다리를 달고, 여전히 우리 집 거실을 지키고 있단다. 아마 너의 좋은 보디가드가 되어줄 거야.

어때. 이만하면 행복한 인생 아니야?

그러나 마음 한편에서는 절대 잊지 않는 게 있어.

어느 날은 첫째 아들이 나를 찾아와서 묻더라고. 아빠가 틈만 나면 버튼을 눌러대는 그 막대기가 뭐냐고. 이미 오래전에 배터리가 닳아서 불도 들어오지 않는 호출기 말야. 나는 대충 둘러

로봇이라서 다행이야

305

댔지만 언젠가는 아이들한테 이 이야기를 들려줘야겠다고 생각했어. 셋째인 네가 엄마 배 속에 생겼다는 얘기를 들은 순간 그 생각은 더욱 강해졌지.

그런데 이 이야기에는 아직 엔딩이 없더라고. 제대로 된 결말 말야.

그래서 오늘, 네 아빠인 나는 우주 궤도 엘리베이터를 탄 거야.

15

지구는 점점 멀어져 우주에 걸린 푸르른 전등처럼 보였어. 그리고 달은 넓고 따스한 품으로 날 맞아줬지.

"강준서 박사님. 곧 선착장에 도착합니다."

달 개척지를 관리하는 요원이 안내해 줬어. 그리고 달에 착륙하자마자 요청한 대로 크레이터 공사장으로 날 데려갔지.

달의 표면을 둘러싼 돔을 벗어나자 우주 감압복을 입어야만 했거든? 우와. 이거 엄청 무거워. 이렇게 달에 오기 위해 세 달이나 적응 훈련을 견뎌야 했어. 무척 힘든 과정이었지만 잘 이겨낸 거야. 다행히.

"참 특이하시네요. 보통 달 유원지나 우주 전망대처럼 관광지를 먼저 둘러보시는데 공사장을 꼭 먼저 가보시겠다고 하니."

"아. 그런가요? 거기 꼭 한 번 만나보고 싶은 친구가 있어서요."

이 이야기의 처음을 기억하니? 우리가 사는 세상은 수많은 우연들로 이뤄져 있다고.

그 장면을 본 것 역시 순전한 우연이었어. 둘째가 볼 닌자 애니메이션 채널을 틀어주다가 달 기지 다큐멘터리를 보게 된 거야. 내레이터는 달 식민지 공사가 마무리 단계에 왔으며 그 업적은 인간보다 훨씬 먼저 이주해 험난한 노동을 해준 구식 로봇들 덕분이란 얘기를 하고 있었어.

그리고 그 화면 구석에서 난 보았지.

등 쪽이 시커멓게 그을린 채 월석을 퍼 나르고 있던 로봇 한 대를.

"자. 도착하셨습니다. 저 언덕만 오르면 말씀하신 27번 크레이터가 나옵니다."

무중력 공간에서 뛰려면 천천히 움직여야 했지만 절로 발걸음이 빨라지는 걸 어쩔 수가 없었어.

너무 오랫동안 사과하고 싶었거든.

그리고 고맙다고 하고 싶었거든.

그런데 정작 만나서 무슨 얘기를 먼저 해야 할지 걱정이기도 했어. 응. 사실은 그랬어.

언덕 위에 올라서자 탁 트인 전망과 거대한 크레이터 공사장이 보이더라.

모든 로봇이 일제히 나를 쳐다봤어. 그러나 곧 그들은 나에게서 관심을 끄고 하던 작업에 몰두했지.

단 한 대만 빼고.

나는 천천히 이동식 벨트에 올라타 크레이터 바닥을 향해 내려갔어. 그 로봇은 제자리에 가만히 서서 나를 기다리고 있었고. 난 녀석을 향해 달려가면서 반가움과 함께 커지는 두려움을 느낄 수 있었지. 그래서 녀석을 10미터 앞두고 발걸음을 멈춰 잠깐 망설였던 것 같아.

서른두 살이 된 날 기억 못 하면 어쩌지?

이 머나먼 달까지 왔는데 내가 너무 나이 들고 뚱뚱해져서 몰라보면 어쩌지?

곧 마주선 우리는 아무 말 없이 달의 먼지 위에 서 있었어.

이윽고 내가 입을 뗐지.

"나야. 최동필."

그러자 이젠 완벽히 로봇의 모습을 하고 있는 최동필이 뒤통수를 긁적였어. 그러곤 큼지막한 월석 하나를 집어 들고 손바닥 위에서 들었다 놨다를 했지.

미리 들었던 설명처럼 채굴용 로봇의 경우 음성 센서가 제거된다는 얘기는 사실이었어. 발광다이오드를 뭉친 푸른 눈동자가 고요히 나를 바라보고 있었지.

최동필이 아니었던 건가? 내가 잘못 찾아온 건가.

초조함과 답답함이 감압복 때문인지 아닌지 점점 구분이 어려워지기 시작할 때쯤, 그 로봇이 월석을 들고 익숙한 동작을 취했어. 평생 즐겨 본 영화의 한 장면처럼 내가 절대로 잊지 못할 동작. 20년 전 학교 옥상에서 내게 보여줬던 경이롭고 아름다운 움직임.

그건 농구 골대를 향해 슛을 하는 최동필의 모습이었어.

녀석은 오래전 봤던 그 동작 그대로 동그란 월석을 힘차게 던졌어. 손에서 떠난 월석은 지구를 향해 멀리 멀리 날아갔지. 곧 시야에서 사라져 골인을 했는지는 알 수 없게 됐지만.

감압복 안이라서 그런가. 아, 숨이 차. 시야도 자꾸 뿌옇게 돼.

맞구나. 최동필. 내가 평생 찾아 헤맸던 그 이름.

"보고 싶었다, 친구야."

그래서 나는 20년 동안 마음에 품고 있었던 말을 꺼낼 수 있었어. 이렇게 오랜 시간 날 잊지 않고 기다려준 내 친구. 사람은 아니지만, 어떤 사람보다 내게 가장 큰 버팀목이 되어준 녀석.

"네가 로봇이라서 다행이야. 정말."

'왜 SF를 쓰세요?'

작가 생활 초창기에 이런 질문을 참 많이도 받았습니다. 지금이야 국내 SF 창작물들이 범람하듯 많아졌고 훌륭한 작가들도 늘어났지만 제가 첫 소설을 발표했던 2007년만 해도 SF 소설이란 게토에서 소수의 창작자들이 명맥을 유지하고 있는 것처럼 받아들여졌거든요.

왜 SF를 쓰냐는 질문은 저에겐 '왜 빨간색을 좋아하세요?'라는 질문과 별반 다르지 않았습니다. 적당한 이유를 그럴싸하게 말하기 어려웠거든요. 다행히 지금은 저 질문에 확고한 답이 있습니다.

SF를 사랑하기 때문입니다.

이 장르가 저를 매료시켰고, 일평생 탐구해도 끝이 없을 만큼 아름다운 장르이기 때문입니다.

그러니 여러분도 SF에 한번 마음을 열어보는 건 어떠십니까.

〈가울반점〉은 제게 듬직한 장남 같은 소설입니다. 그래서 이 단편집의 선봉장으로 내세웠습니다. 2009년 '네이버 오늘의 문학'이라는 코너에 게재된 단편인데요. 국내 최대 포털사이트의 대문에 일주일간 걸려 있었어요. 200여 개에 달하는 댓글이 달리기도 했고, 연락이 끊겼던 고향 친구가 그걸 보고 메일을 주기도 했습니다. 작중 배경인 수만리는 제가 중고등학교 시절을 보낸 곳의 실제 지명이기도 합니다. 겨울 아침이면 눈 덮인 계곡과 그 눈 위에 남아 있던 토끼의 발자국이 기억에 명징합니다. 그래서 소설의 내용은 오롯이 픽션이지만 감성은 자전적 이야기에 가깝지요. 이 단편은 영상화 계약이 되었어요. 개인적으론 '부천 판타스틱 영화제'에 출품될 만한 발랄한 콩트물로 만들어지길 바라고 있습니다.

반면 〈종말 하나만 막고 올게〉는 이 작품집에서 최초 공개하는 따끈따끈한 신작으로 제겐 막내딸 같은 느낌입니다. 단편소설 구상법 중에는 여러 방식이 있는데 그중엔 작가가 가장 자신 없는 요소들만 한데 묶어 도전해 보는 것도 있습니다. 그런 요소가 저에게는 여성 화자 일인칭, 타임 루프, 로맨스였어요. 그렇게 매번 피해오기만 했던 테마들을 과감히 한 냄비에 넣고 요리해 본 소설입니다. 참고로 제가 여태껏 쓴 모든 소설 중에서 가장 마음에 드는 제목입니다.

〈궁극의 몸〉은 2006년에 발표된 저의 데뷔작이자 처음으로 쓴 SF이기도 합니다. 이전에 발표되었던 버전은 제목이 영어였고 주인공 역시 외국인이었는데 당시엔 'SF 소설은 외국 배경에 외국 주인공이 나와야 하지 않을까?' 싶었거든요. 그런데 시간이 흐르고 보니 그건 제 선입견일 뿐이었습니다. 그래서 많은 수정을 거쳤습니다. 뚱뚱한 CRT 모니터 앞에 앉아서 초고를 한 호흡에 휘갈겼던 기억이 납니다. 신들린 듯이 3시간 만에 썼어요. 당시 유행했던 MSN 메신저로 친구들을 불러내 소설을 보여줬더니, 무척 좋아해 줬습니다. 비로소 네가 갈 길을 찾은 것 같다며. 돌이켜 생각해 보면 그 한마디가 제겐 '궁극의 응원'이 아니었을까 싶어요.

〈이빨에 끼인 돌개바람〉은 영화 '프레데터'와 만화 '드래곤볼'에 대한 오마주가 가득 담긴 단편입니다. 수록작 중에서 결말이 가장 크게 바뀐 소설이기도 합니다. 처음 이 소설을 썼을 당시엔 약육강식과 무한 경쟁만을 신조로 삼는 마초 문화에 대한 조롱이 목적이었는데, 다시 펴낼 때엔 아프라냐위라는 외계인을 통해 한국 사회에서 여성에게 쏟아지는 '강요당하는 모성'이란 압박에 대해 고찰할 수 있을 것 같았거든요. 이 단편은 한국 SF 작가 선집 《Readymade Bodhisattva》에 〈Storm Between My Teeth〉란 제목으로 영문 번역되어 수록된 제 유일한 해외 출간작이기도 합니다. 제목을 영어로 바꾸니 왠지 로큰롤 곡명 같지 않나요? 아랍 에미리트 출신의 대학생에게 팬레터를 받기도 했지 뭐예요. 알리, 잘 지내니?

〈레어템의 보존법칙〉은 제가 발표한 열아홉 편의 단편 중에서 가장 분량이 길고, 동시에 가장 신나게 쓴 소설입니다. 피시방 야간 알바 시절에 '월드 오브 워크래프트'를 비롯한 온갖 온라인게임들에 푹 빠져 사는 손님들을 관찰하다가 떠오른 이야기인데요. 당시 저에게 큰 영감을 주었던 쌍검전사 '블러드타이거' 님에게 이 자리를 빌려 감사를 드립니다. 이젠 '와저씨'가 되셨을 텐데 여전히 즐겜하고 계실는지. 이 소설도 현재 영상으로 제작 중이고, 영어로 쓰인 시나리오가 미국의 프로듀서들에게 읽히고 있다고 들었어요. 악당인 토미 파커 역에 잭 블랙이 캐스팅되면 참 좋겠다는 소망을 가져봅니다.

마지막을 장식하게 된 〈로봇이라서 다행이야〉는 동화에 가까운 소설입니다. SF와 동화가 무척 친화적인 장르이기도 하고요. 마지막 문장을 입력하면서 콸콸 눈물을 흘렸던 기억이 납니다. 그래서 이 소설의 마지막을 읽고 울컥했다는 분들의 말을 들으면 속으로 '당신에게 영원한 충성을 바치겠소' 하는 마음이 되곤 해요. 어릴 적 제가 힘이 되어주지 못했던 많은 친구들의 얼굴을 떠올리면서 썼답니다. 꼭 이 소설이 대미를 장식했으면 좋겠다고 출판사에 말씀드렸는데 다행히 담당 편집자분의 의견도 같았어요. 이 단편 역시 영상화가 진행 중인데요, 개인적으로는 실사 영화도 좋지만 2D 애니메이션으로 만들어지면 제법 어울릴 것 같아요. 그렇지 않나요?

쓴 시간도 서로 다르고, 썼을 당시의 마음가짐도 각기 달랐지만 이 책에 실린 여섯 개의 단편은 모두 제 청춘의 한 자락을 지탱해 준 소중한 이야기들입니다. 퀴퀴한 동아리방에서 수록작 대다수를 합평해 주었던 소설창작회 '황토' 친구들에게 너무 고맙습니다. 이 책의 절반은 내 눈물에서 비롯됐으나, 다른 절반은 그대들의 웃음에서 나왔습니다.

여섯 편을 한데 묶는 건 제 오랜 숙원이기도 했는데요. 그 숙원을 이루게 도와주신 시공사와 1년 동안 작품을 붙잡고 다정한 질문을 던져주신 김혜정 편집자님께 진심으로 감사드립니다. 편집자님이 아니었다면 이 이야기들은 또 긴 시간 방황해야 했을 거예요.

무엇보다 이 책을 집어서 제가 만든 세계에 방문해 주신 독자님들께 고개 숙여 인사드리고 싶습니다. 종말에 가까운 시절을 살아내고 있으면서도 여전히 소설을 읽는 여러분을 응원하고 또 사랑합니다.

SF 소설가 임태운 올림

2021년 6월 17일 초판 1쇄 인쇄
2021년 6월 24일 초판 1쇄 발행

지은이   임태운
발행인   윤호권 박헌용
본부장   김경섭
책임편집   김혜정

발행처   (주)시공사
출판등록   1989년 5월 10일(제3-248호)

주소   서울특별시 성동구 상원1길 22 7층(우편번호 04779)
전화   편집(02)2046-2853·마케팅(02)2046-2800
팩스   편집·마케팅(02)585-1755
홈페이지   www.sigongsa.com

ISBN   979-11-6579-602-0   03810